李师江 著

六个凶手

新 星 出 版 社　NEW STAR PRESS

目 录

001 六个凶手

079 中国结

143 元　凶

235 两个凶手

291 2019 版后记

295 2024 版后记

六个凶手

上篇

一

凶杀案发生在锦绣家园。这是宁城最早的一批商品楼，二十世纪九十年代中期建的，质量也不过硬，外墙和过道墙壁上一片斑驳，景观带和过道过于狭窄，被垃圾箱和三轮车等占道，已经沦为贫民窟的样子。这里是老城中心，离市场近，第一批住户早就搬出去了，现在的住户五花八门，作为案发地段，似乎合情合理。

案件发生在3号楼201。死者孙兴旺，四十八岁，无业，孤家寡人。据了解，九十年代他是做海鲜生意的，把宁城的海鲜运到山城屏南，俗称"屏南帮"，赚了好些钱，娶妻生子，也是当时的佼佼者。后来他赌瘾越发厉害，赌红了眼，连老婆的耳环都生生拽下来，连血带肉地拿到当铺去，家也就散了。孙兴旺早些年赌得凶，下手狠，也算赌场上有名有姓的人物；这些年短裤都输没了，没那份硬气，手上也没子儿，只剩些死缠烂打耍赖的功夫，成了赌场上老狗一样的泼皮。东湖市场旁边有个显圣宫，宫庙里常年有老人会组织的麻将场，孙兴旺成天在这里晃着，即便是自己没钱，看牌也能看个一整天。

刀从后背插进去，直透心脏，死得很干净。刀口有八厘米长，显然比一般的匕首和水果刀要大。现场没有留下凶器，也没有搏斗痕迹，也找不到强行入室的迹象，凶手的脚印、指纹也不曾留下。初步推断，这是熟人作案，事先预谋的。案发两天后才被发现，现场没有留下明显的证据。

命案必破，局长牵头，副局长周幸福被任命为专案组组长。这个案子发生在闹市区，一天之内就传遍全城，沸沸扬扬，路过锦绣家园小区的人都瘆得慌，破案压力还是比较大的。

警方走访了孙兴旺的邻居和亲戚朋友，都找不到有效线索。孙兴旺是个烂人，性格孤僻，做事诡异决绝，亲戚什么的都断了联系，甚至有亲戚办喜事都不给他请柬，邻居见了他也是尽量不打招呼。也就是说，对他的生活真正了解的人，极少。那么，谁会杀他呢？图什么呢？讨论的结果，仇杀的可能性比较大。

值得调查的，是孙兴旺手机里最后通话的几个人，特别是最后两个。一个是孙兴旺的牌友，叫黄粱，也是个职业赌徒。孙兴旺在案发前一天跟他通电话，问他要不要到增坂村里去开赌场。在村里开赌场，就是在僻静处打游击战，赌个几天，在闹出动静之前撤走，运气好的话可以赢一大笔，但是这意味着得有一笔赌资。黄粱说自己手上没什么本钱，但孙兴旺说自己这两天就要来钱，找个合作伙伴去捞一笔。黄粱没答应也没拒绝，只是说过两天看看。这么分析来，黄粱虽然知道孙兴旺手上要有一笔财，有谋财的嫌疑，但是他有案发时不在现场的证据。另一个叫李玉文，是一家海鲜贸易公司的老板。九十年代末，他跟孙兴旺等合伙做生意，也是"屏南帮"的一员，一直发展壮大，如今公司产品主要销往韩国，算是这一行业的元老。孙兴旺常常跟他要点钱，李玉文人不错，温和，念旧，有时候给钱，有时候也会责骂他几句。他最后一次打手机给李玉文，当然是借钱，不会有别的事。李玉文现在生意不好做，也没以前那么大方了，没有给他，还责怪了他几句，骂他把一个好好的家庭给赌散了之类。在这种表象之下，李玉文是否与孙兴旺有着不可告人的秘密？

周组长强调，一面调查李玉文，另一面走访孙兴旺的赌友，看看与谁有过节。

与此同时，有一种可怕的直觉在周幸福的脑海中：凶手作案时一刀毙命，不留痕迹，显然不是一个生手。有这样的人在这个城市，让人想想都不寒而栗。

如果凶手没有捉到，绝对是一个地雷。什么时候再爆发？细思极恐。

周幸福身材有点发福，但年轻时毕竟是从刑侦一线上来的，身手还留下坚实的基础，无形中，身材倒成了他的幌子。见过他突然发招的警察，无不称姜还是老的辣。但老周认为自己最厉害的不是身手，而是直觉，或者说，他最恐惧的，其实是自己的直觉。

三天后，案件并没有实质性进展，而崇文街又发生一起凶杀案。

老周接到报案，脑子轰的一声：直觉，狗日的直觉起作用了。

暑假即将过去，天儿还热得不行。老周爱出汗，即便是夜晚，随便在现场站十几分钟，身上已经湿漉漉的。老周知道，这汗是一种内在的紧迫感逼出来的，再加上不管白天黑夜，到处都有知了在声嘶力竭地叫，不出汗都说不过去。

崇文街是老城著名的风月巷，说是街，其实不大，两边也算是寸土寸金的铺面，食杂店、小饭馆、香火店、五金行、按摩店，尽显老城特色。不管什么店，铺面能淤的都淤出来，头上盖上雨披、阳伞，暗无天日的，把街道挤得像肠子。由于空气不流通，大热天经过此地，各种味儿能让你五脏六腑翻江倒海，但常住此处的人却习惯了。崇文街街道的两边，除了一些巨大的宫庙和老宅子之外，其余是九十年代的自建房，三五层楼的平台，高高耸立，能占的地儿都占了，最后留下幽深的细细的巷子，曲里拐弯，别有洞天。很多流莺在这里招徕生意。凶杀案就发生在这样的巷子里。

死者也是男性，朱志红，三十六岁，县卫生局爱卫办主任。身中两刀，一刀从后背进入，一刀从前胸进入，属于补刀。刀口与上一个案件类似，凶器被凶手带走。案发时间为夜里十一点半，在巷子的中间，当时没有路灯，案发处是一个幽暗的地段。据离案发地最近的凯宾斯基宾馆里的人员介绍，当时确实听到外面有一两声吆喝惨叫，但并没有人出来。这个巷子里不时有一些酒鬼嫖客打架吆喝，住户并不以为意，但是说到凶杀，倒是头一回。

这个巷子四通八达，而且没有监控摄像头，因此从大街的监控探头上，看不到可疑的线索。

根据死者妻子郭霞交代，当天晚上十点钟的时候，朱志红还在上网，突然说肚子饿了，要出去吃一碗牛肉粉。他向郭霞要了三十块钱，郭霞说一碗牛肉粉也不至于那么贵。朱志红就感叹，哎呀，你把我管那么紧，有什么好处呢？郭霞掌握了家里的财政大权，每个月只给朱志红三百，主要是烟钱。其他开支，朱志红就得像小孩一样，跟郭霞讨要，免不了被郭霞各种盘问。一个男人被约束到这个地步，朱志红也深感无奈。他在一个发死工资的单位上班，职位上没什么实权，更没什么油水。好在他已经适应了这种状况，因为自己不能请别人，所以也绝少去蹭别人的饭局，除非是好友邀约才出去吃饭。交际少了，人也变得清心寡欲，闲时就上网看看网络小说，特别喜欢看玄幻类，有时候上班也偷偷看，看得如痴如醉。郭霞还说，你别以为看网络小说不要钱，将来眼睛瞎了，后悔都来不及。

朱志红出去吃夜宵，郭霞看他十一点还没回来，也没在意，知道他吃完后喜欢在街上逛一逛，看看热闹什么的，大凡是免费的娱乐，他都乐此不疲，碰到好玩的事儿，还会回家说老半天。因为他手上没钱，郭霞也就无所谓他干吗了。对郭霞而言，管住钱就管住了男人。

这样的一个男人，居然会遭到暗杀。

根据死者身上的刀伤，专案组的意见是，这是一个连环杀人案，凶手为一人，或者可不可以认为，两个被害者与凶手都有仇恨？

第一个反应就是，两个被害者有没有关联。根据对其亲友的查访，两个人应该是风马牛不相及，目前更查不到两者有一致的仇人。

朱志红为什么会死在花柳巷中？

根据特勤人员的线索，当时在凯宾斯基的小姐月蕊终于承认，朱志红是她那天接的嫖客。月蕊很快就被带到局里问询。她接的嫖客有两种，一种是回头客，另一种是随机的。朱志红是随机的，当时在巷口碰见的，谈了谈价格，本来是四十元，朱志红说三十，月蕊看他人长得还利落，就带上楼了。哪知道朱志红磨磨蹭蹭，干两下就停下来，问七问八，跟查户口似的。月蕊不胜其烦，态度也不好，想把他赶下床了事。朱志红就批评道："服务态度这么差，我要投诉。"这句话让月蕊印象很深刻。

这句话确实像朱志红的口气。根据单位的反映，朱志红是个相当讲政治、讲原则的人，对于上级下来的文件，每次都会自己认真研读，读通了、读透了，再传达，非常仔细。他自己由于文化程度不太高，对于文件精神的掌握总是要付出比别人更多的精力，单位里加夜班就数他最勤，敬业精神有目共睹。对于落实上级精神，工作更是精细，大家觉得走走形式就可以的东西，他可不，非要一个个摸底检查，认为思想比行动更重要。搞思想工作、传达政策这种事情，有点务虚，朱志红就是能把它做实，同事里有态度差的，他也能做通思想工作，让每个人打心底为人民服务，这一点让大家都心服口服。

问题是，这样一个认真负责、家庭美满的人，怎么可能去嫖娼？连见多识广的周幸福都比较诧异。越是矛盾之处，越有内容，这是常识，朱志红有什么难言之隐，乃至有没有凶手的线索？周幸福觉得可以深挖。

审讯室里，月蕊脸上的线条有点僵硬，一副不知所措的样子。仔细看来，表情充满无知乃至对生活的漠然，给人一种破罐子破摔的贱的感觉。要是表情能柔和一点，笑容能深情一些，打扮有一点品位，周组长觉得她其实是一个颇有韵味的少妇，绝不至于当一个最低档的站街小姐。

"渴了吧？"周幸福递了一瓶水过去。

月蕊确实口渴了，迟疑地看了一眼周组长，咕咚咕咚就往嘴里灌水，样子相当粗鲁，脖子上一动一动的，就跟有喉结似的。

"有孩子了吧？"周幸福淡淡问道。

城北的站街小姐，有两种，一种是有点年纪的妇女，最高的年龄能到五十岁以上，坐在小旅馆前揽客，对于门前经过的男人，不分老少，都问一句："要吗？"主要的客户群体为民工、老人。还有一类是年轻的小姐，并不直接站台，而是客人有需要时，旅馆老板用电话联系,随叫随到,做完一单拍屁股走人。后者稍贵,在细分市场上与前者区别开来。月蕊属于前者,她们大多是生过孩子的妇女,吃这碗饭各有各的来路。

月蕊木然地点了点头,迷茫地看着一脸慈祥的周组长,不明白这个人突然跟她唠叨家常做甚。

"应该上小学了吧?"周幸福继续微笑着问道。

"二年级了,刚考完试,语文是一百,数学差了点,九十五,昨儿刚跟我通电话。"似乎话匣子被打开,月蕊一时忘记了自己的处境,如数家珍地说道。当然,也许这些话她憋在心底好久了。

"孩子的爸爸呢?"周幸福问道。

这种女人,一般有两种情况:一种是离婚了,自己养孩子;一种是婚姻仍在,但瞒着家人出来干这种事。

"死了。"月蕊坚决道。

周幸福看了看她的神情,道:"说的是气话吧?"

月蕊眨了眨眼睛,周幸福从桌子上抽了一张纸巾递过去。月蕊的眼睛瞬间红了,眼泪就显而易见地渗透出来——女人是有了纸巾自然就有眼泪的动物。眼泪如一款神奇的化妆品,月蕊整个人突然生动起来,从侧面看过去,居然有钟丽缇的味道。

"我刚刚怀孕,他就出去搞女人,还理直气壮。我气得想死,但是为了孩子,不能死,而且还不能生气,生气了会影响孩子的发育。我就假装不生气,生了孩子以后,我刚刚能起床,就跟他打了一架,办了离婚手续。他还有脸皮说离不离都一样,孩子还是他的孩子,老婆还是他的老婆。离婚后还不给抚养费。好,你到处吹嘘说老婆还是你老婆,我就让你戴绿帽子,每天都戴,一戴就几顶,让你嘚瑟。"月蕊怒气冲冲地控诉,语气鲁莽快速,这些话显然在她嘴里说了不止一次,"你们警察应该去抓这种坏男人,别老找我麻烦。"

周幸福显然不想继续这个话题,否则她就会一把鼻涕一把泪地没完没了,他稍微转移话题道:"你干这个就因为报复男人?"

"为了孩子。"月蕊语气转弱,泣道,"我没文化,也干不了别的。"

"哎,就是去饭店刷刷碗也可以吧。"周幸福一副官腔道。

话一出口,周幸福就有点惭愧。一方面自己代表的是警方,一个社会的正面形象;另一方面,自己需要了解和剖析人性,了解人,了解人的欲望,这才是破案的关键。而这两方面往往背道而驰。躺床上张开腿就能赚钱,和在饭店刷碗赚辛苦钱,很多人都会在嘴巴上同意后者,行动上同意前者——懒惰是人的天性。这么一分析,自己的话就很可笑了。

"刷过了,不好挣。"月蕊认真道,"你去刷刷就知道了。"

周幸福心里微微一震:自己这辈子还没刷过一只碗,却奉劝他人过刷碗人生,真是无耻,比卖淫无耻多了。

"我们聊聊朱志红吧,就是那个死者,可怜的人。"周幸福道,"你见过他几次?"

"就一次。"月蕊迟疑道,"但也不一定,我总不能记住每个客人。"

"他跟你见面第一句话说什么?"

"他进了房间,先不说话,看看我的脸,摸摸我腰上的肉,嘴里啧啧的,不知道什么意思,应该是嫌弃我。我说老板怎么啦,他说不值呀,不值三十呀。我都火了,不夸张地说,我是这一片长得最好的,别人都劝我不要在这里做,打扮打扮去发廊里,还有什么夜总会,价格贵好几倍呢。我想我这人没什么文化,上不了台面,哪里做不是做,就将就了,没有客人对我不满意的,他倒是嫌七嫌八的……"

"说正题，你火了，然后怎么着？"

"然后我说你不满意就算了，别摸我。他就批评我不好，然后就跟你一样，问我哪里人呀，家里几口人呀，为什么要来做小姐呀，也说怎么不去刷碗呀……"

老周有点害臊，直接问道："有没有什么异常的表现？"

"所有的表现都很异常。"

"我是说跟被杀有关的线索。"

"这我可不知道，这种人怎么会被杀呢，他杀别人才对。"

"其间他有没有与外人联系过？"

"对了，我想起来了，他在我身上的时候，接过一个电话，对，接过一个电话，打着官腔。"月蕊道。

"他说了什么？"

"我根本没听他说什么，就想快点完事，他实在折腾太长时间了。"

"你好好想想，他用什么口气说话？"

"……想起来一点，他好像挺不耐烦的，最后还说一句，老大，你别逼我呀。"

一个瘦得跟鹭鸶一样的女人突然闯了进来，她一眼就瞅见了月蕊，并迅速扑过去，似乎想要把她一口吃下去。老周的身子像个陀螺，迅速启动，在最后一瞬间控制住了这只鹭鸶。这个瘦女人是朱志红的妻子郭霞。因为朱志红的猝死，她已经悲伤过度而无力了，这一扑也许是她身上最后的一股劲儿，然后她就倒在老周的手上，虽然两只眼睛瞪着，像要弹出来似的，但是身体已经瘫了。

郭霞把手抬起来，指着月蕊道："婊子，你还污蔑他，我杀了你，死的应该是你……"

老周在心里叹了一口气。关于调查月蕊的事，由于会对死者以及单位造成不良影响，已经下令封锁消息，特别是对家属。但是在这个小城里，真的是没有不透风的墙，眨眼间工夫，最不该知道的人就知道了。这也难怪，有时候在破案中，小道消息也是很管用的。

月蕊在公安面前低头顺眉，郭霞一闯进来，似乎触动了她自信的机关，她跳着走到桌子对面，突然间换了个人似的，也高着嗓门喊："自己管不住老公，还好意思来丢脸，你凭什么小看我们，我们也是人！"

这话把郭霞彻底击溃了。她想起身做最后一搏，但身体的某个弹簧松了，靠在老周手上弹不起来，手上还有一些余力，抄起桌上一个茶杯，朝月蕊扔过去。杯子滑行一下，倒在桌子上，黄色的茶水流了一桌。办公室变成菜市场了。

老周下令把月蕊送出去。月蕊因为卖淫被拘留。

郭霞在喝了一杯红糖水后身体恢复了一些。她歇斯底里道："周局长，你们要给老朱正名呀！"

老周点了点头。以他的经验，他知道不能进入这种莫须有的话题。他盯着郭霞的眼睛，问道："朱志红平时称呼谁老大？"

"江四鸣。"

二

连续两起杀人案，引起的恐慌不亚于地震。机关单位里的谈资是关于杀人的，拌面店里的食客也交头议论。市里召开专项会，本着命案必破的原则，既给予一切警力配合，也要求局里下军令状。老周熬了两天两夜，一直在开讨论会。由于凶手目标单纯，就是把人杀死，有备而来，下手狠，速度快，案发现场隐蔽，没有留下任何证据，这无形中增加了难度。更令老周担心的是一种预感：朱志红绝对不会是杀手的最后一个目标。

凶手为何杀人？

警方走访了大量人员，包括两个受害者的亲戚、邻居、朋友，这些信息的组合，还是让人对杀人动机一头雾水。

案情研讨后的办公室里，喝剩半瓶的矿泉水、味儿特重的半缸烟蒂、丢在桌子上的烟盒、分析案情的图纸和笔，乱糟糟的一团，可以看出连续作战的痕迹。由于开着空调，窗门紧闭，空气一团糟。老周把门打开，总算呼吸到一口没有味儿的空气，突然间灵感闪现。

"安全，你有没有什么新的想法？"老周注意到案情讨论中并不怎么插嘴的李安全，这个小伙子到了警队后，性格有点闷，不太合群，也不太说话，但是老周觉得他思想有点深度，考虑问题的角度也颇有个性。

"我在想，不管什么动机，看来凶手对两名受害者是有备而来的谋杀。对于孙兴旺，凶手肯定是熟人，毫不费力地入室，趁其不备而刺中要害部位。对于朱志红，我想凶手是跟踪、守候，在隐蔽的时间和地点动手，必然是长期熟悉朱志红的生活习惯，因此，还是从受害者的熟人入手。"李安全分析道。

周幸福点了点头，这一点他考虑过。可是在走访的两名受害者的熟人中，居然没有一个有交叉的。如果能找到两起谋杀案的交叉动因，那便意味着可以缩小范围。

"我担心的倒是，以凶手的不明动机，恐怕朱志红不会是他最后一个目标。"李安全说出自己的忧虑，这一点与周幸福不谋而合。

周幸福点了点头。两起连环杀人案就够令人震惊了，要是再发生一起，想想就不寒而栗。

"你跟我去走访一下江四鸣。"周幸福道。

李安全看问题，有出其不意的角度，周幸福觉得让他作为自己的助手，或许能形成互补，至少会有所启发。刑侦这种职业，貌似在破案，其实是在看人，把人的本性看清楚，案件就能瓜熟蒂落。从这一点来说，对涉案人员的洞察非常重要，透过表象的洞察力，相当重要。

正是将近五点的时间，快下班的点，小城里有些人会提早下班，去幼儿园接孩子，或者到菜市场买一把菜，路上的摩托车和行人多了起来。周幸福道："要不我们去吃点东西，这点儿不上不下，去人家里可能稍早了一些。"

"为什么不去他单位？"李安全这句话一出口，其实就知道答案了，自语道，"嗯，对，去家里，信息量更大。"

小城市的好处就是，去哪里都很近，想吃什么都方便。公安局左边的巷子里，有一家牛肉粉，白天是不让摆摊的，专门摆夜市，牛骨汤烧得香，牛肉片有嚼劲，摆了几年，居然摆出名气。有了名气但没有名字，人家只能叫"公安局旁边的牛肉粉"。两人一转角，看见牛肉粉居然开张了，篷布挂在上头，边上支起三张桌子，滚烫的牛肉汤香气四溢，看来最近城管抓得不是很严。

两人坐了下来，把公文包放在桌子上，点了两碗牛肉粉。周幸福抓起一把蒲扇使劲儿扇，一方面是热，一方面是赶苍蝇。苍蝇长年累月待在巷子里，打跑了还来。

"你人这么年轻，名字倒是有点老气呀。"周幸福道。

李安全刚来不久，周幸福倒是可以趁这个机会多了解。周幸福觉得李安全的名字跟自己的一样，讨巧而老气，自己是六十年代生人，他这八十年代生人可不该呀。

"我这名字呢，根据我爸说，大概有两个意思，一是我妈生我的时候难产，最后侧切才出来，要不是现代的技术，估计两条命都没了，我爸一看，活了，一颗心放下来，说，啥也不比安全重要，就叫安全吧；另外呢，安是我李家的辈分，不叫安全也是叫安猫安狗的。"

"哎，这么看来倒是合适不过。"周幸福笑了。他觉得安全这个家伙貌似闷葫芦，其实蛮幽默的。

"你对凶手杀人的动机有何看法？"周幸福问道。

"有一部小说叫《香水》，杀害每个女人的动因，是女人身上的体香吸引了凶手，这种原因很难找到共性，所以我认为，两个受害人与凶手的纠葛，未必有很明显的关联。"

李安全的分析合情合理，那么这两个案子虽然是连环案，但在侦破方向上，只能暂时各个击破。

牛肉粉端上来了，李安全对瘦子老板叫道："你把风扇转过来一点。"有一架立式风扇是对准操作台的，老板转了一下，终于可以让老周放下蒲扇腾出手来吃东西了。

"对孙兴旺案件的走访，我觉得有两个线索有点意思，一是孙兴旺家的对门，住着一对年轻夫妇，男的在市场卖海鲜，女的在家带孩子。他们是跟孙兴旺离得最近的租户，不过半个月前才搬进来。女的说其实孙兴旺人不错，看见孩子都会逗弄，好像特别喜欢孩子。他们最后一次见孙兴旺，也就是孙兴旺被杀的前一天，孙兴旺心情挺好，哼着小曲儿，在门口碰到孩子，还说这孩子真可怜，都没什么玩具玩儿，明儿给她买个车什么的，对门女的拒绝一句,他还说你别当我是玩笑,过两天我真买,这孩子真像我孩子,黑。女的觉得他说话有点不清楚,就走开了。还有一个线索就是他死的前四天,打电话问原来的生意伙伴李玉文借钱,李玉文拒绝了,还跟他说年纪大了,得想想自己老了怎么办。他回答说,好,你不帮我,行,我自己也有办法。你觉得孙兴旺这两点表现跟凶杀有关系吗?"

"假设有关的话,第一,说明孙兴旺自己去找筹钱的路子了;第二,说明他筹钱的路子有眉目了。再进一步大胆假设,凶手是他熟悉的,借着筹钱的名义进入他家,然后开始杀人。"李安全的脑子确实转得快。

周幸福的思路被他触发,大为兴奋,道:"这样看来,也就是说凶手本意是不愿意给他钱的,但是没有办法,名为给钱,实为灭口,那么说明凶手有把柄在他手里?"

"是呀,如果这样看来,凶手之前必然跟他有过联络,那么他的手机里应该留有联系号码。"李安全进一步推理道。

"照理来说是这样的,但问题是,跟他手机有通话联系的人非常有限,也都有不在场证明,所以,假设只能是假设。"周幸福摇头道。

"其实不然,想杀他的人可以不用自己动手,雇用他人,所以不在现场并不能被排除,特别是有钱的人,比如李玉文。"李安全分析道。

周幸福点了点头,道:"那是,李玉文一直没有被我排除出去,这人的口碑是很好,豪爽大方,下一步要调查他有没有什么把柄落在孙兴旺手上。"

两人聊了片刻,把牛肉粉呼啦啦吃完,打了一辆车,五分钟就到达宁川小区。这个小区是单位的集资房,只有一栋楼两个门,剩下的是草坪和停车位，特别好找。两人摁了402的门铃，但没人回应。

"没有下班？"李安全问道。

"估计是。"

"要不要打他手机？"

"没有必要。"

周幸福需要的就是突击，打探对方的瞬间反应。李安全当然知道这个意思。李安全环顾楼梯，可以判断这栋楼房应该建了有个七八年，楼板和墙面比普通的楼要厚实，因为上楼颤抖的程度不一样。这种集资房，由于施工期间住家自己会监督，没有偷工减料的可能，甚至有些标准定得高，质量是没有问题的。

清脆的鞋跟声响起，一个三十来岁的女人走上来，她穿了一件黑色的T恤，披肩长发，而且头发黑且密，一张瘦脸掩映其中愈显白皙，甚至有点苍白。她肩上背着一个黑色的挎包，手里拎着一塑料袋排骨，显然是下班后从市场上捎带的。

"你们是？"她见两人站在自家门前，震惊而困惑。

"我们是公安局的，想跟江四鸣同志了解一些情况。"

周幸福说完，掏出证件。她的手抖了一下，一袋排骨居然掉在地上。她慌忙捡起，道："江四鸣还没下班，你们可以去单位找他。"

虽然她表面保持着礼貌，但可以看出，她不喜欢外人打扰她的家。周幸福并不理会她的情绪，得知她是江四鸣的妻子，叫吴燕，便委婉要求进屋等待江四鸣。这不算过分的要求，于情于法，吴燕都不便拒绝，两人便跟着吴燕进了屋。

客厅很大，阳台宽敞，屋子被主人收拾得干干净净。这种干净并非普通的洁净，似乎有一种过分的整洁，家具少而空旷，沙发上蒙着白色的沙发罩,让人不忍坐下。薄薄的电视机立在电视柜上,孤零零的。厨房的铝合金灶具反射着洁白的光。

吴燕把排骨放在灶台上。周幸福搭讪着进去,眼光掠过灶台,一眼看到抽插式刀架上插着三把刀,一把是标准菜刀,一把是小小的水果刀,另外一把大小介于两者之间,应该是形如匕首的剔骨刀。

"最近肉价好像涨了,这排骨多少钱?"周幸福唠叨家常。

"三十来块吧。"吴燕把排骨块儿倒在菜篮子里,好像并不急于处理。

"三十几块你不知道?"

"记性差。"吴燕洗了手,擦干,摸了摸头,道,"不好意思,我头晕,得进去躺下,你们自便。"

照理来说,吴燕应该给两位沏茶,这是起码的礼貌。她没有这样做,一方面有可能不欢迎两位客人,还有一种可能是真的不舒服。吴燕皮肤苍白,应该属于先天柔弱的那种,体质不会很好,但是两个公安人员的到来,显然使她不安,甚至是受到惊吓,这一点两人都能觉察到。

吴燕说完,便自顾自地走进房间,看来真是头晕得不行了。周幸福此行的目的是江四鸣,本想通过跟吴燕的闲聊,了解一点江四鸣的行踪,和江四鸣自己的说法对照,以寻端倪。但吴燕不上这个道。

周幸福从刀架上拔出剔骨刀,看了一眼,用手机拍了照片,插入。

两人反客为主,坐在沙发上,环顾四周。

"吴燕身上,有没有什么不一样的感觉?"周幸福问李安全。

"她身上有一种病态。"

"我觉得有点问题，一个女人，怎么会不记得自己买的肉是三十几块呢？"

"难道她知道一点什么？"

"我也有这样的直觉，她一直怕被我们看出破绽。"

"看来江四鸣身上大有文章。"

两人像蚊子一样嘀咕片刻，门一响动，江四鸣就回来了。第一眼瞅见两个大男人在自己家里，他吓了一跳。还好他俩出来时都换了便服，否则更是让人吃惊。江四鸣身材高大，孔武有力，北方口音，说起话来很豪爽，确实有一种大哥风范。他在宁川公司担任部门主任，宁川公司是国企，旗下有电力、房地产等业务，是当地的大型企业，待遇还是蛮优渥的。

两人说明来意后便单刀直入了。关于朱志红被杀的案件，江四鸣也在第一时间就得知消息了，对两人的走访和提问并不意外，反而有一种从容与热情。

"朱志红在案发当天的晚上，十点左右，跟你通过电话？"周幸福问道。

"是的，是我打给他的。"

"能告诉我是什么内容吗？"

"其实是一些私事，跟案件无关的。"江四鸣道，"不过我这样的回答你们一定不满意，具体一点说就是我们原来合计投钱做一件事，临了他决定撤出，我觉得他不地道，说了他几句。"

"你当时在哪里通话？"

"楼下草坪。"

宿舍下面有一块公共绿化带，周围用篱笆围起来，草坪上有几张石凳、石桌，以及单杠、双杠等运动设施，配备相当不错。唯一不足的是，小区里有两户人家养狗，草坪上打羽毛球的孩子们偶尔会踩到狗屎。

"为什么不上楼呢?"周幸福道。

"当时我喝了酒,在楼下抽了烟上来,我妻子她有点洁癖,不喜欢我在家抽烟。另外呢,打电话不想让女人知道,你知道什么事让女人知道总是很麻烦的。"

"打完电话你就上来了?"

"打完电话,我就继续抽了一会儿烟,坐在石凳上吹了吹风,大概有半个小时吧,才上来,这是我的习惯。"

"草坪上当时有别人吗?"

"没有,我们草坪不对外开放,比较晚了没什么人。"

"之前你跟谁喝酒?"

"李师江,我同事。"

周幸福与李安全对视了一下。在周幸福问询时,李安全一直在录音,并且在记录本上记下一些细节。

"根据我们的一些消息,你跟朱志红在电话里有语言冲突?"周幸福突然加重语气,很显然,要给江四鸣施加一些压力了。

"不算冲突吧,但确实是不愉快。"

"他当时在电话里求你?"

"对,他想撤,我不让他撤,他就哀求我。"

"如果可以的话,我还是想你能把具体情况告诉我。"周幸福客气而严肃道。

江四鸣一脸正色地犹豫片刻,突然笃定了似的拒绝道:"不,我有权利保护自己的一些隐私,况且这与案情无关。"

周幸福也一愣,没想到他会拒绝得这么彻底,话题一转,微笑道:"你以前当过兵?"

"是的,我是转业干部。"

周幸福会心地点了点头,算是一个小插曲。如果不是在部队待过的人,很难有这样坚决的态度,或者说,一种斩钉截铁的气质。

"朱志红叫你老大?"周幸福继续抽丝剥茧。

"是的。"

"这种叫法江湖味很浓呀,有什么特别的意思吗?"

"说来话长,还在部队的时候,我们三个特聊得来,形影不离,只差穿一条裤子了。那时候年轻嘛,文化程度也不高,就觉得什么桃园三结义很酷,相当于拜了把子,我年纪最大,司法局的周亮老二,朱志红最小,平时就这么老大老二老三地叫。还是当时不懂事,没有什么政治觉悟,只觉得这么叫亲热,后来参加工作了,觉得这么叫不合适,可都改不过口来。"

"现在你们仨关系还那么好?"

"那是肯定的,年轻时的好友,就是一辈子的好友,朱志红突然遇害,我的心跟刀割了一样。说句实话,你们这么调查我,我是挺憋屈的,当然,我也知道你们是破案需要,唉。"

"能理解就好。"

周幸福点点头,掏出烟盒,还没抽出烟来,就被江四鸣一把推回去,道:"我妻子是不允许在家里抽烟的,一点儿烟味就会让她咽炎发作。"

周幸福有些尴尬,把烟重新放回口袋,道:"哦,这么严重,那她在公共场所就要很小心了。"

"嗯,她很少参加公共活动,连单位聚餐都推托不去。"

"你在家也难受吧。"

"我得刷完牙才能上床。"

"嗯,过敏性咽炎确实难受,一沾烟味儿就发作。"周幸福附和道,"对了,朱志红被杀之前,还有另外一起凶杀案,死者叫孙兴旺,你认识吗?"

"不,从来没听说过这人。"江四鸣斩钉截铁道。

"我们刚才进来的时候,你夫人身体不舒服,你现在去看看要紧不。"周幸福关切道。

李安全知道,周幸福说这话有所指,显然他想从吴燕身上找点佐证。

"没事,她血压低,经常这样。"虽是这么说,但江四鸣还是往卧室里走,显然真心在乎吴燕的状况。

不到片刻,吴燕便和江四鸣一起走出来,一头长发掩住脸部,但脸色没有先前那么苍白了。她穿着拖鞋,朝两位警察点了点头,似乎不愿多说话,径直往厨房去了。江四鸣凑过去道:"你要是不舒服,我来烧菜。"吴燕像触电一样,一甩手把江四鸣的手拍开,道:"你别动排骨。"江四鸣讪笑着出来。

两个警察告辞,并感谢江四鸣的配合。江四鸣送到门口,周幸福握着他的手道:"你这名字倒是起得很有意思。"江四鸣豪爽笑道:"我家兄弟四个,一鸣二鸣三鸣四鸣,我是老幺。"周幸福道:"老幺得宠呀。"江四鸣道:"那可不是,数我最顽皮,不过也数我有出息。"他挥了挥手,像是把两只苍蝇赶出去。

在楼下的草坪,两个人环顾了一下环境,并在草丛中翻捡到几个烟头。陈旧的烟头已经被踩扁,沾上了泥土,它必定知道抽烟者当时的心态,只是不能开口。

"江四鸣这人,你有什么感觉?"周幸福问道。

李安全皱着眉头想了片刻,道:"是个狠角色。"

"具体点。"

"脑子快,行动干练,敢于犯禁,脑子里没有条条框框。"

在周幸福问询的同时,李安全一直在观察,脑子里对江四鸣已经形成一个感性的印象。这种印象,虽然不足以成为证据,但对于串联各种证据乃至微不足道的蛛丝马迹,具有一定辅助作用。也就是说,断案需要的是客观证据,但取得客观证据却需要主观上的直觉,直觉好像吸铁石,能把磁性的物体联系在一起。

"假设,江四鸣有作案时间吗?"周幸福又问道。其实,他问的问题,在脑子里已经有答案了,只不过他需要另一个人的想法来比较与佐证。

"有,假使他在这里打过电话,骑摩托车到达案发地点不到十分钟即可,来回绰绰有余。"

确实,作为对朱志红知根知底的人,如果江四鸣在手机通话中知道朱志红的地点,迅速跑去伏击,得手后跑回来上楼睡觉,在时间上没有问题。因为目前江四鸣提供的时间,根本不能作为不在现场的证据。

"我倒觉得吴燕的疑点更多。她一见到我们,脸上的表情就有很明显的变化,并且一直采取逃避的方式,拒绝交流,不客气地说,她似乎知道某种内幕。"李安全说出他观察已久的结论,对于心理与行为的关系,他浸淫颇深。

周幸福完全同意李安全的看法,吴燕的行为肯定是不正常的,至少她对警察的出现,有一种逃避心理。

"假若江四鸣作案,回去以后被吴燕发现端倪,吴燕虽然厌恶,但毕竟是夫妻,也有替他隐瞒的可能。"周幸福接着李安全的逻辑分析下去,"总而言之,对他们身上的疑点不能掉以轻心,现在最关键的是证据,证据必须从另外一个人身上突破。"

"周?!"李安全道。

周幸福点了点头,两人的思维总能合拍。

三

李安全进入警队后,其实感觉自己并不适合这一份工作。一些案情分析会,他总是插不上嘴,一是因为他的表达能力不强,不能做到口传心声;二是他的思维跟别人的反应不太一样,他的想法总会转个弯,比别人慢一拍,但会想得深一点,在即时反应上确实会差一些,没法融入集体讨论。他觉得自己更适合干一份安静的工作。

但这次和周组长一起调查,似乎让他找到了自己的节奏。周幸福也似乎发现了李安全的闪光之处,有点委以重任的意思。这不禁让李安全产生更深的疑惑:"难道我真的适合当刑警?"

地点是在蓝色家人咖啡馆,一个闹中取静的场所,虽然落地玻璃窗底下就是车水马龙的街道,但是拉上深绿色的窗帘,绝对是个幽静的所在。这个城市喝咖啡的人绝少,不成气候,咖啡馆里卖得最多的是啤酒。李安全入乡随俗,叫了四瓶啤酒,与周亮面对面坐着。

"你们刑警队办案,都这么舒坦。"周亮把绿色小瓶直接对嘴吹,看来也是好酒之徒。

"想得美,这可是我个人掏腰包。"李安全道,"朱志红这个案子影响很大,直接到单位去找你,我不是怕给你惹风言风语嘛。"

"说的也是,谢了。"周亮把瓶子跟李安全碰了一下,"不过不做亏心事,不怕鬼敲门,你随便问吧。"

李安全跟周亮虽然不算朋友,也不是熟人,但都是公检法系统的,在这个小城市里,也算是听说过彼此名字的。

"朱志红被杀一事，希望你能提供一点线索。"李安全单刀直入。

"我是司法人员，如果有确切的线索，我能不主动联系你们吗？"周亮说话不躲不藏，倒是一个爽朗的人，"破案是你们的事，有什么尽管问，我知无不答。"

在李安全看来，要么周亮是一个明亮爽利的人，要么是一个做好防守布局、浑身是壳的对手。既然如此，李安全觉得不能贸然发问，须得先做一番周旋。

"朱志红居然到崇文街去嫖娼，作为要好的朋友，你觉得震惊吗？"李安全装作很世故地问道，其实作为警察，他根本见怪不怪。

周亮没有立即作答，而是又叫了两瓶啤酒。从职业的角度来说，李安全知道周亮想借这个缓冲时间，来考虑李安全发问的意图。

"我们能看到的别人的生活，都是冰山一角，活到这把岁数的人，见到这些没什么奇怪的，只是可怜。"周亮道，"我这个兄弟，自从结婚之后，过得太憋屈。"

"之前你知道他有这爱好吗？"李安全继续发问。

"这种私密的事，怎好知道。"周亮道，"我们之前一块喝酒，一块玩耍，但他婚后，这样的日子就比较少了。"

"朱志红出事前夕，江四鸣曾在电话里骂他，你知道这回事吗？"李安全开始收口。

"知道。"

"因为什么事？"

"这件事，你应该问江四鸣，他最明白，我并非亲历者。"

"这个我当然会调查清楚。江四鸣现在有很大的嫌疑，所有的口供，必须得到佐证，希望你配合。"李安全语气突然变得严肃有力。

"江四鸣不可能是凶手，这一点我敢打包票。"周亮突然激动起来，"我们三人是拜过把子的，虽然平时有些口角，但都是兄弟之间的口角，心里却是有彼此的，绝不可能到拼命的地步。"

由于周亮的声音加重，李安全不由得看了看周围，还好生意惨淡，没几个人，并未引起他人的注意。

"他们争论的这件事也跟你有关，所以你是绕不过的。"李安全盯着周亮。

周亮还在迟疑，似乎有隐情，喝了好几口啤酒，道："这件事其实跟案情一点儿关系都没有，但是跟我们的身份都有点关系，或者说，是我们三个人的一个秘密。如果一定要说的话，你们得替我保密。

"我们哥仨许愿，捐给报恩寺一尊观音石像，三万块钱，三人平摊。石像雕好了，临了朱志红似乎反悔，说自己不捐了，江四鸣就是因这个事儿骂他。"

李安全紧盯着周亮：莫不是江四鸣和周亮串通好了，生造出来的一串说辞？江四鸣与朱志红说的话，除了当事人之外，并无第三人知晓。

"捐佛像这种事，是好事，又何必躲躲闪闪，当成秘密？"李安全追问道。

"唉，我们毕竟都是有公职的人，还是党员，这种事要严格说起来，毕竟是封建迷信的事，党纪不允许的。"周亮也有苦衷。

"你们是佛教徒？"

"算是信佛吧。"

"这笔钱对你们来说，可不是小数目。"

"那可不是。"

"那一定有具体原因。"

"也算是因缘际会,我们跟住持宗山法师有一面之缘,才有了这次捐献的机会。另外,我们都想在仕途上有点发展,算是一种期望吧。"

周亮的手机响了,家里打来电话,三岁的孩子发烧。

"江四鸣不可能因为这点事对朱志红下手,他是表面很强悍其实内心柔软的一个人,你们如果把注意力集中在他身上,那纯粹是浪费时间。"

周亮走的时候,留了这么一句话。李安全想想也有道理。

但是周亮匆匆一走,李安全又觉得他有所隐藏。比如捐赠佛像这种事,是随心的,朱志红经济有困难,不捐便不捐了,江四鸣为何又如此愤怒?逼捐的话,倒失去了信佛的本意。李安全觉得这里面颇有玄机,具体是什么,自己一时也想不清楚。回去跟周组长探讨之后,应该再去见周亮一面。

另一方面,李安全走访了李师江,那天跟江四鸣一起吃饭的同事。假如江四鸣是凶手,那么在杀害朱志红之前,李师江有可能看到蛛丝马迹。

"江四鸣在饭局上有提到朱志红吗?"李安全问道。

"没有。"李师江回答。

"你跟江四鸣这么要好,总知道他有什么痛苦。"

"那当然,你指的是精神的还是肉体的?"李师江反问道。

"都说说。"李安全觉得有线索。

"唉,还是别说了,这关系到一个男人的尊严。"李师江犹豫道,"而且,这些跟案件根本没关系,倒是泄露了个人隐私。"

"不要卖关子,我是警察,你提供的消息我自有分寸。"

"有一次我跟他去北京出差,他差点死掉——别看他壮实得很,其实很虚弱的。"

"什么病?"

"知道得不是很清楚,就是喘不过气,要死要活的。你也知道,这跟案情没什么关系。"

"那他精神上的痛苦呢?"

"唉,谁精神没有一点问题。你要问,不如去问观音菩萨。"

看来李师江对江四鸣真不错,说话躲躲闪闪,四处为江四鸣的"尊严"着想。李安全听了半天,也没听出这尊严到底是什么。

一些人不以为意的小事,在另一些人看来,却是天大的面子。

周亮死在车里。他的人还在驾驶室内,胸口中刀,刀口与前两名受害者一样,方式也一样,都是一刀毙命的专业手法。看起来应该是凶手在后排,左手掐住他的脖子,右手持刀插入左胸,手法相当利落,时间也应该很快。作案后凶器带走,车门把手上也未留下指纹,看来是有备而来。

周亮的儿子因患肺炎,住在二院的儿童病房。周亮下班之后来病房照看,直到晚上十点之后丈母娘来接班,如此三天了。医院里面有几个车位,只供医院员工的车以及救护车停靠,病人的车只能停在右边的巷子里,车多的时候路边一溜排到山脚下。巷子的一边是水果店、花圈店和食杂店,另一边则是医院的围墙,周亮的车就停在围墙边。到了晚上十点钟的时候,停在此处的车就陷入围墙的阴影里了。晚上停在这里的车基本都是过夜的车,人很少,在此杀人,是绝佳选择。

李安全完全被凶手的逻辑震惊了。在得知周亮被杀的一瞬间,他感觉自己原来的逻辑根本是无稽之谈,凶手杀人的理由如天外飞仙，根本不讲道理的。

就李安全涉猎的案件，特别是刑事案件，在现实中所谓高智商犯罪，其实很少，这几年的几起凶杀案件，大多是激情杀人，因为金钱或者情感的纠纷，积怨决口而演成凶杀，凶手很快就能锁定。李安全看的那些罪案小说，觉得与自己的生活相差十万八千里。但是这一桩连环杀人案，一下子打破了李安全的优越意识。这几桩案件的杀人目的明确，手法简单利落，而且凶手熟悉被害者的踪迹，可以肯定的是，一定是本地的人。但动机呢？

如果找不到确切动机的话，那么可以假设一种动机，就是变态杀人狂。难以从动机入手，那就从证据入手。可恨的是，凶手对这个城市太熟悉了，没有一处探头能找到蛛丝马迹。

案情研讨的结果，一致得出结论：从江四鸣身上入手。

李安全有一种假设：倘若江四鸣和朱志红之间有一个秘密，导致江四鸣杀了朱志红，那么这个秘密周亮也必定知道。周亮可以答应替江四鸣隐瞒，但是江四鸣很难相信周亮在警察的围攻之下能够隐瞒得住。这时候灭口周亮，秘密就可以永远是秘密。

根据鉴定科的调查，江四鸣家里的刀具刀口大小倒是与凶器吻合。但是这种尺寸的刀具很普遍，并不能作为证据。再一次去江四鸣家里走访的时候，李安全把刀带了出来，但刀具上查不出被害人的血迹。

周亮遇害的这一天，江四鸣有不在场证明，他跟一伙朋友在喝茶。恰恰这种明确的不在现场举证，引起了李安全的怀疑：江四鸣如果下手，势必雇凶杀人。

江四鸣从海滨酒楼出来时，脸已经通红，说话的嗓门也很大。一伙人拉他去第二场，他好像不太愿意，在酒楼门口推托几个回合之后，江四鸣就独自沿着戚继光路往家走。

李安全在酒楼不远的地方，大概隔了三十米，跟踪江四鸣。

由于职业关系，江四鸣应酬很多，几乎每个晚上都有。一般情况下，先吃饭，再去喝茶，两场活动后，回家，这是小城市的生活节奏。当然，吃饭喝茶也可以当成工作的一部分，这是特色。

戚继光路是一条连接旧城和新区的老路，饮食、娱乐场所一般在新区，而江四鸣住在旧城，这条路是他的必经之路。戚继光路的中段有一座凉亭，凉亭里供着一座观音像。夏天里很多街坊老人在凉亭下唠嗑乘凉，人气很旺，即便夜深了还有流浪汉躺在廊凳上。现在天儿冷了，人们坐不住，观音像前清冷寂寥。

这一段路也就五六百米，打车也不尴不尬的，走回去还可以消消食。行人稀疏，但是也不易觉察到被跟踪。

大概是酒劲儿有点上来，江四鸣在凉亭中坐了下来，点了一根烟，看了一眼观音像，突然灵机一动，把烟插在香炉上。然后自己又点了一根，坐下来慢慢抽上，眼睛盯着观音菩萨，貌似在祈祷什么。一根烟抽完，江四鸣起身，这时手机响了，接完手机后，他叫了一辆出租车，钻进车里，急速前开，在右边一拐，进入主干道。李安全想叫车跟上，一时之间，却连摩的也没有，只一转眼，江四鸣的车就不见了。但李安全还是以职业敏感，记下了车牌号。

李安全赶忙手机汇报。周幸福沉吟片刻，此刻摆在面前的是两种方案。一种是即刻联系江四鸣，但会打草惊蛇。另一种方案是继续跟踪。周幸福当机立断，马上查车牌号，很快找到出租车司机的联系号码。出租车司机的回复是，九点半从戚继光路上车的客人，在南际花园小区门口下车。李安全突然记起来，南际花园正是周亮的家。

李安全急忙以查线索的名义进入周亮家，果然江四鸣也在。

周亮被杀，家里少了一根顶梁柱，孩子又在生病，一切都乱了。江四鸣是周亮的拜把子哥们儿，自然有要事都到，这几天他也确实帮了不少忙。现在孩子的住院费没了，便叫了江四鸣过来商量。周亮家的孩子叫周小亮，可爱得很，就是出生时呛了羊水，体质有点差，三天两头吃药。本来呢，要认江四鸣为干爹，但是江四鸣自己还没有生孩子，这个干爹可当不得。尽管如此，江四鸣还是十分疼爱这孩子。

"现在被杀的是你的两个铁哥们儿，你应该能想到一些线索。"李安全问道。

"唉，这确实是我几十年来遇到的最奇怪的事，难道他们俩有个什么共同的仇人？没有呀。"江四鸣拍拍脑袋。

"显然，这是熟人作案，你们朋友圈里的，你再想想。"李安全提醒道，他盯着江四鸣的表情。有些事情，语言上可以瞒得天衣无缝，但是表情上却瞒不过。

江四鸣皱着眉头想了想，突然脸色一变，道："你们不会怀疑到我吧？"

李安全没有立即回答，看江四鸣脸上的变化。江四鸣的脸上出现恼怒，但是恼怒里似乎还隐藏着什么。按照李安全的表情学知识，江四鸣是有秘密的。

"不，我们一切都要讲证据。"李安全说。

晚上回到局里汇总情况，深夜研讨。另一路人马是盯梢吴燕的，主要是小胡。吴燕在文体局上班，是个很闲的工作，下班之后，她并不着急回去，而是在东湖市场逛了一圈，买了一袋骨头回家。

周幸福和李安全对视了一下。那天他们去江四鸣家里登门查访，吴燕也是买了骨头。

"有什么非正常的地方吗？"李安全问道。

"这个，硬要说的话，就是她在肉摊前停留许久，有个将近二十分钟，正常情况下不至于讨价还价那么长时间，当然，女人嘛，有时候钻牛角尖，也是正常的。"小胡说。

"摊主是个怎样的人？"

"一个偏瘦的屠夫，有点络腮胡，在那儿卖肉有些年头了吧，我以前就见过。离得远，听不见他们聊什么，不过看样子好像很熟，吴燕应该是熟客。"

"既然是熟客了，买点骨头又何必啰唆半天，也有可能在谈其他事。"李安全质疑道。

周幸福赞许地朝李安全点点头。直觉上，由屠夫立马联想到遇害者的刀口，剔骨尖刀。另外，一般的凶手会把凶器留在现场。在谋杀之前就决定把凶器带走的人，只有一种情况，那就是那把刀很有辨识度，很容易让人想到刀具主人的身份。

当然，这只是一种直觉。但是如果把所有凶杀的要素连在一起的话，也会形成一条假设的证据链：如果是江四鸣作案的话，为杀人灭口，他可以请吴燕作为帮凶，而吴燕则会雇用职业屠夫来执行，这样的逻辑也是有可能的。如果这样的话，那么江四鸣的秘密，则事关重大，直接关系到事业与家庭的前途。江四鸣的公司同时也是投资公司，有地产之类的项目，他个人身上有何秘密也说不清楚的——从他对神明如此亲近来看，他身上应该是有死结的。

周幸福当即下命令：查清该屠夫的身份，对江四鸣和吴燕继续跟踪，寻找蛛丝马迹。

李安全在当地的一中毕业。他在中学的时候，成绩很好，还担任学习委员，是优秀学生干部。按照他的成绩和表现，本来是名牌大学的种子。但是在临近考学时，出现了一些纠纷，班主任也换了，情绪波动大大影响了高考的发挥，最终表现大失水准，选了第三志愿，进入省公安专科学校。可以说，当警察是误打误撞的。现在想起来，他也忘记自己当初的理想是什么了，只能记得第一志愿是北大中文系。中文系能干什么，他也不知道，但可以肯定的是他想做的是用脑用心的工作，绝非现在这样风风火火的。有时候案子急的话，几天都不回家。

唯一好的是，成为一名公安人员，一方面入校以来的锻炼使体质增强；另一方面，似乎消除了多愁善感的毛病，当然也未必是消除，总之是人要开朗很多。相对于其他同事来说，还是比较内向，但跟自己以往的性格来比，已经是进步多了。

但他总是有所担心：公安是自己一辈子要吃的一碗饭吗？总觉得自己有哪一点跟这份工作不匹配。

但是那天晚上使他信心大增。

也就是跟踪江四鸣的第三天，还是在观音亭附近，大概是每次江四鸣晚上回去，凡是经过戚继光路，都会在观音亭停一下，这是他的习惯。就在他点烟的时候，一个人影从观音像的阴影处冒出来，朝江四鸣背面扑来。江四鸣似乎警惕性很高，在感觉到风声时身子躲了一下，再转头时，那黑影已经把刀刺向他身前。

"啊——"江四鸣一边躲闪，一边撕心裂肺地叫了起来。

李安全在不远处。这次的跟踪他不仅增加了一个人手小胡，而且配了一辆摩托车。他在瞬间启动，轰鸣声像狮子的低吼，朝观音亭冲去。大概是四十米不到的距离，凶手见状，看了一眼摇摇欲坠的江四鸣，就往巷子里跑。李安全的摩托车已经开到最大马力,狠狠撞了上去……

案件以前所未有的压力笼罩着警局,笼罩着整个城市,最后的破案像捅破一个气球,"噗"的一声,一切谜底揭晓,使人怅然若失。

凶手背面被李安全的摩托车头撞击,左腿骨折,当场被擒拿。其身份倒是在预料之中,叫刘德寿,三十多岁,清瘦有力,留着络腮胡须,一脸阴郁,在东湖市场卖猪肉多年。

周幸福亲自审讯。

"知道你犯什么事了吗?"周幸福从头开始。

"知道,杀人。"刘德寿倒是一脸坦然,并不在乎的样子。

"杀了谁?"

"孙兴旺、朱志红、周亮,还有江四鸣,不知道杀死了没有。"

"为什么要杀人?"

"有仇。"

"什么仇?"

"孙兴旺曾骂过我,往我身上吐痰。江四鸣来我这儿买过猪肉,我们发生过冲突,结果他叫来朱志红和周亮一块打我。"

"这算仇吗?"

"在你看来这不算仇,对我来说,就是仇。"

"你就为了这点事杀这么多人?"

"是呀,这些人都是社会的垃圾,杀了替社会除害。"

"你把杀人过程说一遍。"

"这几个人我都跟踪许久,对他们的行踪都比较熟,每一个杀人地点都是我亲自选择,现场不留任何证据。本来我想杀了江四鸣后就收手,老老实实当个屠夫,以后再也不杀人了,但还是被你们逮住了。我没什么可说的，杀人偿命就是了。"

凶手承认，行凶的刀具就是杀猪的剔骨刀。每一次杀完人他都把刀带回去，次日在案板上继续使用。

本来以为是一场高智商的犯罪，但是以这样竹筒倒豆子的方式收场，确实令人失望。李安全在旁听，老是有一种不现实的感觉。如果是这样的话，那么刘德寿属于变态性质，也许有杀人的嗜好。不管如何，案件结局总有点不对劲。

江四鸣左肩中刀，肩胛骨上被划了一道，虽然在住院，但并非致命伤，恢复得不错。李安全来探望的时候，他的精神状态很好。也有一部分原因，是凶手被抓到，令他欢欣鼓舞。吴燕在一旁照料，她做了鲈鱼汤送过来，对于伤口愈合很有好处。见了李安全，她的眼里闪过一丝不安，就跟第一次她见到周幸福和李安全一样。

"身体怎么样了？"李安全问道。

"不是要害部位，没有关系。"江四鸣道，"托你的福呀，那天还好你突然出手，要不然也不知道结果怎样。"

江四鸣对李安全感激不尽，那天晚上要不是李安全骑着摩托车冲撞，江四鸣势必再中几刀，生死也未可知。

"不过，你怎么就会在我附近？"江四鸣也不是傻瓜，提出他的质疑。

"你的两个铁哥们儿遭了毒手，那么你有可能是下一个目标，这是我们刑侦上的逻辑。"李安全冷静道，"不过事实也不出我们预料，凶手供认，你和他在东湖市场曾经发生过冲突，有这么回事吗？"

江四鸣愣了一下，似乎在努力寻找记忆，道："你不提这事我早就忘了。大概一两年前了，我去那儿买筒骨嘛，吴燕身体虚，我们经常买筒骨炖海带的，结果你猜他怎么着，明明案上有呢，故意不卖给我，我就火了，说了两句，他把杀猪刀指向我，就这么一件事。"

"听说把朱志红和周亮也卷进来了？"

"我捋一捋。"江四鸣费劲地回忆着，把细节一点一滴地挤出来，"当时是这么个情况，周亮开车，约我和朱志红一起去一个饭局，经过东湖市场，我想顺手把筒骨买了，拿回去给吴燕。我跟卖猪肉的吵上后，周亮和朱志红赶紧过来，他们的车就停在路边。朱志红脾气暴躁，看见卖猪肉的人挥着尖刀张牙舞爪，把他的肉板都掀掉了，我们也抄了其他的家伙，有叫嚣，但没有动手，后来警察来了。我觉得那个家伙有点变态，狂躁，跟疯狗似的。当然我也没把这事当成一回事，这就是他想杀我们的原因？"

"从他的口供来说，就是这个原因。那么，你们经常在他那里买肉吗？"李安全把目光转向吴燕。

吴燕正在收拾床头柜上的餐具，不掺和话题，但是认真地听着，觉察到李安全是对自己说话，突然颇为尴尬，勉强道："多数吧，我们算是熟客。"

"那你了解这个人吗？"李安全继续问道。

"不了解，只知道他在那边摆摊好多年了。"吴燕回答，她的话里总是有一点紧张与勉强。

"也就是说，在你们买肉的过程中，从来没有聊过更多私人的事？"

"没有。"吴燕摇摇头，眼睛并没有看李安全，突然，她好像被惊醒似的，问道，"那孙兴旺为什么被杀呢？"

"据他的口供，他跟孙兴旺做过邻居，也有口角之争，就这样结下的仇恨。"

"那可真是个心理变态。"吴燕松了一口气，叹道。

"你经常买肉的话，刘德寿知道你们是夫妻吗？"李安全继续问道。

吴燕脸色煞白，好像身体中有一股暗流涌到胸口，突然摁住胸口，十分难受，有些歇斯底里地叫道："你别再问我了。"

说罢奔向卫生间，好像要呕吐的样子。江四鸣与李安全面面相觑。

江四鸣赶紧到卫生间门口，敲门道："你怎么啦？"

"你别进来，我吐一会儿。"吴燕在卫生间带着哭腔道。

李安全离开病房后，直奔警局。破了此案，周幸福顿感释然，一身紧绷的肉松弛了下来，一见李安全，脸上笑起了褶子，道："安全，这次破案，你立下汗马功劳，我们决定给你申请一个三等功。"

"我总觉得是误打误撞，受之有愧。"李安全说了真心话，不过随即低声道，"周队，我总觉得这个案子还没完，有继续查下去的必要。"

"你可别画蛇添足了。"周幸福制止道，"这个案子圆满得不得了，你不知道，我这胸口是落下多大一块石头。"

"你有见过一个人，因为口角就连续杀人的吗？"

"心理阴暗的人，什么事都干得出来——这不评论，我们只注重证据，这个没有破绽的结案，你等着领赏了。"

李安全摇了摇头。他说服不了周幸福，也说服不了自己，眼前浮现刘德寿受审的模样，坦然而颓废的眼神，总觉得似曾相识，又想不起在哪里见过。案件之后，巨大的浓雾笼罩着他，他有一种窒息感。

下篇

一

十年前,宁城的新区还是一片池塘和滩涂,即便房地产已经有延展,但是当时城市的人口、商场和娱乐设施,还是集中在老城区。当政府规划发展新区后,新区迅速崛起,发展迅猛,湿地之上高楼林立。

南门,有一座老的石拱桥,桥边有两棵小叶榕树,根须在河上摇曳,比桥上乘凉的每个老头都要老得多。拱桥下面,两岸有石板路可以通行,坐在路边的石凳上,听着幽幽流水,还是有不错的情调。

林健送郭晓燕回家的时候,夜已经比较深了,大概十一点多吧。他们看了一场电影,完全是漫不经心的,出来的时候连电影名字都忘了,只记得有个细节是男主人公躲在女主人公窗台外摇摇欲坠的样子,这时候他们停止了亲热的动作,分出精力看看接下来会发生什么。后来男主人公从窗台上摔了下来,但是拍拍屁股一点事也没有,林健于是又把注意力转移到郭晓燕身上。

电影中一个婚礼的镜头引起郭晓燕的兴趣。她把林健的爪子从胸部取下来，附在他耳边道："你知道我最向往的婚礼在哪里吗？是在海滩上，我穿着婚纱，走到海水中，然后变成美人鱼。"

"那我们就到海边结婚，哎哟，超凡脱俗的想法。"林健兴奋地咬住她的耳垂。

"喊，要不要嫁给你还是个问题。"郭晓燕调皮道。

他们的咬耳朵引起了周边人的不快。电影还没有结束，两人就出来了。

过了南门桥，再走个五六百米，就是郭晓燕的家。她的父母是老南门，说着一口出溜的方言老腔，当然，骨子里也有老南门的那种世故，看一个人能看出骨头来。

在南门石拱桥下，一溜的黑暗，本来两人牵手而行，林健突然一把抱住郭晓燕，用嘴封住了她的嘴。

"别，太迟了，我得回家。"郭晓燕挣扎，把嘴从林健的嘴里腾出来。

"今晚别回家？"林健眼里满是哀求，黑暗中看不到，郭晓燕能从他的语气中猜出来。

"那不得被我妈打断腿。"郭晓燕嘀咕道。

林健更用力地抱住郭晓燕，好像要把她吞下去。郭晓燕被林健的热情感染，伸出舌头来迎合。林健知道，只要过了这座桥，郭晓燕就一入家门深似海。

林健比郭晓燕大一届，两人通过大学同学聚会认识，并且相恋。林健在师大，是定向保送生，毕业后回到家乡一中当语文教师。郭晓燕是学经济的，她妈妈门路多，毕业后分在税务局，在税务柜台值班，是个肥缺。两人无忧无虑的大学恋爱在毕业之后遇到最大的挑战。郭晓燕的妈妈吴阿姨一眼看穿了林健，重要的理由有两条：第一，林健家在农村，根本没什么家底儿；第二，林健当个老师，薪水有限，在吴阿姨看来根本是个没前途的职业，跟郭晓燕的无法匹配。郭晓燕一提跟林健的恋爱，吴阿姨头就摇得像个拨浪鼓：赶紧给我蹬了，我们这么好的女儿，问亲的人都要排队了，可得洁身自好一点。

郭晓燕白皙清秀，话不多，成长路上顺风顺水，言谈举止不能不受妈妈的影响。妈妈对林健的评价她也同意，小城市里，有点经验的，谁不给孩子弄个门当户对的，将来可以省不少麻烦。她之所以不忍割舍，一是因为感情深，她不是随便的女孩，爱了一个人必然会坚持爱的理由；其次，她认为林健是个有想法的人，虽然目前状况窘迫，在学校里住单身宿舍，洗个澡撒泡尿都不方便，但将来一定会一鸣惊人的。也就是说，从务实的角度而言，林健是一只潜力股。她总是用这一条来对抗妈妈的鄙视，王侯将相宁有种乎？当然，最重要的还是感情，还有精神，从这两方面而言，林健是自己可依赖之人。

林健知道自己的处境，沉默寡言的他也无法向吴阿姨自证什么，如果说"燕雀安知鸿鹄之志"之类的废话，只是讨打而已。他能依赖的，只是郭晓燕对自己的信任和真情。

桥底静谧，落下一片巨大的阴影，似乎显得此地与世隔绝。已是初秋，白天又下了雨，晚上凉飕飕的。桥上早已没有了往日纳凉的人们，冷冷清清，一盏昏黄的路灯挂在榕树之上，可以让路人看见桥上的石阶。桥下只有水流一如既往地哗啦啦哗啦啦，像一群永远在奔跑的小孩。这种静谧增加了林健的冲动，他把郭晓燕抱了起来，放在石凳上，手伸向她的裙底。这桥底，如天造地设的洞房。

"不。"郭晓燕徘徊在理智与情感之间，一只手紧紧抱住林健的脖子，另一只手去挪开林健的爪子。

"为什么，不爱我吗？"

"不，要等。"

恋爱数年，他们虽然有各种亲热，但是都未越过底线。这是郭晓燕的坚持。也许是很传统的家教，也许是受妈妈整日里的唠叨影响，郭晓燕觉得那件事必须在洞房之夜来完成。她既浪漫又传统，既单纯又孤单。吴阿姨的铁律则是，不准郭晓燕早恋，等到毕了业，找了工作，再寻个门当户对前途无量的男子，把完整的原装郭晓燕送过门去。另一个方面，两人也没有合适的空间来完成此事，林健的宿舍说是单身宿舍，就在走廊楼梯口，进进出出的都是人，随便谁都把脖子往窗子里一伸："林健，在干吗呢？！"跟菜市场似的。更何况郭晓燕不能在外过夜，这是她妈妈的铁律。而电影院成为他们最亲密的地方，他们永远坐在最后一排角落的两个位子，两个位子留下了他们浓厚的青春气息。

"你还是摆不脱你妈妈的影响，如果你真的爱我，就答应我，好吗？也向你妈妈证明我们的决心。"林健相信郭晓燕，但也怀疑，在这个世故的人生里，真情这玩意儿就像一个梦，梦醒了，就再回不去了。郭晓燕就像一场拔河赛当中的准绳，能坚持多久，也未可知。

"别，别这样。"郭晓燕虽然还在挣扎，手却明显放松了，林健的手顺利伸到裙子深处，把她内裤扒拉下来了。为了让接下来的工作更有紧张感，他把郭晓燕的内裤从脚踝处扒拉出来，在天光下仔细看了看剪影，像一只展翅欲飞的海鸥。

初次的性交，对于有的人而言，是贞洁，是身心托付的象征；对另一些人而言，是垃圾，是封建余孽，是一次费劲的苦力活儿。对于林健而言，是一个筹码，他对抗吴阿姨的筹码。

"不。"郭晓燕几乎是尖叫了一声，把内裤一把夺过。

"怎么啦？"

"有人。"郭晓燕眼露惊恐，突然紧盯林健身后。

林健转头一看，两个人影，齐齐地在身后瞪着自己，不，两人背后还有一个人，都比林健粗壮。他们手上都拎着酒瓶子，看不清样子，但可以感觉到狼一样的目光。

"你、你、你们想干什么？"林健的舌头在发抖。

"太爽了，让我们来。"当头一个高个子喷着酒气，去拉开林健，准备自己扑上去。林健急忙一把挡住，高个子把酒瓶砸在林健脑袋上，林健并没有晕倒，只是头脑一片空白，感觉一条蚯蚓在脑袋上蠕动。另外两个家伙把林健拉到一边。高个子扑在郭晓燕身上，有如一头大象碾压下去，郭晓燕发出撕心裂肺的叫声。高个子则叫了另一个过来帮忙，捂住郭晓燕的嘴巴，让她发不出声。林健挣扎着要过去，那人用破开的酒瓶对准他的眼睛，叫："再动，我扎死你！"林健动了动，发觉手脚已经无力，脑袋一片空白，只好跪了下来，头磕在地上，哭道："三位大哥，你们放了我们吧。"

三个人发出肆意的笑声。

桥下是一个狂欢的地狱……

南门桥下的轮奸案，不知怎么传了出去，在当年是坊间最热的谈资。当地网络还不发达，但是老百姓的口耳相传已经够厉害了，连城郊都有人骑着自行车，去看看桥下石板凳上的血迹。小城市就有这般妙处，连警方的口录细节，也能流出来。谈资的要点是：这个男朋友简直不是人，女朋友被人轮奸了，还不去以死相拼，还他妈向凶手哀求，这还是人吗？

最重要的是寻找凶手，但是得到的嫌疑人的信息太少了，只知道三人作案，外地口音，身强体壮，以及体液。其他的一切，都湮没在桥下的静谧和黑暗之中。

郭晓燕在医院里一度想死，但被吴阿姨牢牢看住。这个坚强而世故的女人此刻以一当十，无比强悍地呵护着女儿。

林健头上扎着绷带，到病房来看郭晓燕。他完全蒙了，不知道如何看待此事，也不知道如何看待自己，更不知道自己与郭晓燕的关系将走向何处。他毕竟只是大学毕业三年的一个二十几岁的小伙子，之前阅历颇少，手无缚鸡之力，直到现在，他也不明白，自己最正确的做法是什么。

病床上的郭晓燕一见到他，眼泪止不住哗哗地流下来，泣不成声。林健酸楚无比，伸出手去，郭晓燕哭道："走开，我恨你。"

林健的心像被一把大锤砸了一下，身子摇摇欲坠。吴阿姨冷眼看着，撇着嘴，鼻子里呼出一万个鄙夷和痛恨。她肥胖的身子像个实心砣，伸出手稳稳扶住林健，拉着他走出病房，像拉一头不是很听话的驴。在走廊的通风窗口，吴阿姨指着楼下的水泥地，道："你要么从这里跳下去，要么滚回去，以后不要跟我们晓燕联系，我就当你死了，你这个死人！"

林健看了看窗下，六层楼高，摔死绰绰有余，并非那么可怕。他抓住窗沿，费劲地往上爬，他已经没什么力气，三天都没怎么吃饭，主要靠水和输液活着，这时如果有一阵稍微强烈的风，就能把他的躯壳从窗户里吹下去。

"帮我拿一把椅子好吗？"林健问道。

如果有一把椅子垫脚，再跨上窗台，随一阵清风飘落下去，这样的死也颇有样子。

吴阿姨伸出滚圆的小胳膊，把林健拎起来，掷向楼梯口，道："滚，还想让我帮你收尸！"

林健像一只鹭鸶被甩过去。众护士看到吴阿姨的这一手，目瞪口呆。

林健是高三（3）班的班主任，也是（3）班、（4）班的语文老师。这一阵子的缺课，完全由邱老师和毛老师代替，邱老师负责（3）班，毛老师负责（4）班。邱老师是个大大咧咧的人，说话自顾自的，交流比较困难。有一次跟学生合影的时候，裤裆拉链没拉上，结果被学生叫作"邱裤裆"。外号这玩意儿的变迁是很奇怪的，邱裤裆没叫几天，学生们便觉得叫秋裤党更顺口。秋裤党是一个漫画人物。（3）班的学生欺负生人，他在黑板上板书的时候，最调皮的学生抛出粉笔打他的头，"扑嗒"一下。秋裤党转身过来，愣愣地看着学生。全班一阵哗哗的哄笑。

秋裤党呼出一口气，摇着头，训斥道："你们班主任为什么没来上课，你们知道吗？他的女朋友被人轮奸了，他都活不下去了，你们还这么快乐。你们这么厉害，为什么不去对付凶手？为什么呀？"

全班一片寂静。瞬间，学生们也明白了，那件沸沸扬扬的强奸案，男主角是班主任。下了课，班上炸了锅，加上市井之间听来的消息，学生们议论纷纷，正是好发议论的年龄，痛之恨之怜之悯之都有。要是以此为题作一篇议论文，必然要全体得高分的。

还好有老师们的关照，嘘寒问暖的，趁机打探点细节，林健觉得死了几天又活了过来。像一株树一样活了过来，没有灵魂，没有思想，就呆呆地活着。

他不忍心再让别的老师代课，他自己像一截木头一样地去上课，如行尸走肉般过下去。可是，现在世界已经不一样了，学生们看着他，用异样的眼光，还窃窃私语；同事们也一样，当面打了很温暖的招呼，转头又议论。他似乎赤裸着身子，被众人嘲笑，但世界之大又无处可躲。有一天他在课堂上抓住一个看小说的学生，对着他发了脾气。那个学生居然愤怒地反击，说林健保护不了自己的女朋友，算什么男人，算什么老师。林健气血攻心，顿时就颓了。校长觉得以林健的情绪，目前很难坚持在岗位上，但是高三的班主任岂能说换就换，急忙商议应对方案。

林健恹恹地走到蕉北市场，在人来人往的市场里像一具游魂行走。虽然不是早市，但来来往往的人还是很多，猪肉摊上一个长着络腮胡子的屠户在面无表情地忙碌着，他是林健的叔叔，叫林福生。早年在乡下当屠户，后来进城在菜市场弄了个位置，日子倒是过得安稳。

一个大妈拿着一塑料袋骨头过来，扔在案板上，叫道："我买了两斤骨头，拿到公平秤上一称，却是两斤二两，你不能这样没诚信呀。"

林福生蒙了，过了数秒才回过神，道："是呀，我是多给你二两碎骨头，你不要我可以拿出来，但不要说我没诚信呀。"

大妈眼珠子一转，脑子里还在各种算计。

林健像一棵树移了过来，掏出一个鼓鼓囊囊的信封给林福生，萎靡道："叔，帮我把这些钱交给我爹。"

林福生忙着和大妈纠缠，看也没看林健一眼，把信封收了，放在口袋里。林健像个游神一样慢慢地离开，他也没觉察。

"哦，对对对，你是多给了我。但是——"大妈眼珠子转了几转后，似乎想明白了，转移话题道："刚才那个人是谁呀？"

"我侄儿。"

"你看看，你侄儿都跟一个死人似的，你一点也不关心，你的眼里整天都是猪，这不好。"大妈摁住袋口，把林福生教训了一顿，拎着袋子走了。

想清楚了自己的归宿，林健突然感觉饿起来。他路过一家面馆，点了一份最爱吃的炒油面，从学生时代到现在，他对这种圆滚滚的面条情有独钟。面馆里人多，周末三都澳海军基地的水兵们三三两两进城逛街喝酒，操着各地口音，一派人间烟火的景象。面馆生意也比平时好了许多，林健一边等着面条，一边看着这些南腔北调的人，若有所思。一碗面条干下去以后，他就义无反顾地往宿舍走了。

直到收摊的时候，林福生觉得裤兜鼓鼓囊囊的硌得慌，打开信封一看，居然有一万三千多块，可想而知，那几乎是一个青年教师的全部积蓄了。林福生虽然粗手粗脚，但是该有的心思却也不差，以前林健会寄个几百上千的，托下乡收猪的他转给父亲补贴家用、看病等，现在一下子拿出一万三，也没说是什么钱。他给林健打手机，手机已经关机。林福生把杀猪刀在砧板上抹干净，收起来，把围裙解了下来。想起大妈的话，林福生突然觉得一阵心慌。

林福生没吃饭就赶到学校，在林健的宿舍，他敲了敲门，并无回应。这个宿舍的门玻璃有两层，下层是毛玻璃，看不见里面，上层是透明玻璃，还开着。林福生往上一跳，窥见里面的情景，他"哇"的一声大叫起来，像着了火似的。

林健从医院里悠悠醒来时，林福生气坏了，他说："你读这么多年书，读到粪坑里去了吗？还不如我一个杀猪的。你看我这手、这疤，我一个杀猪的被猪咬成这样，我就要去死吗？"他把林健救活过来，又恨不得把林健骂死。他忘不了房间里血淋淋的一幕，林健无力地躺在床上，左手腕的动脉在汨汨流血，鲜血染红了半个床单。

林健被骂得狗血喷头，垂着泪道："叔叔，你不知道，这世上已经没有我的立锥之地了。"

林福生道："放你妈文绉绉的狗屁。"

案件直到郭晓燕出院了，也没有进展。住院期间，她的手机一直关着，直到出院后她打开手机，里面有一条林健的短信："都是我的错，忘记我，好好活下去。"她愣了半天，脑子一片空虚。在家里，郭晓燕一天洗三次澡，外加眼泪再洗几次，吴阿姨觉得整天在家里哭哭啼啼也不行，没事了就想伤心事，还不如让她忙起来。于是做了几天思想工作，让她鼓起勇气去上班。郭晓燕在柜台窗口，有一天一个老大妈排到窗口，朗声道："闺女，我不是来办事的，我就来看看你，看你气色不错，恢复得可以吧？这么好的女儿被糟蹋真可惜了。那个强奸犯抓到了吗？叫公安一定要抓到哟。还有你应该没怀上吧，要是怀上可就糟心了……"税务大厅的人眼光齐刷刷地扫射过来，郭晓燕"哇"的一声，从椅子上摔下来。

郭晓燕被吴阿姨领到家，哭着道："妈妈，我再也不去上班了。"吴阿姨道："不去不去，就是皇帝老儿的宝座也不稀罕，不要那个职位了。"

吴阿姨跑到蕉南派出所，问警察小周道："案子怎么还不破？"小周见吴阿姨又来了，叫道："线索太少，我们正在努力。再说了，强奸案也不止这么一起呀。"吴阿姨道："你们要是破不了，那什么，就给我撤案。"小周道："案子不是想撤就撤的，立了案，你要给我们时间，万一破了呢。"吴阿姨道："你们就不想想我女儿吗？案子破不了，又搞得满城风雨，你让她以后怎么过。"小周支支吾吾地说不出来。吴阿姨说:"你们这些警察呀,抓赌抓嫖都很神气,一到干点正事就歇菜……"小周争辩道:"抓赌抓嫖不归我们管,再说了,我们破的案子也多了去了。"吴阿姨打断小周的话:"你别跟我吹牛皮,只要我女儿的案子破不了,你就不要在我面前吹。现在呢,我给你们两个选择。一个呢,一周内给我破案,另一个呢,破不了的话,把我女儿的名字给改了。"小周道:"改名字不归我们管呀,是户籍室。"吴阿姨道:"我才不管你是这个部门那个部门的,都是饭桶一堆。"

吴阿姨没读过什么书,但是能量不小,她为女儿制定了复活路线。首先给女儿改名字,把身份证都改了,权衡很久,把姓改成自己的姓,叫吴燕。改名改姓,相当于重新换个人,这个难度不小。其次,调个单位。在姓名改后,换个单位。本来税务局真是个好单位,但现在不这么想了,想找个低调的单位,找了各种关系之后,到文化局的财务处上班,也与专业对口。这两个浴火重生的大招,花了两年多才完成。到了新单位,确实,没有人知道吴燕就是当年那个轮奸案的女主角,至少场面上谁也不知道。

吴燕完全变成了一个听话的孩子。这时候她知道母亲的爱,母亲的强大,她世故但能干,能解决各种问题。她努力忘记过去,努力忘记林健,就连自己的形象,也与过去迥然不同。每一步都按照妈妈的部署,浴火重生。她庆幸有个能干的妈妈,用她的爱,呵护自己的一生。

是的,时间会改变一切,这个城市也慢慢忘记了这么一件事。案子一直没破,吴阿姨警告派出所,别他妈再提案子,不准再破。

不破倒好,破了又要走漏风声,引得满城风雨,旧事重提。这伤口慢慢愈合,结了痂,再把痂揭掉,哪个人能受得了。

随着伤口的愈合,吴阿姨的下一步计划是给女儿说一门亲事。

有几个条件，对象不能是本地人，本地人的话，归根结底，迟早会知道这么一出事。其次，有正当职业的，工作稳定，过简单的、小富即安的生活。而在所谓门当户对或者男方的前途等方面，吴阿姨放宽了条件，但还是有条件的，不能是教师之类的清贫职业。吴阿姨的门路很广，相亲什么的都自己先上，最后选定了江四鸣：一表人才，外地人，待遇优渥，在本地关系简单。

婚礼的标准是，简单但不失场面，特别是女方请来的人都有讲究，那些知根知底的、好嚼舌头的，都被吴阿姨以各种方式婉拒在婚礼之外。从改名、换工作，吴燕重新上班，三年过去；到吴燕抹去心上的伤疤，再次考虑婚姻，已是六年的时间。这婚礼上要是一着不慎，岂不是六年的心血付之东流。

婚礼相当完美，没有透露出丝毫过往痕迹。而且从吴燕的表现来看，她的伤口完全愈合，沉浸在对未来生活的憧憬之中，脸上的喜悦与期待，是这六年来从未有过的。她脸上的笑容就像新生儿一样纯净和喜悦。是的，步入婚姻殿堂是每一个女孩的梦想，一个神圣的时刻，特别是对于吴燕这种浴火重生、受到中规中矩的家教的女孩来说。吴阿姨虽然在整个婚礼过程中忙得不亦乐乎，但最用心的却是观察吴燕的表情。母亲对于女儿的保护，没有任何一个人堪比，是全方位的、无死角的，谁叫女人心通女人心呢。吴阿姨觉得自己六年的呵护，在今天获得了丰收。

由于男方是外地的，这次婚礼来的人并不多，父母、兄弟等很近的亲友团，加上男方几个同事和战友。婚礼结束，照理是闹闹洞房。北方习俗的闹洞房花样奇多，但现在身在南方，就意思两三个节目，新娘子虽然不乐意，但嘉宾们达成一致意见。闹洞房的第二项是热情冰块，几个家伙将准备好的碎冰块放入新郎的怀中，众人一起将一对新人拥抱起来，让新郎冷得上蹿下跳，以免圆房时过于热情。江四鸣抱着新娘,衣服里的冰块在众人的推搡下落到身体各处,有几块掉到裤裆里,极为难受,又身不由己。情急之下,江四鸣叫道:"老二,过来帮我一把。"战友周亮过来打圆场,叫道:"行了行了,冻坏了不能圆房。"

吴燕被夹在人群中,听见江四鸣雄浑有力的声音,突然间浑身一激灵,抽筋了一样,两眼翻白,口吐白沫。众人被周亮打散,才晓得新娘已经昏迷过去。周亮叫道:"怎么啦,怎么啦,是不是冻坏了?"江四鸣连拍吴燕的脸,一点动静都没有,急忙叫道:"赶紧叫救护车。"

吴阿姨大功告成,心下稍定,正想歇一晌,冷不丁电话来,说吴燕昏迷了。她心里"咯噔"一声,差点跳出来,那种潜伏着的担心豹跃而出:妈呀,又是哪个环节出问题了?

二

林健收到吴燕的短信,恍如隔世。他们已经六年没有联系了,他脑子里一直在屏蔽这个女人。他努力让自己得了失忆症。

现在收到这个短信,他的手在颤抖,眼睛都花了。短信里,吴燕说想见他,让他找个隐秘的地方。这世上哪有什么隐秘的地方?独居的林健觉得自己的家最隐秘。

林健租住在建委老宿舍,二十世纪九十年代的楼,外墙灰都残破不堪了,里面是小两居,陈旧但洁净,客厅阳台早上可以晒太阳,颇为温馨,一个人住起来绰绰有余。这样的半新不旧的房子,会有很多过往的痕迹,自带一种情怀。

听见敲门声,林健从卫生间出来,刚刚洗完澡,湿漉漉的头发还来不及擦干。吴燕说要见面,立即见面,时间太紧了。

林健打开门,看到了熟悉又陌生的吴燕。恋爱时候的一头长发换成及肩短发,清秀白皙犹在,发上的淡淡清香也一如既往,将要说话时嘴角的酒窝更是一成不变,那酒窝像闪电击中了林健内心的某个部位,让他喘不过气来。其实,总体而言,吴燕的变化不大,还是那个单纯的恋爱女生。

"怎么现在洗澡呢?"吴燕进来时躲闪着林健的眼神,装作漫不经心地笑,好像他们并没有失联六年,而是几天前刚刚见过。

"身上都是猪肉味,去不掉,洗洗会好点。"林健穿着宽松的运动衣服,一边擦半干的头发,一边道,"这边坐。"

客厅阳台上有一个小小的茶台,茶具一应俱全,想来林健常在此自斟自饮。

"还好吗?"吴燕坐了下来。

"就那样,一个人数着日子过。"林健坐下来,斟茶。

"说说嘛。"吴燕故作轻松。

"没啥可说,跟着我叔叔去乡下收猪,学杀猪,能干粗活儿是一种进步,只不过不长进,学了六年,猪还是不敢杀,百无一用。但是整天杀猪卖猪,身上都是猪肉腥味,这一点不好,每天要喝茶来抵抗腥味,这方面岩茶最好。"

"怎么想到去杀猪?"

"我叔叔说我埋头书里,是个废物,跟着他杀猪,换一种活法,也挺好的,忙起来就把过去的事儿全忘了。"

"怎么长了一圈胡子?"吴燕不满地问道。

林健现在长了一圈络腮胡子,不细看的话,简直面目全非,走在街上,过去的熟人绝对认不得。对吴燕来说,她一眼就认得,眉宇之间也许太熟了,但络腮胡子显然让她有不悦的视觉效果。

"买了一种药,在腮帮涂一圈,就长胡子了——好像自己就进了树林,别人看不见了。"

林健自杀被救过来后,就辞职了。一是他也不想连累学校,二是可以与过去的生活诀别,与以往相识的人,包括学生和老师一刀两断。在杀猪圈里,没有人知道林健曾经有那么孬的过去。

吴燕一瞬间伤感起来。

"把我彻底忘了吧。"吴燕说道。

"一直在忘记,但是你的消息还是会入耳,比如最近结婚了什么的,这个城市太小了。"林健喝了口浓茶,道,"手机号码一直没改,是因为想,万一你哪天有什么事要联系我呢。"

吴燕眼里泛出泪水,那泪水一直在积蓄着,她终于忍不住,猛地抱住林健,从呜咽到忍不住涕泪交流。

"怎么啦?"林健抱住她,拍抚胸背,这是以前恋爱时出现过的场景。

"我……我又完蛋了。"吴燕语不成声。

吴燕胸脯起伏,良久,情绪次第释放,哭声转泣,能够平息、说话后,道:"结婚那天晚上,闹洞房的时候,我老公他说:'老二,过来帮我一把。'我脑袋就炸开了,多么熟悉的口气,多么可怕的回忆,六年前在桥下的那个夜晚,他也是这种口气:'老二,过来帮我一把。'然后那个杀千刀的就过来捂住我的嘴,你记得吗?"

林健一下子悲恸地紧抱住吴燕,发出豹子一样的呜咽:"呜——你的命怎么这么苦!"

两人紧紧拥抱,六年的压抑在此刻喷薄而出,泪水清洗着过去与未来。悲伤是泥石流,将两人淹没并就此凝固。温馨的客厅,窗户对面晾着一竿子儿童的衣服和尿布,随风摇摆。

"我该怎么办？"吴燕问道。

"让我去宰了他，好吗？"

"不。"

"你舍不得？"

"我舍不得现在的平静，这么多年，我好不容易让生活平静下来，我的心实在受不了——你不是连猪都不敢杀吗？"

林健高亢的情绪瞬间颓了下来。

"我不敢杀猪，但是敢杀那个人。"林健狠狠道。

"不，我会死掉的。"

这么多年，吴燕像走在高高的钢丝上，期望平稳地走到生活的对岸。是的，但凡现在有一点儿风吹草动，都能让她从高空摔下来。

"告诉你妈妈？"林健没有办法，要不然交给吴阿姨，她的能耐大得很。

"这门亲事是她千挑万选的，她会疯掉的。"吴燕道，"再说了，她随便怎么做，我都免不了悲惨的命运。"

"报警呢？这三个家伙好歹得受到惩罚。"

"我想过了，除非我先死，否则我再受不了折腾。"

"多少次我在梦里都找到凶手了，我要砍死他，我死不足惜，可是现在你这也不让，那也不让，你想和强奸自己的人一起生活下去？"

"你别说了！"吴燕泣道，"我现在只想有个人爱我，有个人能让我依靠。"

林健捧着吴燕的脸庞，看着她的眼睛，确实，这个女人现在最需要的是爱。这个自己想忘记但忘不掉的女人，并没有从自己的生活中消失，她还是自己的。更关键的是，这个世界上，现在只有自己与她相依为命。

他们互相抚摸对方的肌肤，以此取暖。他们让热情燃起，忘记世间的一切，最后他们进入彼此的身体，把能量传递给对方。这是他们的第一次性交，一次极为荒凉的秋收。

房间里，两具身体在扭曲着，多年的压抑写在凹凸的肌肉中。而后，夕照照着两个苍白的身体，他们疲倦不动，如两具尸体。

"你就想这样下去？"

"平静比什么都重要，即便只是一种假象。"

林健攥着拳头，哀叹了一声。

当他们依依分别的时候，林健道："忘了告诉你，我现在改了名字，叫刘德寿，跟的是我妈的姓。"

"我也是，我叫吴燕。"

刘德寿轻轻打开门，走道里并无声息，他示意吴燕下去。吴燕蹑手蹑脚地走到下一楼层，才迈开正常的步伐。

吴阿姨虽然临危不乱，但是碰到吴燕突然昏迷这种事，心里也是七上八下，不知问题出在哪里。她亲自上阵护理，不让旁人接近，生怕出现一点儿的闪失。一个人，要捂住一个秘密，就如保护一个胎儿一样，从羊水，到子宫，到身体，到行动，保护层必须是层层相加，不可缺漏。吴燕醒来后，吴阿姨一个人在身边，赶紧问怎么回事，她太害怕吴燕的昏迷与轮奸案有关。

吴燕见了妈妈，紧紧抱住，忍不住眼泪啪嗒啪嗒，一个劲儿地伤心，就是不言语。吴阿姨的心也扑通扑通跳，叫道："女儿，啥事说出来，妈妈都给你担着，就是死，妈妈也要先替你死。乖女儿，你说。"

吴燕泪崩，道："妈，我不适合结婚。"

"说什么话，妈妈给你精挑细选的婚事，即便是过了门，妈妈也要替你担着，有什么委屈，尽管说。"

"我身体太差，不适合结婚。"

"别怕，妈妈给你养着，养得结结实实的，等生了孩子，体质也会变好。你是受了什么刺激，就昏迷过去？"

"没什么，就是太累，闹洞房闹的。"

吴阿姨舒了一口气，朗声道："我就说了，那些个北方人，什么坏习惯，走个过场就行了，还非得想变态的点子折磨新郎新娘。要是下次再结婚，绝不让他们再闹……啊呸，我都气糊涂了，说什么狗屁话呢……"

医生也查不出个子丑寅卯，大致归结为血压、情绪上的原因。

出院后，吴阿姨交代江四鸣：第一，吴燕身子骨弱，不能惹她生气，什么事都要让着点儿。第二，要注意加强营养。第三，早点生出个娃儿，把吴燕的身子彻底改造一番。

江四鸣虽然是大男人，却被吴阿姨的气势镇住，唯唯诺诺。

吴阿姨隔两天就过来看一次。嫁出去一个女儿，就像放出去学飞的小鸟一样，一百个不放心呀。

"为了你呀，妈妈的心也变成了气球，一有点动静，就觉得要被捅破，不知道是年老了，还是操心太多，真是一年不如一年了。你要是能安安生生地过日子，我就能多活几年，你要是有个三长两短，我看我也就差不多了。"吴阿姨爬上吴燕家的四楼，喘着气儿抚着胸口跟吴燕推心置腹地说。吴燕真切地看到妈妈的皱纹多了不少，一种叫衰老的东西紧紧拥抱着母亲，自己心中也是酸酸的。

林福生和刘德寿叔侄凌晨四点就到增坂村收猪。他们的猪肉摊尽量收家养的猪，肉质好，与纯饲料猪相比就如矿泉水与自来水的区别，因此在顾客眼里也小有名气。猪被捆好，抬在架上，歇斯底里地叫着，被众人齐齐摁住不动。林福生举起刀就要插入，刘德寿叫了一声："叔叔，我来。"林福生觉得奇怪，平常叫他来，他都说下一次，没完没了地下一次。林福生把尖刀递过来，刘德寿接过刀，看准喉管位置，眼睛一闭，一个刺杀，嚎叫戛然而止。黏稠的血汩汩流出，把他的手都淹没了。

　　"就是嘛，连猪都不敢杀，还做什么男人。"林福生赞许道。

　　黄昏的时候，猪肉卖得差不多了，只剩下一些骨头碎肉。林福生躺在躺椅上，在猪肉味中酣然入睡，刘德寿则看摊位。突然他眼前一亮，吴燕拎着包走了过来，穿着收腰的黑色连衣裙，走在菜市场特别引人注目。吴燕低着头，走到他的摊位前。

　　"要点什么？"刘德寿问道。

　　"随便。"吴燕抬起头。刘德寿看见她眼神中颇有忧郁，似乎有话要说。

　　"弄点骨头，炖海带可香了。"刘德寿把几块骨头拾掇起来，称了一下，看了一眼身边的叔叔，他正酣睡。

　　他把骨头袋子递给吴燕，吴燕在一瞬间却感到恶心，叫了声："太脏了。"掩着鼻子掉头就走。

　　十五分钟后，他们俩出现在刘德寿的宿舍。两人不约而同道："太脏了，我得先洗洗。"说完都愣住了。

　　"你跟他行房了？"刘德寿问道。

　　"我有什么办法，我跟他住在一起。"

　　"这还是强奸呀。"刘德寿抱着吴燕大哭，把她抱进卫生间。他拼命用水冲她，想把里外都洗得干干净净。

"你想这样过下去吗？"刘德寿问道。

"不。"

"让我杀了他，好吗？我今天杀了一只猪，我也可以杀人的。"

"除非我死了，我和我妈都死了，你才可以这么干。"

"你就忍心继续被强奸，活在假象之中？"

"我不知道，我本来就活在阴影中这么多年。现在我只想要你爱我，狠狠地爱我。"

刘德寿突然长啸一声。多年来，他都梦见找到了凶手，他可以去拼命。自己的这条命，那个叫林健的人，已经死了，剩下的是一副报仇的躯壳。谁能想到，挡住报仇去路的人，居然是自己最爱的人。

在伤口渐渐平复的几年，吴燕和妈妈每天都在祈祷，千万不要破了这个案子，就让它石沉大海，获得一个平静而屈辱的未来。苟活一世，夫复何求。

他们在床上，静静地抱着，只想两个人变成一个人。

"忘记整个世界，就剩下你和我，就像我们刚刚在校园认识的时候，在花园椅子上手拉手一样。"吴燕喃喃道。

刘德寿用吴燕的手捂住自己的眼睛，长长地吻她。

他们俩就这样躺着，直到天黑了才分手。外面街道灯光乍起，杨柳拂水，情侣凭湖而坐，那都是不属于他们的风景。他们拥有的只有一个暗黑的角落，相依相偎，永远如此。

为了避免和江四鸣怀上，吴燕选择了安全的日子行房。每次行房之后，她必定要和刘德寿哭诉一番，似乎这样身上的耻辱才会被抹平。

一直怀不上，吴阿姨很着急。她觉得结完婚、生完孩子，一切才是真实的落定。江四鸣也着急，自己身体棒棒的，怎么就不行了呢。吴阿姨催促他们去医院检查，江四鸣倒是配合，查了，一点儿问题都没有。吴燕拖拖拉拉，说："要是生不出来，就是不会生了，有什么好查的。"吴阿姨叫道："你这孩子，多少人怀不上呀，查出问题吃个药就好了。"

禁不住母亲的劝，吴燕只好去检查，身体完好。吴阿姨把检查报告扔给江四鸣，道："你看看，吴燕是没有问题的，你是不是再去好的医院检查一遍。"江四鸣皱着眉头："这个跟是不是好的医院没关系吧。"

吴燕不胜其烦，道："许是你坏事干多了，没有孩子的命。"

"你这孩子，说什么话呢。"吴阿姨转头看看江四鸣，一脸恼怒但也无可奈何，道，"如果两人都没问题，那就只能求观音菩萨了。"

吴燕趁机道："如果你嫌我不能生孩子，我们可以离婚，你再找一个。"

江四鸣是很珍惜吴燕的，她温婉、优雅，话不多，虽然体质差了点，但并无大碍。他更珍惜家庭，有一个男人的担当。虽然传宗接代的观念也很强，但不至于会因此离婚，道："你不生就不生，将来抱养一个也是可以的。"

吴燕突然爆发了，道："你敢抱养一个我就扔出去。"

江四鸣道："好了好了，说说而已。"

吴阿姨道："你们别吵了，四鸣，你过来，我跟你商量商量。"

吴燕每天或者最多隔一两天，就从刘德寿的猪肉摊前走过，或者是上班时间，或者是下班时间，或者默默地互相注视，或者人不多的时候，说几句话，捎带买一点猪肉。这种短暂的相见给予她力量，使她在一天的工作中内心充实。刘德寿同样如此，若有一两天没有见到，心中便惴惴不安，心里发虚得很。

他们宛如在森林深处的两棵植物，一天只享受一缕短暂的阳光。在人来人往的菜市场，谁也不知道每天交换的这闪电一样的爱。

刘德寿也从叔叔那里独立出来，花了大价钱在东湖市场买下了一家肉摊，独立经营。

这一天，吴燕下班经过东湖市场，刘德寿眼中闪过一丝温柔的光，那温柔注入吴燕的体内。刘德寿招了招手，切了一块里脊，看看边上没有外人，道："我们被人盯上了。"

吴燕心里咯噔一下，道："那，怎么办？"

刘德寿道："我想好了，搬家，你这几天不要过来。"

楼上的方大妈每天都要下来遛狗，在小区柳树下她的贵宾犬正在拉屎，她闲着没事把回家的刘德寿叫住："经常到你家的那个女人是谁呀，是你对象吧？"

刘德寿窘了，道："没，没有。"

方大妈笑道："不承认？不会是不正经女人吧？"

刘德寿慌忙道："哎，可能是亲戚，你看错了。"

方大妈咬牙切齿道："来了一遍又一遍，还说是亲戚，小刘，你可要留心，现在骗钱的女人很多呀。"

刘德寿落荒而逃。如果方大妈知道，那宿舍周围的人肯定全知道，这用脚指头都能想出来。

家搬到东湖市场对面的锦绣家园，逃脱了方大妈的围追堵截。

爱与怕，如鬼火一样幽幽摇曳，他们继续寻找自己隐秘的爱的场所，用不孕对抗着吴阿姨和江四鸣，似乎完全忘记了多年前的那起轮奸案，也忘记了曾经熊熊燃烧的复仇之火。

三

  孙兴旺的早晨从中午开始，起床拉开窗帘，窗外日上三竿，亮光有点刺眼。他在卫生间里洗了一把脸，正想着出门该干点什么，突然听到外面有一阵类似于蹑手蹑脚的脚步声，想隐藏而又藏不住的高跟鞋声。孙兴旺有小偷小摸的习性，对诸如此类的声音十分敏感。他把眼睛附在防盗门的猫眼上，看见一个身着黑裙的窈窕女人一闪身，进了对门的房间。门轻轻被掩住。

  孙兴旺"嘿嘿"地笑了。

  孙兴旺本来想去麻将馆里转悠一下，但是改变了主意。他就在小区门口吃了一碗拌面，然后静静坐在花坛玫瑰丛的边上。这个生活在小城市中的懒汉和寄生虫，一直对各种歪门邪道很上手。

  一个小时后，黑裙女子出来了，拎着拷包，若无其事地出门。孙兴旺跟了上去。

  孙兴旺不论在麻将馆还是赌场，都是输家。也是老赌徒了，为何老输？后来他想通了，有些人是赢了钱后回家，他都是输光钱后回家。有了经验，后来他赢了几把，口袋结实了，便回家。无奈口袋里有钱，居然在床上翻来覆去睡不着，心里像有一万只虫子在爬，难受得紧，这样失眠下去是要疯掉的，他爬了起来，又奔向赌馆，直到囊中空空，再回到家，这才一块石头落了地，踏踏实实地睡着了。

  他必须生其他的财路，来维持生活、过赌瘾。

  对门这个卖肉的，叫刘德寿，他一向没什么好感。加上对方性格木讷，见了面也不打招呼，他觉得对方是个不识抬举的家伙，难怪只配卖肉。但没有想到这小子还藏着一手。从经验判断，女的来路不正，必然有秘密。

时机成熟，当然他也不管时机成熟不成熟，他觉得来钱的机会到了。有一天，他在破旧的花坛边上，看见刘德寿收工回家，一身油腻。

"嘿，过来下。"孙兴旺叫道，扔了一根烟给刘德寿。

刘德寿接过，又把烟还给他，道："我不抽烟，啥事呢？"

刘德寿不想跟周围的人有任何瓜葛。

"手头有点紧，想跟你借点钱。"孙兴旺开门见山。

"不合适吧，我们又不认识。"刘德寿惊异道。

"你不怎么认识我，我可认识你，经常偷偷溜到你家那女的，我还知道她在哪儿上班。"孙兴旺装作漫不经心，眯眼偷偷地查看刘德寿。

刘德寿脸色瞬间僵硬了。每到一处，他已经十分小心了，但依然防不胜防。当然，他也知道，那一点幽暗的爱情之火在世上并无藏身之地，总有被人发现的时候，但没有想到握住火把的，是一个刺头。

停了十秒之后，刘德寿问道："你想怎么样？"

"我这人很耿直，没有什么歪心思，就是想跟你借点钱。"孙兴旺一副很无辜的样子。

"多少？"

"不多，两万吧。"

"真没有，你爱咋咋的。"

刘德寿说着便要离开。他脑子里急速运转，同时也在观察着孙兴旺的表现。

"你有多少嘛，我也不是不讲理的人。"孙兴旺大大咧咧道。

"我口袋里只有一千，要的话你拿走，以后不准再提这件事。"

"哎哟，我是个心软的人，总是为别人着想，好吧好吧，就依你。"孙兴旺伸出手来，他急于拿钱，其实根本不在乎数目。

刘德寿掏了一千块给他，语带警告："如果你敢再出什么花招，你要明白我是干什么的。"

"你不是卖肉的吗？"

"我是杀猪的，不是猪也能杀。"

孙兴旺蘸了点口水，一边数着钞票，一边得意地笑了笑。

刘德寿决定再次搬家。搬到哪里呢？好像搬到哪里都不安全。这个城市太小，来来往往不是熟的就是半生不熟的。后来在东桥租了一套房子，那个小区是新区，入住率不高，甚至可以说是荒凉。荒凉是最好的了。

孙兴旺再次见到刘德寿，是在刘德寿从市场回家的时候。在一个巷子里，孙兴旺幽灵似的毫无征兆地冒出来，刘德寿吓了一跳。

"兄弟，上次我跟你说的是两万，而你只拿了一千，我没算错的话，还剩一万九千，是吧？我没念过书，算得不是很准。"孙兴旺热情地比画道。

这种结局刘德寿不是没有想过。

"这么算，不合适吧？"

"怎么算都行，总数得这个数。"孙兴旺把身子斜靠在墙上，用牙签剔牙。

"你知道，我一个卖肉的，混个日子，哪能一出手就几万。"

"嗨，这年头，猪肉的价格噌噌噌往上蹿，还能少了你的赚头，怎么说你也是个老板，你就别跟我装穷。"

"我这全身上下，有多少钱你就拿多少钱，一刀两断好不？"

"今儿可不能算这糊涂账了。我是个讲理的人，也不要求你一时半会儿兑现，你说个时间，把总账给兑了我再也不找你，行不？"

刘德寿吸了一口气，似乎被孙兴旺整得没有办法了，寻思了片刻道："行，给我几天时间，我凑了钱咱们再聊好不？"

"你得有点准信呀，不能说几天是吧，几天你都跑到外星球去了，我怎么找你呀，那交通工具我也没有呀。不过呢，总归是跑了和尚跑不了庙，跟你来往那个女的，我不但知道她的工作单位，还知道她老公的工作单位。你说你，干的什么好事，怎不叫我拔刀相助，见义勇为？"

"那就明天中午吧，我亲自送钱到你家，到时候咱们签个协议。这事你要是走漏一点风声，咱们就算黄了。"

"没问题，守信用我数第一，不信你问问赌场上的人。"

次日，刘德寿中午收工后，回家换了衣服，戴了一顶鸭舌帽，背了一个包，径直到孙兴旺家。孙兴旺倒也守时，早在家迎候。刘德寿进了屋，环顾四处，道："没别的人知道吧？"孙兴旺道："你放心，我孤家寡人的，跟谁说呀，钱带了吧？"

刘德寿从背包里掏出一个信封，扔给孙兴旺道："你数一数。"

孙兴旺急不可耐地打开信封。刘德寿从包里取出剔骨刀，从后背插入孙兴旺左胸，那动作跟刺入猪的喉咙一样干净有力。孙兴旺短哼一声就倒下了。刘德寿拍了拍他的脸，问道："死干净了吗？"

孙兴旺还在翻白眼，刘德寿静静地在旁边看着，道："可以慢慢死，你这种人要死干净了我才放心。"

一分钟后，刘德寿把现场收拾妥当，从猫眼往外看了看，戴上手套,开门出去。整座楼静悄悄的。

刘德寿走到街上,虽然恐惧,但是一种强大的力量却从身体内部涌起。如果说,之前活得像个行尸走肉,现在他有了复活的感觉。

"我杀人了。"再一次面对吴燕的时候,刘德寿道,"现在我决定把那三个家伙也干掉,不管你同意不同意。"

吴燕浑身颤抖,她被刘德寿的气势给镇住了。

"怎么啦,你是怎么想的?"

"怎么会这样,你想把我们全毁了吗?"吴燕颤声道。

"不能这么说,我只是做我该做的事。难道你忘记了,我们在桥底下受过那样的屈辱,连我的学生都看不起我。骂我是个废物。我浑浑噩噩地活着,不就是想找机会洗刷耻辱吗?我原来以为我没有这种能力,我是个懦夫,只能当个受气包。你不知道,当我把那个混账杀死,我没有一点害怕,只是感觉自己在复活,我找回了真正的自己,能复仇的自己。你不同意我像个男人一样活着或者死去?"

"我不知道,我什么都不知道。"

"我知道你害怕波澜,你喜欢平静。我会关照你的想法,悄悄地干掉他们,你的生活一如既往。"

"你杀得了他们吗?"

"这么多年来,其实我没有一天不在想这个事。考察他们的行踪,躲过哪里的探头,我在脑子里已经杀死他们很多遍了。孙兴旺案件全城已经喧哗了,现在我在跟警察比速度。"

"我舍不得你。"

"我已经很知足了。"刘德寿抚摸着吴燕的秀发,贪婪地呼吸着芳香。

复仇之前,他们去了一次附近的大京沙滩。由于此地离县城并不远,来往的游客大多是本地人,他们并不敢装作相识的样子。两人只是在沙滩上的石头上坐着遥遥相对,幻想着他们相约在此结婚的场面——这个他们一生的愿望,只能靠着想象力实现。两只海鸥在海面上掠过,遥遥相伴,有一瞬间,刘德寿觉得那两只海鸥,就是他们自己。

刘德寿知道,自己必须为复仇付出代价。而自己离去之前,必须把这想象的婚给结了。刘德寿想看吴燕,吴燕呆呆地看着沙滩,眼睛湿润,刘德寿心一软,眼泪差点迸出来。

朱志红死了……

接着,周亮死了……

连环杀人案震惊全城,气氛更加肃杀,街上的警察也多了起来,刘德寿知道,时间更紧迫,下手也会更困难。

但是他一天也没落下卖猪肉,只有在这里,他才能与吴燕每天见上一面。这是他们的仪式,也是节日时刻。

今天他们眼神交会的时候,都有一种肃杀。连环杀人案在城中掀起的波澜,警察步步紧逼,风雨欲来,都融汇在一瞥之间。

刘德寿称了一把骨头,把袋子交给吴燕时,他顺势抓住了吴燕的手指,指尖传递了那份危险与关心。

"我要到你那里一趟。"吴燕悄声道。

"不,危险。"刘德寿制止她。在杀人期间,他保持着独来独往,更断绝了和吴燕的幽会。

"我感觉警察快要摸到你这儿了。"

"我也有同感,这次要杀的人太多,战线太长,所以,你一定要远离，撇清关系。"

在外人看来，他们好像在讨价还价。

"听我说，我要去一次，就当是我们最后一次见面。"

刘德寿静静地看着吴燕，她的眼里有一种决绝，从未有过的。

"那小心点儿。"

"警察在盯我，我有办法。"吴燕一副胸有成竹的样子。

吴燕从菜市场直接去了妈妈家里。吴阿姨这些年越来越有衰老的感觉，对于生活已经没有那么强悍，她拉着江四鸣到处拜观音、许愿，冥冥之中，她也感觉到命运有些无奈的因素，是人力不可违抗的。她开始吃素，初一、十五烧香，春季放生，节日拜佛，活得没有以前那么自信了。她去问佛，江四鸣家上辈有没有没还的愿。江四鸣得知情况，劝道，妈，还是我自己去问吧。江四鸣去求签问佛，住持说，你自有业障，给你想个法子消业吧，让他捐献石佛。吴阿姨觉得胡说八道，捐几桶油还说得过去，捐石佛，要消多大的罪呀，又不是大老板。江四鸣倒是心诚，劝道，这事我跟兄弟几个合计合计就成了，心诚则灵。

吴阿姨让吴燕吃了饭，又做了一碗药膳鸽子蛋，放在保温瓶里，让吴燕捎回去给江四鸣吃，大抵是养肾之类的老偏方。吴燕力拒。吴阿姨说："都做了，你就带走，留着难道给你爸吃吗？"吴燕道："让我爸吃也挺好呀。"吴阿姨说："你爸吃了有啥用，到广场去招蜂惹蝶？"吴燕无奈，只好拎着。吴燕下了楼，从小区后门走。这个小区有两个门，前门靠街，后门是一个小铁门，通过妇幼保健院，到八一路去了。吴燕在八一路叫了一辆出租车，到达刘德寿住处。

吴燕闪入门中，刘德寿立马从窗户向外眺望，并没有可疑的人马车辆，方才放心。吴燕打开保温瓶，叫道："你先吃了这些。"

刘德寿道："你怎么知道我没吃饭？"吴燕喘气儿道："你别说了，快吃，我洗个澡。"

吴燕洗完澡，用浴巾揉着湿漉漉的头发，出来问道："让我看看你的刀。"刘德寿从背包里掏出剔骨刀，刀刃亮白，刀刃与刀把有包浆，是一把陈年利器。吴燕接过去，在刀身上亲了一口，问道："都是用它杀的？"

刘德寿点了点头。

吴燕道："你还是决定杀了江四鸣？"

"不是决定，是一定。你觉得有问题吗？"

"如果你终止杀江四鸣的计划，有可能警察找不到线索，就像当年的案件一样，成为悬案；如果你杀江四鸣，你可能脱不了身，现在他们盯江四鸣挺紧的。"

"我也有预感，很难全身而退，但现在我根本不考虑这些问题。你不想我杀了他吗？"

"以前我恨不得亲手剐了他，可是生活了这么多年，唉……"

"所以要快刀斩乱麻。"

"这一刀下去恐怕不止一条命了。"

吴燕从背后抱住刘德寿，把头抵在他的脖子上。刘德寿转身把她抱住，道："你到底想说什么？"

吴燕眼角湿了，道："我迟早会失去你的，可是我们总得留一点什么吧。"

刘德寿深深地吻着吴燕，进入了最后的疯狂状态。

吴燕的预感是对的，这确实是最后一场灵与肉的搏杀，之后他们再也没有机会了。

四

刘德寿被捉拿归案后,举城庆祝,市长亲自到局里慰问、嘉奖。这座城市从惶恐中回到了安宁。

李安全并不想让欢乐的气氛打破自己的思路。他觉得这个谜案被层层包裹,但捅破这包裹的关键,应该在吴燕身上。

江四鸣出院后,左肩留了一道伤疤,化之不去,想来大概是吃了什么发物吧。江四鸣脱去衣服,露出蚯蚓似的伤疤,吴燕总是惊叫起来,叫他赶紧把衣裳穿上。

江四鸣颇有些不满,叹道:"唉,我都经历一场生死了,你也不表示关心下,天生的冷美人。"

吴燕突然道:"可人家为啥要杀你,就为了那么点口角?"

江四鸣不悦道:"那就是个精神病,社会的祸害——那种底层的人,把生活的压抑发泄在无辜的人身上,社会新闻上都是呀。"

吴燕道:"你也不好好反省自己,对人的态度怎么样。"

江四鸣道:"我反省什么呀,我命都快没了,还要跟他赔罪吗?执行枪决的时候我一定要去现场亲自观看。"

江四鸣很少有这么歇斯底里的样子。吴燕看着他,突然一阵恶心,"呃"的一声,急忙跑向卫生间,想吐,却什么也吐不出来。

江四鸣在门口探头问道:"是不是有了?"

吴燕忍着恶心斜了他一眼,没好气道:"有啥呀,人家胃不舒服。"

江四鸣道:"那可不一定呀,说不准是观音菩萨显灵了。"

吴燕不屑道:"你一个国企干部,也信神信鬼的,不怕人笑话。"

"只要有孩子,谁笑话我都不在乎。"

"疯了你——我得去看看胃。"

吴燕去看守所的时候,正是黄昏,夕阳像个巨大的蛋悬挂在山头,给城市抹上一层黄黄的暖色。看守所的高楼,也有了温馨之意。吴燕表明自己是受害者家属,想见一下嫌疑人,干警觉得这个理由不是很成立。吴燕给所长打了个电话,干警就同意了。

刘德寿一脸憔悴,却也坦然,见了吴燕,眼里流露出惊喜,随之一闪而逝,黯淡下来。他戴着手铐脚镣出来,步伐却很淡定。两人见面照样没有说话,用眼神交流,就像在猪肉摊前一样。对他们而言,眼神比语言更直接,也更深入。

"我有了。"吴燕指着自己的肚子,悄声道。

"我的?"

"当然,不会有别人的。"

刘德寿愣住了,良久,他被这个有喜有悲的消息定在那里。一个临死的人,他的内心掀起巨大的波澜。有生命延续的喜悦,亦有大仇未报的悲哀。

"打掉吧。"刘德寿黯然道。

"为什么?"

"我不想仇人养着他。"

吴燕的眼里溢满泪水。如果不是干警站在两米之外,她的眼泪早就喷出来了。她咬着牙道:"不要,这是最后的念想。"

"不,求求你。"刘德寿道,"不要让我再做一个屈辱的鬼。"

吴燕含着泪一直点头,也许她不点头,刘德寿将死不瞑目。

"跟我叔叔捎个话,不要上诉了,让我早点儿死——我等死等了好多年了。"这是临别时刘德寿最后的话。

吴燕走后,李安全进来了,他一直没有放弃对吴燕的观察。

李安全出示了证件,然后询问干警,吴燕是以什么名义来探监的。干警说:"她是受害人的家属,想问清楚为什么凶手要杀受害人。"

"他们说什么你听清楚了吗?"

"没听清楚。"

"为什么不听清楚?"

"那女的是所长的朋友,我们比较信任。"

李安全调取了录像,他们两人的声音很小,确实听不清楚,不过他们的表情与动作,绝对不像是仇人相见的质问。他带着满腹疑问离开。

李安全的单兵作战明显激怒了周幸福。他觉得李安全资质不错,但性格古怪,如果不好好调教,是不会成为一个好警察的。

"你要有组织纪律性。"周幸福道,"组织上认为一个案子已经结案了,你再横生枝节,还有没有一点纪律?"

"案子是破了,但是我觉得没有完全,案中有案。"

"我看你是看小说看太多了,里面塑造的都是你这种不服从纪律的人——你要这样,我只好把你请出警队了。"

周幸福知道李安全爱看书,特别是罪案小说,那些小说把简单的事情搞复杂,忽略正面形象的塑造,破案的手段也是天马行空,离现实的案件十万八千里。

周幸福正在想如何驯服李安全的时候,一个令人震惊的消息猝不及防传来,打破了两人的争执。

一个晴朗的周末,阳光特别好,特别适合出游的日子,江四鸣和同事李师江相约携家人到城郊那罗寺散心。一车四个人有说有笑,李师江开车。江四鸣与李师江之所以有共同语言,是因为两人都是求子心切。李师江查出的问题是精液稀,精子存活质量不高。李师江跟江四鸣一块出差的时候，经常叫小姐，然后抱怨道："像我这样好色的人，怎么可能精液稀呢，真是搞不懂。"江四鸣道："这有什么搞不懂，喜欢舞枪弄棒的人，往往不堪一击，倒是我，身体壮得跟熊似的，检查也没毛病，怎么就弄不出个孩子。"两人同病相怜，故而有此一行。那罗寺的一块巨石岩壁上，有很多天然的"卵石"，是著名的求子石。传言，挖到石头的人家，回家后就能立马怀上，十分灵验。

车子开到停车场。再往上，一般人还要登半个小时的石阶，方能到达寺中。即将下车，吴燕对江四鸣道："你先下车给我找根拐棍，包我来拿。"江四鸣到山脚下找了片刻，捡了根结实的树枝，吴燕这才下车，把江四鸣的包递过去。吴燕走得慢，李师江道："吴燕你是不是已经怀上了？"吴燕道："怀上了我还来做甚？"李师江道："求二胎呗。"吴燕骂道："胡说八道，你们先走吧，我后边跟上。"几个人不依，跟着吴燕的节奏，走走停停，龟行五十分钟才到。

那罗寺建在一片凸出的崖壁之下，崖壁似乎是天然的雨棚，寺是古寺，虽陈旧不大，香火却一直很旺。江四鸣和李师江点烛烧香之后，排队去挖崖壁上的卵石。费了老大劲，两人各有所得，江四鸣挖了一块，形状完好；李师江挖了一块，只有半圆。江四鸣道："要不要再挖一块？"李师江道："挖出来就行了，心诚则灵。"

一身汗后，四人出寺，也饿了，找了个僻静之处，铺开塑料纸，把带来的馒头、面包、鸡爪、牛肉、啤酒等食物摆上，大快朵颐。吴燕递给江四鸣一块馒头，道："你填点肚子再喝酒，年纪不小了，该注意饮食习惯。"吴燕很少这么关心江四鸣，加之江四鸣挖到一块完整的卵石，心情大好，开心地嚼起馒头。树下凉风习习，林间鸟儿鸣叫，身边小河流水哗啦啦，人生的美好，就在这小小的情景之中。

江四鸣打了一个喷嚏，接着又打了一个，用卫生纸擦了擦鼻涕，然后接着咳嗽，以为只是被风吹了，咳嗽两声就好。哪知道咳嗽接踵而来，越来越急，后来咳不出来，只是一口气在喘而喘不上来。接着两眼翻白，口吐白沫。李师江见了此状，叫道："不好了，又来了。"将他扶着，问道："有药吗？"吴燕从他挎包里翻，翻了半天也没翻出来，道："要么没带，要么丢车上了。"李师江手忙脚乱，拍着他的背，道："完蛋，哮喘发作了，嘿，过来帮忙抬到车上。"

江四鸣强壮的身躯像漏气的气球，渐渐停止了工作。

李师江大声叫喊，叫了几个男人，用寺里的担架费老大劲抬了出来。这时叫来的救护车也到了，送到医院的时候，早已不行了。

周幸福被江四鸣的死讯震惊了。这次意外的死亡，医生的结论是过敏性哮喘引起的正常死亡，家属与朋友也无异议，不属于案件，周幸福以其直觉，却震动不已，想起李安全说的那句话：这件案子还没完。

江四鸣的意外死亡，与凶手的意愿是一致的，这之间有没有关联？

家属并没有报案，周幸福只能默许李安全查下去。

李安全道："我查过吴燕的档案，她之前的情况比较复杂，曾用名叫郭晓燕，在税务局工作过。"

周幸福若有所思，道："郭晓燕？税务局？有点印象好像。很多年前，我像你现在这么大的时候，好像接触过一个案件，一件当时也是轰动全城的强奸案，女主角跟你说的名字有点像，你可以查一下。"

"啊?"李安全张大嘴巴,好像嘴里被塞进一个馒头。

对于江四鸣之死的疑问,李安全决定从当时的现场目击证人李师江开始调查。

谈话在李师江的办公室进行,小小的办公室,门关上,一杯清茶。李师江复述了当时现场的状况,一切都没有征兆,也没有任何人为的因素。

"江四鸣的哮喘病,你以前有所了解吗?"李安全问道。

"我是比较了解,以前也跟你说过,我有一次跟江四鸣一起到北京出差,那天晚上他吃了一点面条,突然间喘了起来,跟这一次一样,喘到有气无力,差点就要完蛋。好在他自己有平喘药,吃了,紧接着上旁边的医院,才救过来。后来通过检查,医生说他过敏原里有一种是荞麦过敏,当时我们吃了荞麦面。"

"也就是说,他平时有哮喘的毛病。"

"是呀,但是没想到会死,就是死了没想到。"

"这次的哮喘,没有平喘药来平息?"

"吴燕在他的包里找了,没有找到,而且发作时间太快了。"

"这次的过敏原也是荞麦过敏,你们当时的食品里,应该是荞麦馒头起的作用,那这个馒头是谁带的?"

"食物是两个女人准备的,馒头应该是吴燕带的,江四鸣是北方人,还有点吃面食的习惯。"

李安全点了点头。他知道,吴燕才是重大的突破口。

江四鸣的丧事比较简单,单位在殡仪馆为他举行了告别仪式,唯一遗憾的是,因为是在旅游景点身亡,谁也不敢给予因公殉职的荣誉。此时此刻,再去调查吴燕,有点不合时宜。但李安全还是决定到她单位查访。

吴燕穿着一件宽松的裙子，有意地掩饰身材。她在处理完丧事不久就来上班了，她说待在家里更加空虚。她的表情平静，坐在陈旧而狭小的财务室里，如果没有业务，她就坐上一天。

李安全一进来，她的眼里出现敌意，似乎此刻不愿意别人的打扰。

"你们野餐的馒头是你买的吗？"李安全问道。

吴燕迟疑了一下，点了点头。

"你应该知道江四鸣荞麦过敏，怎么还会买荞麦馒头？"

"我在万达超市里随意要了两个馒头，并没注意是不是荞麦的。"

"江四鸣平时备有平喘药吗？"

"几年前吧，他哮喘偶有发作，随身带有平喘药。这些年比较注意身体，都没怎么发作了，他也疏忽了，未必随身带。出事那天我找了他的包，并没有找到。"

李安全盯着吴燕的眼睛，虽然吴燕回答得比较坦然，但依然能看出有所隐藏。这种感觉，跟第一次见到吴燕时一样。李安全决定用自己语言的尖刀，刺破她身上雾一样的谜团。

"很多年前，你改过一次名，你的曾用名叫郭晓燕，是吗？"李安全的眼光盯着她，不容她躲闪。

"你你你……想干吗？"吴燕的嘴唇哆嗦了。她严密的防御体系似乎到了即将崩溃的边缘。

"十年前有一桩案件，我查过卷宗了，案件的受害者与你的曾用名是吻合的……"

吴燕脸色发白，牙齿抖动得厉害，突然间把桌子上的东西一扫，茶杯什么的都掉在地上，哗啦啦一阵乱响。之后，吴燕抓住自己的头发，歇斯底里地乱叫："滚，你给我滚……"

其他办公室的人围了过来。李安全退了出来，惊魂未定，他的脚踝不知何时被玻璃杯碎片划了一道口子。人们去扶住有点失控的吴燕，李安全悻悻离开。像是经历了一次惊险逃亡，他回到局里，还喘着气儿，吴燕恐怖的眼神在他眼前晃动。

卷宗里那桩案件的情景在他眼里浮现。他没有亲历现场，但依然可以完整地想象。

"怎么样，有眉目了吗？我记起来了，当初那桩轮奸案有三个嫌疑人，一直没有抓住，我怎么觉得跟现在的连环杀人案有关？"周幸福迫不及待地问。

"怎么可能，又不是罪案小说，哪有那么赶巧！"李安全挤出一点儿讪笑，似乎对这个问题不感兴趣。

"查一查嘛，直觉是很重要的，这事就交给你了。"

"不，我查不了。我是来跟你说件事，我想辞职。"

"你脑子被驴踢了？"

"不，这不是我一时心血来潮，这几年我一直在想，我适合不适合当警察，现在我想通了，我的性格，不适合当警察。"

周幸福盯着他，道："不管你适合不适合，先把这个案子给我查清楚。"

李安全咬着牙，似乎想控制自己的情绪，但还是控制不住，眼泪从眼角迸了出来："我自己都是个凶手，我有什么资格查别人！"

周幸福愣住了，看着李安全抹着眼泪跑出去，叫道："你去哪里？"

"我去监狱。"李安全带着哭腔道。

刘德寿已经从看守所转到监狱了。上诉只不过拖延了一点时间,审判是没有异议的,死刑。他的脸色非常平静,甚至是满足。在得知江四鸣死讯的时候,他还从狱警那里借了一把吉他,弹了一首校园民谣。在当老师的日子里,他弹了无数遍,郭晓燕在旁边静静地听。

李安全远远地见到他,就觉得眼前一亮,似曾相识的感觉扑面而来。那晚李安全用摩托车撞他,被擒住之后,那时候刘德寿还有络腮胡子,一脸凶悍的样子,李安全根本没有印象。被关进去之后,络腮胡子剃了,面容显得清秀许多,也露出庐山真面目。

李安全远远地从铁门外就看到了他,是的,其实仔细看,变化不是很大,李安全再一次控制不住情绪,眼角模糊,眼前浮现出十年前的一幕。

那时候,李安全是高三(3)班的学习委员,特别爱看书,刚刚得到一本很给力的小说《她们都挺棒的》,忍不住在课上偷偷翻,一翻就停不住了。等他抬头的时候,班主任林健已经停在身边,他一把抓住这本书,看了看封面,然后一把摔在讲台上,叫道:"这种书都敢看,色情你看不出来吗?都高考了,还这样浪费时间,要不要前途,亏你还是学习委员呢……"一顿狗血喷头的骂声,把李安全骂得从无地自容到愤怒觉醒。也许是从这本小说中获得了力量,李安全突然站起来大声道:"这不是色情小说,这是先锋小说,你们不懂!"

"先锋你个头,我说是色情就是色情,看看这封面,这不是屁股是什么,你还敢顶嘴!"林健在课堂上从没碰到学生这样抵赖,几乎歇斯底里。

"你没有资格教训我,你连女朋友都保不住,被人欺负了自己还在一旁看着,明哲保身。你这懦夫,就能在我面前发威,算什么本事,你根本不配当老师……"李安全义愤填膺,浑身充满力量。因其如此勇敢，周围的女生投来艳羡的目光，男生也刮目相看。

林健气得浑身颤抖，突然把一盒粉笔摔到地上，摔门而去。

这是李安全最后一次见到林老师。之后，林老师就从学生眼前，甚至从这个世界上蒸发了。

李安全从回忆里回过神来，刘德寿已经走到访客室，见了李安全，他有一点惊讶，不知道惊讶什么。李安全看着他，但也不敢确定以自己现在的情绪，能不能把心里要说的话表达清楚。

中国结

―――――

关于爱恨,永无真相。

　　――题记

一　大师

那天是诸岱山教授一个相当重要的日子。晚上，他正在国学馆开馆仪式上演讲，题目是《做一个柔的女人但同样可以坚强》。诸教授作为当地最负名望的学者、国学大师，听者甚众，不少人是从其他县市慕名而来，台下一双双渴求的眼睛像闪闪的星星。就在这时，他裤兜里的手机"突突突"振动了。

不知道各位有没有这种唯心的感觉：如果碰到特别急的事，手机就会振动得特别厉害。诸岱山现在就是这种感觉，手机不断拍打其大腿，有不接誓不罢休之势。

宁城是朱熹讲过学的地方，留下不少学问和传说。诸岱山演讲的内容，大概是以传承朱熹的女学思想，以"女人当以柔为核心，方可以在男人与家庭中起到最大的作用"为主题。国学馆以在校学生和职场女性为生源，为了这场演讲能做到学术与市场的平衡，诸岱山筹备多时，不可能因一个手机来电就停下来。他忍着无休止的振动，不动声色，演讲有条不紊地继续。

终于完毕，他在热烈的掌声中走下讲台，到了走廊，刚想看看手机，听众便冲过来要求合影。教授温文尔雅，不可能拒绝，面露微笑合影完毕，进入卫生间，看上去像进行正常的排泄活动。

来电者是他的妻子兰一梅。

兰一梅知道他今晚的活动,如果不是急事,不可能来电打扰的,并且一打就不停。想到此处,他心中一凛,颇有一种寒意。

手机是一个男人接的,对方得知是诸岱山后,也不说原因,只说自己是警察,叫他赶紧过去。

诸岱山想到很多种可能,其中一种是遭遇诈骗。不管是怎样,妻子一定处于险境。诸岱山想,越是危险的时候越不能慌张,否则有可能被对方利用。他是一个心思缜密的人,大风大浪也不是没有见过,他坚持要知道发生了什么事才能过去。

"强奸案。"警察冷冷道,似乎对他的质疑不满。

诸岱山的心好像被锤子敲了一把,"咚"的一声响,回声在整个胸腔"嗡嗡嗡"地回荡。

兰一梅在报社工作,当地最大的报纸,党报,工作还蛮自由,就是有一点,时间不确定,特别是时政新闻,完全跟在领导的屁股后面跑。这天大概八点多,把版面处理完毕,主编签字后,兰一梅跟值班同事告了别,又和一个同事兼闺蜜吃了饭,逛了街。天黑的时候,闺蜜把她送到鹤峰路口。从路口要走一小段僻静的水泥路,才能到达山脚下他们的小别墅。那段水泥路没有路灯,两边是庄稼地,种植四季瓜果。在诸教授家里喝茶的文人墨客,皆对此处的田园风光赞叹不已。兰一梅就在旖旎风光之中,僻静之处,被一个伏击者强奸了。

兰一梅做完笔录后满脸泪水,近乎虚脱,斜躺在蕉南派出所的椅子上。诸岱山进来后脸色铁青,非常生气,叫道:"这样子了还笔录,还不送医院,你们警察有没有人性!"

诸岱山是当地的文化名人,警察都认识他。负责做笔录的警察小刘道:"诸先生你别生气,笔录是正常程序,我们建议她进医院观察的，她坚决不去。"

看着妻子半死不活的样子，诸岱山的心都要碎了。他的眼里饱含疼爱与痛惜，俯下身去，在她耳边轻轻劝道："去医院吧。"

"不，你带我去死吧。"兰一梅用仅有的力气叫道。

诸岱山拉着兰一梅出去，兰一梅几乎处于半瘫痪状态，像尸体一样被拖着走。小刘看不过去，上前帮着扶住兰一梅的另一只胳膊，道："要不然叫个救护车？"

诸岱山盯着小刘的手，突然间恼羞成怒，道："你走开，强奸犯抓不到，在这儿装什么好人！"

小刘被他锐利的眼光一灼，手从兰一梅胳膊上跳开，解释道："嫌疑人已经抓到了，你不知道呀？"

诸岱山的胸口又被一撞，是那种愤怒夹杂着痛心的难受，他脱口而出："在哪里？我撞死他！"

小刘道："你别激动，刑侦支队的李安全队长接去了，正在审讯，你需要了解什么明天跟李队长了解去。"

诸岱山在小刘的劝说下，喘着粗气，拖着娇妻上了一辆出租车。

犯罪嫌疑人叫许石城，二十六岁，家在石后村，在城里开电动黄包车。他头发遮到眼皮上，似乎想掩盖自己的表情。实际上，他有一张十分白皙而刚毅的脸，眼睛不像其他犯人那样东张西望，而是流露出一种专注。现在他的眼睛不看警察，似乎沉浸在自己的想象之中，对于受审，也是一副漠不关心的样子。

刑侦队长李安全坐在审问席上，除了质问案情，他心中还有一个疑惑。

"对于强奸受害人兰女士的案情，你还有异议吗？"李安全问道。

由于嫌疑人回答问题时心不在焉，或许是心智上有点问题，在他供述完今晚的整个作案过程后，李安全想以最简明的方式结束审讯。

许石城突然抬起头，无比认真地说："我认为不是强奸。"

"你如果还想否认的话，就是无理取闹。法医已经提取了受害人身上残留的精液，这个证据你是没有办法抵赖的。"李安全施加物证的压力，以免嫌疑人做无效抵赖。

"精液是我的，但我认为她是喜欢我的，所以不算强奸。"许石城眼里流露出痴痴的神色，好像在述说一次回味无穷的恋爱。

李安全心中一凛，感觉案件没有这么简单。

"你有什么证据证明受害人喜欢你？"李安全问。

"我昨晚弄她的时候，她没有反抗，还比较配合。"许石城愣愣地道。

"你是说昨天曾经强奸过一次？"李安全问的时候呼吸都屏住了，这种情况在他的警察生涯中闻所未闻。

"是的，她相当配合，我觉得她是自愿的，所以不算强奸。"许石城一直在强调女方"比较配合"，也就是说他没有违背受害者的意愿。当然，一般的强奸犯都愿意这样抵赖，如果受害人反抗不强烈的话。

原来案中有案。

据嫌疑人交代，事发前一天晚上，受害人兰女士就是坐他的电动黄包车回家。在途经水泥路时，嫌疑人见路黑无人，兰女士手无缚鸡之力，色心顿起，停下车来，把受害人拉到路边坎上强奸了一次，并未遇到多大阻力，得手之后骑车掉头就跑了。回家后，回味这次强奸活动，他感觉受害人的反抗并不强烈，相反，在强奸的后半部分，受害人明显放弃了抵抗，发出舒服的"哼哼"声，还有配合的嫌疑。而且，次日也没有听闻受害人报案的消息。想到此处，嫌疑人心中痒痒，倒是生出奇怪而变态的念想：要么受害人很享受强奸，要么对自己并不讨厌。这么一想，他色心大动，并饱含着某种希望。第二天，他埋伏在受害人必经的水泥路边，天赐良机，受害人又是独身徒步经过，他便毫不犹豫地实施了第二次强奸。这次没有那么幸运，受害者终于反抗，愤而叫喊，以致嫌疑人被擒获。

李安全看着痴人说梦般的嫌疑人，表情严肃，心中暗暗发笑：这样翻供的强奸犯还是第一次见到。

当然，无论他怎么狡辩，笔录相当完整，强奸这个罪行是不可否认的。

李安全和小刘一起特意步行到诸岱山的别墅。他们途经水泥路一个小转弯时，小刘道："这个就是案发地点。"李安全观察了一下，确实，这个一百二十度的转弯，被一个小土包挡住，躲开了鹤峰路上行人的视线，路的上边是菜园和果园，种着玉米、茄子、柑橘等，下边则是菜地与荷塘，是一个作案的绝好场所。只要把受害人逼进玉米地或者柑橘地，就可以安全实施。当然，白天的时候，这条路，包括不远处诸岱山的别墅，是一个迷人的所在。迷人而危险，这是悖论。

由于预先有约，摁了门铃，诸岱山很快就迎了出来。李安全环顾客厅，它装饰得古朴而不失现代感，多宝槅上排列的寿山石雕件有几分雍容，确实能显出本地豪门的特色。这块地是诸岱山的父亲在当局长的时候买来的建设用地，白菜价买的。到了诸岱山手上，建成别墅，造型雅致，价值不菲。

"兰女士情绪如何？"李安全问道。

"一粒米未进，叫了个医生朋友给她输液。"诸岱山道。

"如果可以的话，我必须和她交流一下，对个口供。"

"其实关于案情，你现在可以跟我讲。"诸岱山道。

"不，我先跟她对个口供，确认事实后，可以把案情给你交代清楚，这是我们必须执行的程序。"

李安全进入兰一梅的房间，兰一梅目光呆滞，沉浸在噩梦之中。对于此类案件，李安全见怪不怪，心理承受能力好的女人，几个月之内就可以平复，主动去忘却；观念传统，特别是贞操感强的女人，一辈子都会生活在这种阴影下。像兰一梅这样的知识女性，年轻，接受的是新的思想，在李安全看来，应该是承受能力较强的。

李安全把许石城的口供说了一遍，问兰一梅是不是这样，重点就是说，在强奸案案发的头一天，有没有被强奸过一次。兰一梅怔怔的，似乎在思考踌躇，犹豫片刻，眼睛一红，点了点头。

"当天没有报案？"李安全问道。

兰一梅摇了摇头。

考虑到受害者的状况，李安全没有深问下去，比如说为何选择不报案——强奸案里有很多受害者是选择不报案的，原因不言自明。数据显示，在中国，百分之九十的被强奸女性，选择不报警。数据怎么统计出来的不太清楚，但是这个可供参考的数据，可以反映出社会的某种现实：报警带来的伤害比不报警要大得多。

李安全出来，把整个案情对诸岱山简要地说了一遍。诸岱山正在泡工夫茶，公道杯的杯盖突然掉落在地，摔成大小不一的两半。

"你确定之前还有过一次？"诸岱山为此震惊。

"两人的笔录是吻合的，难道她没有告诉你？"

诸岱山满脸肃然，沉吟片刻，道："我对你们有一个要求，关于此案，你们必须替我们保密，如果有风言风语传出去，我到时候就要怪你们了。"

"替受害人保密是我们的职责，但是有些东西是由不得我们控制的，比如说当时帮助捉拿疑犯的路人，这个渠道我们未必能把控得了。你也知道，这个城市太小，你家又是盛名在外，所以……"李安全做保守的解释，以避免将来不必要的麻烦。

诸岱山突然把公道杯一扔，打断李安全的解释，道："传出去就是你们的责任，不论是谁，都应该把嘴巴封住。"

公道杯摔在木地板上，安静地裂成几片。

李安全看到诸岱山失态的样子，知道这个男人身负的压力。一个儒雅的教授能这么粗鲁，说明娇妻的身体和名誉都令他担忧。

"我们会尽力而为。"李安全道，"这种事最重要的还是家人的理解、安抚，主动权还在你手上。"

"她一口一个想去死，这日子怎么过得下去！"诸岱山愤愤道。

李安全出门的时候，明显感觉到此案给这个家庭造成的不可平复的创伤，作为对此类案件进行过一定心理研究的警察，李安全道："如果需要帮助，可以找我——我见过各种受害人的情况，有时候应该可以提供些帮助。"

案情并不复杂，审理过程没有什么阻碍，许石城是单身青年，父母已经过世，没有提出任何异议。因认罪态度较好，被告人属于冲动型犯罪，过程中没有暴力行为，被判有期徒刑四年。

对于诸岱山来说，这个判决不可接受。诸岱山在看守所见过许石城一回，第一感觉是诧异，因为许石城根本不像一个强奸犯，至少不像自己印象中该剁成肉酱的强奸犯。随之而来的是愤怒，一种遏制不住的愤怒,自己一辈子都不曾有过这样的愤怒。具体而言,就是想把这个人置于死地的冲动,而平时自己是一个连一只蚂蚁也不忍踩死的人。诸岱山认为,该判十年,甚至十年以上,两次踩躏自己的妻子,就是判死刑也不过分。

虽然如此,作为一个隐忍的人,他没有上诉,只是把那一份愤怒隐藏起来。投鼠忌器,他也不想再惹出风波。虽然他觉得保密工作做得很好,但还是能感觉到有同僚在背后议论这个话题——他的直觉。

他觉得不能再有一点点风声让妻子受到伤害了。

兰一梅也有同样的感觉。她恢复上班后,虽然同事们跟没事一样,她还是能感觉到异样的目光。原来她受多少人羡慕啊,诸岱山和她的婚礼,喜宴摆了六十四桌,全城轰动,可见诸家的名望与排场。宾客以参加这场婚宴盛事为荣,外人也想不到这是男方二婚的婚礼——本地的习俗,二婚的婚礼应该是极其低调的。但兰一梅根本不在乎二婚,与诸岱山的结合,是她梦想已久的事。甚至在诸岱山的第一次婚姻还完好的时候,她已经有过这样的臆想了。在梦想成真的这一个晚上,她抚摸着诸岱山脸上完美的皱纹,还在想这是不是现实——当她还是诸岱山的学生的时候,在课堂上为诸教授儒雅风度吸引的时候,她就痴痴地看着诸教授这张生动的脸。先是遗憾脸有点老,后来越看越顺眼,一颗心居然掉进褶子里了。

诸岱山与前妻没有生子,对于兰一梅来说,再好不过。在她的计划中,与诸教授结婚、生子,天衣无缝。但是婚后,她突然改变了想法,她觉得女性只有自立,才会获得长久的爱,不能以生孩子为己任。于是,她跟诸岱山约定,等自己的工作稳定、有基础后再生孩子,何况自己还年轻。诸岱山原来只以为她是个温存女子、自己的仰慕者,百依百顺,婚后才看出她的峥嵘——有一颗隐而不露的自我之心。

生孩子不是勃起就能完成的事,诸教授虽然不悦,但能有什么办法呢。

"我感觉整个报社的人都盯着我。"兰一梅洗了个长长的澡,大概一个小时吧,然后走出浴室,用浴巾揉着长发。

诸岱山正坐在沙发上看一份报纸。除了本职工作,现在国学院办得风风火火,一是文化政策以及舆论的支持,二是现在传统文化教育风正盛,诸岱山沉浸在传播的乐趣中。虽然有时讲课自觉似是而非,但还是凭借口才和风度赢得诸多赞誉,回到家中,必要看一看报纸,才能缓和情绪。另一方面,充实的工作也有助于不良情绪的驱散。

"你这是心病。"诸岱山抬起头来,道,"你应该忘了这事,就跟没发生一样。"

"你觉得我还适合当你的妻子吗?"兰一梅道。

"在我心中并无两样。"诸岱山道。

"我不相信这是你的真心话。"兰一梅睁着眼睛道。

"何以见得?"

"看你说得漫不经心的样子——当然,我现在是个受过玷污的女人,不是你心目中冰清玉洁的少女,你的一切反应我都能理解。"兰一梅有点自虐与挑衅。

"漫不经心?我已经很累了,难道我要像课堂上一样一本正经地说你才相信?我承认这件事给我带来不快,但那不是你的错,我能忘掉这件事。"

"你记得我第一次躺在你怀里,也就是初次表白的时候,你对我说的那句话吗?"

"我记得说了很多句,不知道你说的是哪一句?"

"在操场上,我靠在你怀里,你抚摸我的头发,闻我身上的清香,月光照在我的脸上,你说:'你知道我最爱你什么吗?纯洁,像一块没有污染过的处女地,我绝对不会让任何人染指你。'可是,现在你也知道,我不再是你的处女地,我知道你肯定失望了,甚至绝望了。"兰一梅固执道。

"那只是一种文学的说辞,不用跟现实一一对应吧?"

"文学的,才是最真实的,这可是你说过一万遍的话。"

"你太偏执了,我不想争论这个话题,我只想对你说,我还是一样爱你。"

"你怎么证明现在还跟以前一样爱我?"

"我们生个孩子,忘掉过去,就像啥事也没发生一样生活。"

"这是你的真心话吗?"

"那可不嘛,我很早就想要一个孩子。"

"从我身体里出来的孩子,你是不会爱他的,我知道你有道德洁癖。你会说,这会不会是那个强奸犯的孩子。"

"你能不能别无理取闹?"

"你看,本性暴露了,是吧?将来你对孩子也会是这个态度的。我承认,我是个不洁的人,在第一次被强奸之后,我想隐忍,对所有人隐瞒,包括你,把这个秘密藏在心里,让它死在心里。虽然对不住你,但我觉得能够维持住我想要的生活。但是他得寸进尺。我知道我有罪,你不能饶恕我,我是可以理解的。"

"你要怎样才相信我?"

"我不相信你,因为我比你更了解你,你是个完美主义者,宁为玉碎,不为瓦全,别不承认。"兰一梅声嘶力竭地喊道。

诸岱山无奈地垂下头。诸如此类的争论，不下十遍。兰一梅坚持认为自己失去了诸岱山的爱。诸岱山有时候深深地看着她，这还是那个细声细气、面带羞涩、唯自己马首是瞻的女学生吗？

"你到底想怎样呢？"一贯喜怒不形于色的诸岱山面露愠色，也许他觉得这种日子真的很难过下去。

兰一梅看着诸岱山严肃的面孔，很像课堂上严肃的样子，突然间像个女娃一样，泪水涌了出来，哭道："我想回到过去。"

诸岱山心一软，看到一个因痛苦而无助的兰一梅，眼泪汪汪，那一瞬间，恍若回到师生时代。

诸岱山过来，拥抱着她，像从前那样轻抚她的秀发，道："宝贝儿，答应我，你什么都别想，把脑子腾空。"

兰一梅的哭声渐渐小了，变成小泣，胸部一耸一耸的，梨花带雨。诸岱山把她抱上床去，用最温柔的话抚慰。为了证明自己不觉得她是脏女人，他轻轻地吻她，吻遍全身，甚至连脚趾都吻过。这样的抚慰，终于让兰一梅放松下来，好似回到婴儿状态。诸岱山万般柔情涌了上来，决定用自己的激情，把兰一梅心中不快的感觉一扫而尽。他趴在她身上，尽情地进攻，很少见的勇猛。兰一梅发出痛苦而舒服的哭声，哀道："你怎么跟强奸一样，嘤鸣……"

"你喜欢被强奸？"诸岱山突然觉得兴奋，觉得这句话给自己带来了意想不到的解脱。

"我……喜欢。"兰一梅语无伦次地回答。

在这样的对话中，两人心照不宣地明白在混淆些什么，甚至是在逃避什么，但这样的对话带来了一种舒适，像麻醉剂。这次的房事是两人之间少有的成功之作，事后两人对此有点羞于启齿。

栽花不成，插柳成荫，世事的造化有时如一个顽皮的孩子，最感兴趣的就是捉弄人。

兰一梅很快就怀孕了。这扰乱了兰一梅之前先事业再生子的计划，她心中五味杂陈。她是个外表柔弱实际上有雄心有规划的女人，从小她在女生群里虽并非出众但心性很坚定。有一次她全班考试落到第二十六名，也就是中下游水平，被班主任恶语批评了一顿，说她再这样下去有可能变成差生，她半夜从宿舍楼偷溜出去在操场上哭了半宿。虽说她恨自己退步，但是班主任的话深深刺激了她，让她特别想报复。期末的时候她终于回到班上二十名之内，这是她的正常成绩。她跑到班主任家里，直到班主任认可了她依然是一个优等生，这口气才消掉。她分不清楚自己的这种个性到底是什么，执着、有报复心，可以因为别人的一句气话而一意孤行。

而诸岱山则开心得不得了，一是老来得子，将是人生一喜，二是一个新的生命也可以让噩梦结束。

在和兰一梅去医院检查回来之后，诸岱山决定庆祝一下，扫一扫多日的阴霾。

饭局设在唐城御宴，邀请的人都是诸岱山文化圈的朋友、国学院的同僚，乃是诸教授引以为豪的往来无白丁之辈，也是颇为私密的朋友。席间，大伙皆向诸教授祝贺，诸教授因为情绪高涨，喝得有点儿多，脸色绛红，意气风发，也许要趁着这份热闹与开心，让愁云一扫而尽。诸教授的学生，也就是现在国学院的教导主任齐月红见诸老师难得兴致这么高，一个劲儿敬酒，一会儿是"老师勇猛精进"，一会儿是"老师早生贵子"。诸教授本来酒量就好，此时更是来者不拒。兰一梅不能喝酒，但也举一杯饮料，逢场作戏，可以看出颇为勉强。但与这件喜事相比，这份勉强又算得了什么，大伙并不在意，也丝毫看不出有何端倪，喝了个尽兴。诸教授人缘好，隔壁包厢有一个教育系统的饭局，诸教授又到隔壁打了个通关，回来时步子都趔趄了。

怕酒驾，大家都不开车。诸教授的学生兼助手齐月红叫了个出租车，把诸岱山夫妇送回家。到了鹤峰路口，兰一梅一定要下车，说让诸教授自己走几步，醒醒酒。齐月红也许感觉到兰一梅颇有些敌意，只好在路边放他们下来，告辞而去。

诸岱山在水泥路上走了几步，到了拐角处，不胜醉意，在路边菜地一块石头上坐了下来。月亮高挂天上，几朵云安静而缓慢地游走，菜地里的虫鸣忽长忽短，田园的惬意妙不可言。

诸教授见兰一梅站立不语，叫道："你也坐下来嘛，听听，这虫子的叫声，像不像一个崭新的生命在呼唤？"

兰一梅恼怒道："为什么要坐在这个地方，你是不是想让我难堪！"

诸教授一愣，这才意识到这是强奸案的发生地。

"不能因为发生了这事，我们这条路就不走了。"诸教授道，"就当一切都不曾发生。"

"恐怕这不是你的心里话。"兰一梅道，"你非常在意第一天晚上发生那事的时候，我没有告诉你。"

"我只是想把案情搞清楚，我不能不明不白，是不是？"

"我看你是有心病，如果你觉得我对不住你，就提出来，我知道你是个完美主义者。"

"这是你的臆想，我已经说过一万遍了。"饶是诸教授涵养颇好，也趁着酒意忍不住面露愠色。

兰一梅似乎在没事找事，又似乎在给诸教授挖坑，兴奋道："你看，你生气了，露出本来面目了，是不是？我就知道，我会重蹈你前妻的覆辙,但凡我有一点不完美,就是我出局的时候,现在报应到了。"

兰一梅跟诸教授好上的时候,诸教授跟前妻还没有离婚,但她知道诸教授的婚姻也是命悬一线——诸教授的前妻得了乳腺癌,正在化疗。其后不久,前妻突然从病房顶楼跳楼自杀。按照现在流行的说法,兰一梅也算是小三上位,自然觉得有后患。

诸岱山被戳到痛处,突然间恼羞成怒,道:"有完没完,你想怎么样就说出来——难不成还把强奸犯的罪算我头上?"

"你跟齐月红好上多久了?她是不是特别着急想代替我?刚才要不是我拦着,她就直接上我们家了,是不?"兰一梅终于把心事呼啦啦地倒了出来。

"你都扯哪里去了,齐月红现在是我的得力助手,国学院的运作全都靠她,你别把什么烂账都算她身上呀。"

"就是呀,谈情工作两不误,这是你一贯的作风。"

诸教授本来喝得有点高,被兰一梅一顿抢白,倒是清醒了许多。他意识到,即便是有了孩子,那强奸的阴影也是挥之不去的。一种心病在兰一梅身上已经深入肺腑。

"你到底要我怎么做才肯罢休?"诸岱山无奈道。

任何一个男人,如果被女人绕上莫须有的情感问题,就相当于昆虫钻进了蜘蛛网。在这种状况下,诸教授只求速速脱身。

"你不要转移话题,你跟齐月红到底到啥状态了?"兰一梅得理不饶人。

诸教授站起身来,趔趔趄趄往家里走去,这个女人已经成了定时炸弹,跟她多讲一句话,就有引爆的危险。

兰一梅跟在后面,叫嚣道:"怎么样,被我戳中痛处,怕了吧?"她拉住诸教授的胳膊,像一根藤蔓缠住树木,似乎没有答案就不会罢休。

诸教授叹了口气。学生时代的兰一梅,善解人意,有一次班上师生春游,在一个农家乐休息,天儿燥热,诸岱山一口气把钢化茶杯里剩下的茶喝光,随后上了趟洗手间,回来时,茶杯里已经添满了茶水,兰一梅正把从农家要的开水瓶放下。那一瞬间诸岱山心中一动,一下子改变了对兰一梅的看法。她虽然是个女生,但高挑,猛不丁一看也有成熟女人的一点韵味。在硕士毕业前夕,兰一梅向诸教授表达了倾慕之意后,诸教授就决心和这个女人走在一起。年轻、漂亮、聪明、细腻、善解人意、听话,有共同语言,简直是再好不过的人生伴侣。

可是这一瞬间,诸教授明显感觉到,兰一梅的所有这些优点,归纳起来变成三个字:心眼多。但心眼多到神经质的程度时,他感觉自己娶了一场灾难。

"我明儿带你去看病,好吗?"诸教授虽然愤怒不已,但说话依然能保持风度。

"我有病?"兰一梅问道。

"是呀,你所说的一切都是臆想,知道吗?吃点药,把孩子生下来,你就会成为从前的你,完美的你。"

此刻他们已经走到了别墅门口,在廊灯的照射下,她的表情苍白而茫然,道:"我不是从前的我?"

诸岱山更加确定他的判断:"对!"

诸岱山是国学派,也相信一些中医养生说。他觉得生孩子是女人脱胎换骨的最好机会,孕妇身上的一些顽疾,可以在分娩中治愈,包括身体的和精神的。孕育是女性产生母爱的过程,这种爱可以去除妒忌、乖张、喜怒无常等毛病。基于此,他希望忍耐住怀孕的过程，在瓜熟蒂落之后，收获为人父的喜悦。

在两个月零三天的时候，兰一梅告诉诸岱山，自己把孩子打掉了。

诸岱山的震怒可想而知，并且失去了理智，把一个德化薄胎瓷杯生生摔在地上，碎成无数片。兰一梅倒有心理准备，淡淡地说了一句："我看了你和齐月红的聊天记录了。"

诸岱山哀叹一声，赤裸着双脚踩在瓷片上，让血从脚板下渗出来——疼痛似乎可以减轻内心的狂躁。他和齐月红的聊天，并无过分之处，但不免提到家里的现状，说些互相宽慰的话。这些话也是人之常情，虽然有关心与暧昧，说起来并无过分之处。作为当事人的兰一梅，听到了感觉不好，情有可原，不过作为裁定私情的证据，真是令人抓狂。

很快地，他们办理了离婚手续。裁定离婚协议时，诸岱山也认可了因自己有婚外私情导致离婚的说法——总而言之，速战速决离开兰一梅是他的迫切要求。离婚后的诸岱山跟齐月红走得很近，似乎跟兰一梅赌气似的。若是不这样的话，岂不是白白吃了舆论的亏！但他们也没有亲近到结婚的地步，对于婚姻，特别是学生主动的师生恋，诸教授现在是心有余悸。

离婚后，兰一梅还在报社，工作也并无纰漏。这份工作，得益于诸岱山的关系，因为报社里有诸多他们共同的朋友。强奸案一事，大家表面不说，私底下传得尽人皆知。只不过对于离婚之事，大伙儿莫衷一是，缘由不知，全靠猜测，故而有的人同情诸岱山，有的人同情兰一梅。离婚后诸岱山的一言一行，自然也入了兰一梅的眼耳，毕竟城市太小，好事之徒也多。兰一梅对此颇为淡然，似乎一切都在她的预料当中。

强奸犯许石城三年后出狱，由于表现良好减刑了，但是对于减刑的具体细节,并不为人所知。总之,除了表现良好,还有贵人在狱外相助。

宁德监狱位于城市西北,毗邻水库,是全城环境最好的地方。监狱里篮球场、游泳池、草坪在全城的机构中排名第二的话,没地方敢排第一,因此吸引了许多有关系的市民常来健身。那天有一场犯人的篮球赛,报社的副刊部主任邱裤裆到场当裁判,刚到监狱差点亮瞎了眼睛:许石城刚好出狱,来接他的却是兰一梅。

邱裤裆擦了擦眼睛,确定没有错。两人像是久别重逢,虽然不过分亲密,却也不陌生,更不像是仇人。

邱裤裆和诸岱山是文友、茶友,他约诸岱山在自己的版面上开专栏,两全其美。而且,兰一梅进报社的事,就是邱裤裆牵的线、搭的桥,邱、诸二人关系非同寻常。于是当天他迫不及待地将监狱门口所见告诉诸岱山。诸岱山眼睛一动不动,嘴边的肉却在颤抖,半晌才道:"这回事儿恐怕要大了。"

邱裤裆忙问究竟,诸岱山冷笑道:"你别看兰一梅弱不禁风的,她心里想的事儿,决绝得很,她会无缘无故地去迎接一个强奸她的人?!"

邱裤裆似懂非懂,点了点头又问道:"肯定有阴谋?"
诸岱山呼出一口气,道:"不小的阴谋,你等着瞧。"
"你不去阻止她?"邱裤裆问道。
"实在没有这个能力。"诸岱山叹道。

诸岱山当天本来要参加一个诸氏宗亲大会,得知这个消息后他以身体不适为由缺席了。他困在自己的寓所,踌躇不定。邱裤裆要告辞,他却不让邱裤裆走,一定要让其留下来陪陪他。可见诸岱山内心也是极为凌乱的。邱裤裆没有办法,继续喝残茶。

"你觉得我现在又可怜又可笑吗?"诸岱山突然问道,语气咄咄逼人。

邱裤裆一阵慌张，觉得自己被诸岱山点中了穴道：自己不惜穿过半个城市，亲自登门告知，名义是关心，潜意识中可不是来看笑话的吗？诸岱山是本城名人，教师队伍中的明星教授，自己似乎暗含忌妒之心吧。

"不不不，千万别这么认为，我是觉得这么重要的事情，一定要亲自告诉你，目的只有一个，一定不要让他们玷污了你的名声。"邱裤裆道。

这个答案令诸岱山情绪有所缓解。是的，不管如何，兰一梅毕竟曾经是诸家的人，以前别人称她为诸岱山的夫人，现在人们叫她诸岱山前妻，诸岱山的难过，是可以理解的。

"我想锻炼身体，在院子里建个游泳池，你有什么想法？"诸岱山指着前院的一块地，也许为了缓和气氛，岔开话题问道。

那块地有六十多平方米，建个私人游泳池绰绰有余，山上的溪水可以自然引入池里，再妙不过。

"那太好了，又实用又因地制宜呀。"邱裤裆道。

"我是说，在池子周边，总得布置点什么才觉得有意思。"看来诸岱山已经为这个思考良久了。

"弄个雕塑什么的。"邱裤裆道，"这样可以显示你的品位。"

"孔子的塑像怎么样？子在川上曰，逝者如斯夫，很搭配呀。"诸岱山道。

"高，教授的眼光就是不一样。"

关于这个游泳池，他们谈论许久，把不快的话题完全冲淡，邱裤裆才得以脱身。

一周之后，兰一梅和许石城结婚的消息传了出来。这么仓促的婚礼，很有可能在未出狱时就策划好了。这种风传的消息，自然不用邱裤裆再送到诸岱山耳朵里。小城很小，街头巷尾，市民们闻之，都惊呆了。

也许很多人都想看诸岱山的反应。遗憾的是，这期间，诸岱山以文化交流的名义去了一趟日本，待了很长时间，躲开了流言蜚语。

对于一直关注此案的李安全来说，这种情形也是前所未有。他对当年自己办理的强奸案产生了怀疑。那只是简单的强奸吗？不过无论有多少疑惑，他现在都没有精力也没有权力去重新调查此事，刚刚发生的一起蛇毒杀人案就已经让他焦头烂额了。但是，直觉让李安全预感到，此事疑点重重，只怕这个违背常理的结果并非最后的结局。

果不其然，七个月后，兰一梅来报案：许石城失踪了——生不见人，死不见尸。

李安全心里"咯噔"一声，似乎这个结局才有尘埃落定的感觉，才是自己预料中的结局。但是，所有的猜测都不足为证，自己需要的是证据。他决定连同当年的那起疑点重重的强奸案，都重新调查一遍。

他决定从走访诸岱山入手。诸岱山如实讲述了强奸案之后他们的生活状况。李安全心中有诸多疑问，想从诸岱山那里得到答案，所以问询也没有那么多禁忌了。

"如果不介意的话，我想问你一个问题。"李安全道，"兰一梅为什么会跟许石城结婚？"

这句话似乎刺痛了诸岱山，他的脸不由自主地抽搐了一下。李安全有所觉察，慌忙解释道："实在是跟案件有关，否则真不应该提起。"

两人对坐，泡的是手工烤的正山小种。诸教授不急着回答，饮了一口褐色的茶，情绪缓和下来。他反问道："从你的角度来看，应该是什么原因？"

"理论上说，有一种斯德哥尔摩综合征，被强奸者会屈服、顺从强奸者的意志而追随，如果是这样的话，那么案发过程可要复杂得多了。"李安全道。

"你这纯属照本宣科。"诸教授摇摇头，道，"兰一梅是个什么样的人，我最清楚，她意志坚强，独立性、自主性在女性中首屈一指。自从她跟我离婚那一刻起，我就预感到后面会有一系列行动。"

"难道，离婚、和许石城结婚、许石城消失，是她的一系列复仇行动？"

"我可没这么说，我也不敢有什么论断来影响你们的思路，只不过你询问了，我如实告知我的一些感觉。"

"对，如果从兰一梅的性格入手，这件事的逻辑会更合理。"

李安全若有所悟。他站了起来，让思维更加开阔，以便想清楚接下来要了解什么。

"能让我参观一下吗？"李安全问道。

"请便。"诸教授道，"一个人住，空荡荡的，都落灰尘了。"

一楼是中式客厅、厨房和一个文玩书画的展览室，仿古家具，一派雅致风范。还有一个储物间，有一扇门通往外面，里面放一些施工用具。由于别墅的庭园一直在施工，游泳池刚刚建完，花圃也正在逐步施工，所以储物间最是杂乱。诸教授爱干净，每一件工具都被洗得清清爽爽，准备用的仿古花盆也是一尘不染，这些不经意的东西，更让李安全了解了诸教授的性格。

"上二楼看一下？"诸教授问道。

正好，李安全最想看看他们的卧室，诸教授与兰一梅曾经住过的地方。

二楼的主卧，很大，接近三十平方米。李安全推门而进，眼前一亮。

"好多书呀。"主卧两面墙全是书架，书卷之气满室生香。就连床头上方，也有固定在墙上的书架，放着好几本厚厚的典籍，估计是教授经常陪床的读物。

"你们当初的婚房就是这么布置的？"李安全问道。

"当婚房的时候是兰一梅的意见，那时候布置得挺温馨的，毕竟是从女人的角度。"诸教授坦然道，"后来，离婚了。离婚毕竟是我痛心的一件事，晚上回到房间，便睹物思人，黯然神伤，所以我重新布置……书籍是最长情的陪伴呀。"

李安全巡视一周，没有找到任何兰一梅的痕迹。出了别墅，便是一个刚建成的私人游泳池，水极为清冽，池面上漂了几片树叶，有点煞风景，大概每天都要捞一次浮物吧。游泳池边上，竖了一面黄色的古风旗帜，上书一"诸"字，金属旗杆，架在一人多高的水泥桩上，显得突兀。

"为什么要竖旗呢？"李安全问道。

"在弘扬传统国学的大旗下，做什么都有底气。"诸教授认真道，"有空可以过来游泳，水质特好，我每次游完之后，脑子都特别清醒，有助于你破案呢。"

李安全看着诸教授的表情，似乎感受到一种藏得很深的挑衅。这是一种微妙的感觉，只有在男人之间才可以体会到。也许，过多的怀疑和纠缠，让诸教授不耐烦了。

二　女人

八项规定之后，饭局少了一多半。但是有些接待是必需的，兰一梅作为报社的门面女性，必须作陪，其道理不言自明。兰一梅追求进步，也乐于在场面上做点贡献。那天兰一梅结束一个省里交流的饭局，打包了两份菜带回去。虽然说有时候打包的东西回去后根本没吃，但兰一梅素有勤俭之风，打包是习惯。

在北站附近的唐城食府她招手叫了一辆三轮黄包车。她喝了不到两瓶德拉克黑啤，不算多，酒精度有五度，脑子晕乎乎的，神经有点兴奋。黄包车正穿过马路，她似乎听到脚下传来一声狗叫，吓了一跳，四下张望。车夫回过头，一道远光车灯的光打在车夫脸上，兰一梅见到一张浓眉大眼的脸，亮着一口整齐而洁白的牙齿，她的直觉是，这不像是个车夫。

车夫笑道："是我的狗，就在车子底下。"

一只褐色的吉娃娃，就在一个布袋里，露出半个身子。布袋子系在车轴上，放在乘客的脚踏板上。因为是晚上了，兰一梅没有看到自己脚边还有一只狗。

"你养的？"兰一梅也喜欢这种小宠物，害怕变成了饶有兴致。

"在路上捡的，一直跟着我，就养车上了。"

"它叫得厉害。"

"没事，不咬人，就是饿了。"车夫道。

兰一梅打开打包盒，拣了一块糖醋排骨。吉娃娃张嘴咬住，津津有味地咀嚼。兰一梅见它饥不择食的样子，开心地笑起来。

"不放在家里养？"

"家里没人，跟着车好歹也陪我。"车夫道。

"你也没吃饭吧？"兰一梅关切地问道。

"嗯，我要是吃了，它也能吃一口。"

"你要是不嫌弃的话，我打包的这两份菜你拿着，一份是糖醋排骨，一份是煎带鱼，客人都没怎么动，一会儿你打份饭就可以和吉娃娃一块吃了。"

"那就多谢了。"

车夫又回头笑了一次，同时也看了她一眼。兰一梅感觉到感谢的目光，而那一瞬间，她又觉得车夫的脸孔似曾相识，似乎像某个自己熟识的人，却又想不起具体是谁。

从104国道穿过南际路，再到鹤峰路，兰一梅兴致勃勃地跟车夫闲聊，得知车夫是石后村人，父母双亡，就自己一个人在单石碑租了间房间，以开电动黄包车为生。从去年到现在三轮车运营抓得紧，一般要等交警下班了才出来。兰一梅以一个记者的敏感，对于底层人的困境给予的同情，引得车夫频频回首。他以前绝对没有拉过一个这样有同情心的乘客。

就在快到她家时，车夫把车停下来，再一次回头看了看她。她正疑惑，车夫突然下了车，煞有介事地让她下车。她第一感觉是车可能坏了，习惯性地下车，并且关切地问道："怎么啦？我直接走回去？"

车夫像变了个人，喘着气儿，一把兜住她的腰，低声喝道："别动，强奸！"

兰一梅在瞬间火冒三丈，也许她不相信眼前突发的事件是真实的，叫道："快放开我，你疯了吧！"

她的腰间突然一冷，感觉到被利器抵住。车夫闷声叫道："真的，别逼我用刀子。"

就在这一刻，兰一梅才意识到事情的严重性，她的身子像被一股电流击中,全身僵硬。

周围安静得很。确实,这里的安静,是诸岱山建别墅的原因之一,现在也成为施暴的天然庇护场所。三十米外的鹤峰路,一辆空载的大货车风驰电掣般轰鸣而过,更显出此处的寂寥。

车夫把兰一梅拖了五六米,就到了庄稼地。不可否认,这是个强奸胜地。他轻易地褪下她的裙子,她想反抗,但无法动弹——身体在此刻彻底背叛了她。想要尖叫,喉咙只是发出喘息声。那些只在新闻里发生的强奸,此刻发生在自己身上,她才感觉是如此天差地别。

强奸顺利地实施。有一瞬间她突然感觉到气息通畅了,因为能够发出声音,但并没有勇气发出求救的尖叫,只是能够听见自己喉咙里的哽咽。她呜咽道:"我对你这么好,你为什么还这样?!"

车夫愣了一下,没有回应,继续动作。在喘息的间隙,回了一句:"就是因为你对我太好了。"

那一瞬间,一种莫名其妙的情愫像泥石流,流进空白的大脑,搅成一锅顺从的乱汤,从眼里流出来。她因为这种莫名的情感而加大了喘息声。

她不太确定强奸持续了多长时间,因为有一段完全空白了。整个过程她没有反抗,或者说失去了反抗能力,简直让强奸者有顺奸的错觉。直到她睁开眼睛,发现人也不见了,吉娃娃也不见了。

她能感觉到身体恢复了知觉,脑子也恢复了知觉。先前可怕的感觉渐渐淡去,她有一种劫后余生的喜悦——确实,之前的恐吓让她掉落恐惧的深渊。现在她感觉,脑袋是自己的,身体也是自己的,好像一切还算完整,至少表面上,完美的生活没有被捅碎——她这么想着，同时查看身子上下，最后麻木的脚恢复了知觉。

她重新站了起来，确定了自己的方位。身后是过来的惊魂之路，身前五十米左右，大门前亮着路灯的，是自己的家。

移步到家，诸岱山还在书房伏案用功，听见外面的声音，他问了一句："回来了？"

兰一梅迟疑了一下，低声应道："嗯。"

诸岱山是个很敏感的人，大概听出声音的异常，走了出来，一瞥，问道："怎么头发那么乱？"

"刚才喝了酒，乱哄哄的，不知道头发碰哪儿了呢。"兰一梅轻声道。

诸岱山狐疑地扫了一眼，道："以后那些乱糟糟的饭局就不必参加了，世风日下，素质越来越低，吃豆腐的人很多。"

"知道了。"兰一梅低低地应了一声，便进去洗澡。

她洗了很长时间，其间流了很多泪水，连同热水一起淋遍全身。她借故有酒意，洗完早早上床，决定睡一觉把一切都忘了。

第二天依旧上班，她没有想到自己既脆弱又如此坚强。每个女人都是变形金刚。胸口虽然有一团想要呕吐的东西，堵得慌，但只要忙起来，就会忘了呕吐的感觉。她忙里忙外，没事也与同事聊天，避免独处时呕吐感呼之欲出。

诸岱山如果不是有备课或者还文债，一般都在外面喝茶，很晚才归。兰一梅不想早回，于是约了闺蜜逛街，扛到九点多，这才由闺蜜开车送回。到了鹤峰路口，她鬼使神差地下了车，希望用这一小段的步行使自己心绪平静——她知道诸岱山有讲座，不会这么早回家，但家总是令她紧张。

走到转角的坡地,她的心跳陡然加速,昨夜的一幕险象,难免涌上心头。接着,就像电影里的突发镜头一样,那个车夫不知从哪个黑暗角落闪出,再一次把她跟稻草人一样拖走,动作与昨日一模一样。有一瞬间,兰一梅以为是梦,但随之而来的是愤怒。

"救命。"她尖叫起来。这是第二次被侵犯,她有了勇气。

那把该死的尖刀架在她的脖子上,一种渗透到心的恐惧又涌了上来,且来得熟门熟路。

"你等我弄完了再叫。"车夫恐吓道。

强奸也重复昨晚那一套。她被恐惧笼罩,习惯性地僵硬,使得案犯顺利完成。车夫穿上裤子,转身离去,似乎强奸是一件实在平常不过的事。走了几步,突然回头问了一句:"你昨天是不是觉得很舒服?"

一种屈辱从天而降,随之化为勇气,兰一梅尖叫起来:"救命,抓住他!"

车夫没有觉得一丁点儿慌张,朝她笑了笑,继续朝前走。四五个喝高了从鹤峰路上经过的青年正想找点什么事做,他们听见呼喊之后兴奋起来,轻而易举地抓住了强奸犯。当然,车夫也没有逃跑之类的行动,似乎明白被绳之以法是宿命。

兰一梅就是这时候开始崩溃的。她知道,她完美的生活出现了一个漏洞,伴随而来的是决堤的危险。但无法肯定,这漏洞是不是由自己的叫喊引起的。

"案犯口供说,第一次你很享受?"诸岱山语速放慢,尽量把意思说得明确。

这是案件发生的第六天了。兰一梅以为事情已经过去,被诸岱山这么一问,心中一阵战栗,像被电过一样。

"你——你怎么这样说？"兰一梅几乎是哆嗦着嘴唇，穿着睡衣瘫在床上。

"不是我说的，是他说的。"诸岱山冷静道，显然，这个细节如同一根针刺在他心上。

"你简直是个浑蛋。"兰一梅气得无法辩解。

诸岱山仔细盯着兰一梅的眼睛，似乎找到了答案，"哼"了一声，走出房间。

这几天他都在书房睡觉。他郁闷的时候，经常在书房睡觉，按照他自己的话来说，与书同眠，就相当于与智者同眠，心中烦怨，不能开悟，也可释然。睡前，他看些典籍，在与古人的对话中，安然入梦。他觉得，以自己的地位，如果在古代，就是一个士大夫，或是一个庄园主，在自己的庄园里，读书耕种，红袖添香，不亦乐哉。

在兰一梅看来，这是对自己的嫌弃与冷战。这世上，论对诸岱山的了解，她觉得除了自己没有第二个人。特别是婚后，她感觉到，他的灵魂就是一个古人，又似乎被古人附体，某些执拗，与古人相比有过之而无不及。他开国学堂，一方面当然因为在目前这是热门生意；另一方面，则实现了他的愿望，为古人代言。从一开始，她就知道，自己的身体被别人玷污，对于他而言是一件天大的事。她只能寄希望于，其实他没那么执拗。

但可恶的是，那个千刀万剐的案犯，居然说她很享受。她知道这把尖刀插在诸岱山心里，一时半会儿是拔不出来了。

兰一梅一会儿想想自己的处境，一会儿想想摇摇欲坠的婚姻，眼泪流一阵又干掉，把自己哭虚脱了，才能睡去。但兰一梅根本不是看上去那么消极的人，在情绪过后，她的不屈服的、强硬的种子又在心里发芽——那只不过是完美生活中的一次小小挫折。

临下班前，办公室金主任过来问晚上有个接待任务能不能参加。兰一梅以身体不舒服为由推托了。金主任并不勉强，露出一个善解人意的笑容，轻轻掩门出去了。这个笑容让兰一梅极为难受。以往有接待任务，倘若兰一梅拒绝，金主任就会软磨硬泡，直到她答应为止——兰一梅是接待主力阵容中重要的一员。而现在，在这种善解人意的笑容背后，多少带着洞悉真相后的可怜。

兰一梅提前走了，她不想准点的时候与同事们边聊天边挤着出门。她走到国学馆，径直进入诸岱山办公室，诸岱山正在悬腕练书法——他的办公桌一半用来办公，一半铺上毡子练习书法，也是极富特色的。诸岱山听见脚步声，抬起头来，不禁一怔。兰一梅很少不声不响地过来。

"有事吗？"诸岱山感觉有异常。

兰一梅一脸淡定，摇摇头，道："没啥事，就是好久没有一起下班了。"

诸岱山心中一凛。兰一梅越是表现得若无其事，则越是有事。

齐月红低着头，手在包里翻着什么，正要进诸岱山的办公室，却瞥见兰一梅也在办公室，紧着收住身子，只把头探进，样子有点儿滑稽，道："师母好——诸老师，我先撤了。"诸岱山道："你走吧，我来锁门。"

兰一梅朝齐月红点了下头，觉得齐月红的某些表情，特别是对老师恭敬的态度，特别像以前的自己，不由得生出一丝怅惘。

诸岱山把毛笔洗了，把砚台盖上，剩下的墨次日成为宿墨，挥毫别有韵味。两人无语，坐上院子里诸岱山的座驾，一辆途观越野车。转动钥匙，发动机启动，两人才打破了沉默。

"回家吗？"诸岱山问道。

"要不,先上南岸公园走走吧。"

确实,时候还早,夕光尤艳。南岸公园正是涨潮的时候,水从堤坝闸口涌上来,满满的一湖,带着热气,像个胀奶的少妇。停车后两人走到湖边的观景台,凭栏而看,恋爱的时候他们经常登临此处,谈古论今,自有一种甜蜜的回味。

一个赤脸汉子正在钓鱼,几十秒就钓上一条,仿佛在进行钓鱼表演,他看着诸教授夫妇,眉眼之中露出得意:你们如何夫唱妇随,终归不如我垂钓之乐。

"什么鱼这么容易上钩?"诸教授搭讪道。

"罗非鱼,居然适应了咸水,整个东湖都被占领了。"赤脸汉子叹道。虽然钓得多,但这种鱼很贱,卖不了钱,他不免遗憾。

罗非鱼是外来品种,本来是淡水鱼,在本地也很难过冬。但是繁育几年之后,居然适应了东湖的咸水、温度,并把其他鱼驱逐得无影无踪。

"真是不得了的鱼。"兰一梅也赞叹道。

他们来到观景台的另一头,可以看见波光粼粼的湖面尽头,是彩虹桥。彩虹桥之上是塔山上的石塔,诸岱山曾喻此处风景为"一塔湖图"。

"你想说什么就说吧。"诸岱山简单说道。

"你记得我们恋爱的时候,在这里看'一塔湖图'吗?回想起那时候,真是甜蜜极了。"兰一梅道,"这样的情景,还能继续吗?"

诸岱山明白其意,道:"不知道,你一直没回答我的问题。"

兰一梅意味深长地看了看湖面,道:"我也很好奇自己的表现,为什么不反抗,但是我后来查了一些资料,很多被强暴者的反应都是因恐惧而浑身僵硬,并给施暴者造成一种顺从的错觉。这样的解释你满意吗?"

回答这个问题的时候,兰一梅因为心痛而紧闭眼睛。这是她不愿面对的问题,但这一关她又必须过去,可见她是下定了决心的,表面上看好像在说别人的事。

诸教授愣了半天。虽然他学识渊博,但对强奸的学问并无了解。在兰一梅的逼问下,诸教授点了点头。兰一梅顿时释然,说道:"我们回去吧,我做拿手菜给你吃。"

兰一梅中午已经买好菜了。今天她的计划就是弥补生活的裂痕,美食是不可或缺的一道程序。回到家里,兰一梅从冰箱里取出食材,三下五除二,收拾得十分利索。做菜也是兰一梅的绝技,在他们还处在地下情阶段时,诸岱山就称赞她——真是下得了厨房,上得了厅堂的人儿。

从蒸锅里取出章鱼炖参汤,兰一梅瞥了一眼客厅,从身上取出一瓶药水,滴了几滴。这是她费尽心思从网上购来的。

自强奸案发生以来,两个人分床多时。兰一梅知道诸岱山的心病所在。对兰一梅而言,这个夜晚具有破釜沉舟的意义。破镜重圆的关键一点是,让身体重新连接。

诸岱山毕竟是谦谦君子,虽然心病未愈,但对妻子的殷勤没有拒绝,这让兰一梅看到了希望。饭桌上她让诸教授喝下最有营养的章鱼参汤,汤里有药,诸教授喝得满脸通红,兴致颇高。两人上床后,诸教授勇猛精进,倒是让兰一梅喘不过气来,真是久违的感觉。兰一梅兴奋道:"你怎么跟强奸一样……"诸教授眼睛发亮,喘着气儿道:"你喜欢被强奸?"

兰一梅意识到这是以毒攻毒的一句话,貌似以毒疗伤,迎合道:"我……喜欢。"

两个人像仇人相见一样肉搏到高潮。

得知妻子怀孕，诸岱山表面上并未动声色。在产检之后，兰一梅一阵震惊，随之要请一桌向朋友们报喜。这一招民间叫"冲喜"，让喜事冲掉霉运。当然，更重要的是，兰一梅要向外界宣布他们的新生。虽然席间兰一梅能感觉到一丝不快的气氛，但总体而言，达到了自己的目的——人生之舟颠簸了一下，又在自己的周旋之下，朝着既定的方向前进。

庆祝怀孕的宴会在唐城御宴举办，来的朋友都为诸教授与兰一梅由衷庆祝，从他们敬酒的祝词上可见真心。除了齐月红，整个宴席让兰一梅颇感满意。当然，齐月红也没有什么过分之处，兰一梅的不快在于她的举止细节。严格来说，兰一梅算是小三上位，她知道齐月红的一颦一笑、一点殷勤，意味着什么。这是女人特有的敏感。

宴席结束到家，兰一梅颇为放松——暴雨之后，新的生活即将开始。她为诸岱山泡了一壶红茶，以消酒意。诸岱山颇有些疲惫，喝了两杯茶后，活了过来。

"你去睡觉吧。"兰一梅道，"我把厨房收拾一下。"

"你别走。"诸岱山道。

兰一梅正欲起身，又把屁股定在椅子上，她看着诸岱山，诸岱山却不言语，也看着她。兰一梅突然被盯得发毛。

"你说话呀。"兰一梅道。

诸岱山叹了口气，道："你就喜欢让我丢很大的脸，是不是？"

"什么意思？"兰一梅愕然。

"你想庆祝什么？你想让人知道什么？你想让大家知道一个知名的教授，他有一个被人强奸了两次的妻子？他戴着一项很大的绿帽子招摇过市，现在他们即将有个孩子了？那些人回去之后，就在讨论，那个孩子是教授的还是强奸犯的呢？他们这辈子就有好戏看了，等孩子生出来，看看长得像谁，像看一部真人的连续剧。"

"你真的这么想？"兰一梅惊呆了。她以为一波浪去，迎来了宁静时刻，没想到这宁静，乃是孕育一波更猛的巨浪。

"不是我这么想，是所有的朋友，甚至这个城市的每个市民，都会这么想。我诸岱山代表的不是我一个人，而是整个诸家。"

诸岱山紧锁眉头，褶子里确实隐藏着整个家族的荣耀。诸家在本城的地位，举足轻重。

"你也不相信孩子是你的？"兰一梅追问道。

"这话你别问我，现在技术很发达，将来可以做基因检测。"诸岱山叹道，似乎他早就想好了答案。

兰一梅的心一下子掉进了无尽的深渊，没着没落。就在几分钟前，她的心还是踏实的，子宫里的小东西，则是她的定心丸。这次内心的伤害，她觉得比被强奸还要沉重。她看到诸岱山哀愁的脸，恍如做了一个噩梦，她希望快点醒来。

"我也是受害者，你不能这样对我。"她因无助而哭了起来。

"你是身子被强奸了，而我是心被强奸了，孰轻孰重，你自己想想。我们诸家的声望，那是几代人建起来的，以后就成了别人的笑料了。"

"你要我怎么办？"兰一梅突然像狗一样跪下去，抱住诸岱山的双膝。

诸岱山厌恶地站起身，面无表情道："我怎么知道呢？解铃还须系铃人吧。"

诸岱山自己上楼，走向卧室，随后传来了洗澡的声音。兰一梅瘫在椅子上眜瞪了一个晚上。这一晚对她来说比一生的经历还要漫长。

冷战持续了一周时间。冷战也是思考的一个过程，或者说也是从绝望中恢复的过程。总之，冷战的时间里，已经积蓄了行动的能量。

诸岱山有一天和颜悦色的，像是要结束冷战的尴尬。他坐在椅子上，翻着报纸，嘴里习惯性地发出深沉的感叹，那些感叹蕴含着他的阅历、价值观和对人世的看法。他长叹道："哎哟，不得了，这个新闻不得了。一个当小姐的女人被歹徒劫色，奋起反抗，虽然胳膊被砍了一刀，还是把歹徒吓跑了，保住了贞洁。做人呀，真的是不论出身，不论职业。"

兰一梅停下手中的动作，没有说话，脑袋里很清晰的一声响，似乎听到了天花板上掉下的另一只鞋子的声音。

告知诸岱山自己已经做完刮宫手术时，兰一梅相当冷静，就像扔掉一个小小的包袱。诸岱山脸上的表情相当复杂，终归还是被兰一梅的冷静震惊了。他有点恼怒，道："你也不跟我商量商量？"

"好像不需要了吧。"兰一梅还是漫不经心道。

因为刚做完手术，她面色有点苍白，但心结已了，表情相当放松。这一脸无所谓的样子让诸岱山颇为愤怒，道："只要你还是我的女人，这种事就必须由我来决定。"

诸岱山一脸凛然，以前只要他严肃起来，兰一梅就会惊慌，甚至认错——他们的婚姻关系，永远是导师与学生的关系。

"我想好了，我们离婚吧！"兰一梅疲倦道。

"放肆！"诸岱山见到了一个完全不同的兰一梅，这让他怒火勃然。

"这不是你想要的吗？你所谓的绿帽子，不就可以彻底脱掉了吗？你整个家族的耻辱，不就可以清洗掉了吗？"

诸岱山浑身发抖。从心底说,兰一梅所说的,正是他想要的。但是,他接受不了的是兰一梅的态度,一个乖巧听话的妻子和学生,突然变成一个充满敌意的对手,他的权威像一件笔挺的西装从衣架上掉落。

"要离婚,也该我先提出来!"诸岱山把掉到地上的权威捡了起来,硬搭在架子上。

"还是我提出来比较合适吧。"兰一梅淡淡道,"我看过你和小齐的对话记录。"

也许是自己小三上位的缘故,兰一梅对于和诸岱山关系密切的女人特别在意——潜意识中觉得那个女人就是下一个自己。无数次,她忍住偷看诸岱山手机的欲望,以她的学识与高傲,她觉得这是卑劣的女人才会干的把戏。冷战期间,她还是忍不住,她怀疑诸岱山对自己的态度有外人的介入。有一次诸岱山洗澡把手机落在茶几上,她抖着手拿起来偷看,看了以后全身发抖。

诸岱山心中堵得慌,没想到自视甚高的妻子会干这种事。更何况,他觉得自己和齐月红没什么,只不过把心里话掏出来而已。在强奸案发生之后,他极为郁闷,而齐月红也更加关注老师的精神状态,在这样的时刻,每个人都需要一个能说心里话的朋友。

"我不会答应的。"诸岱山因浑身发抖而语无伦次,歇斯底里地叫道。

离婚手续很快就办了。协议中,兰一梅决定不分诸岱山的财产,让诸岱山松了一口气,这也是离婚手续顺利办理的原因。

毕竟是层次高的人,好聚好散。从民政局出来,诸岱山真心实意地说了一句话:"我们诸家谢谢你。"

兰一梅淡淡道:"哼,你诸家的声誉以后会越来越好。"

上初中的时候,兰一梅家里来了一个省城里的伯伯,听说是在火车站工作,买车票什么的特方便,看上去见识和境况都要高人一等。妈妈做了一桌好吃的海鲜招待。其间伯伯问兰一梅成绩如何,兰一梅支支吾吾不回答,妈妈倒是干脆,说:"这孩子跟她爸一样,脑子不灵光,在班上位居中下吧。"伯伯说:"女孩子上了高中,成绩会越来越差,回头紧着给她报个师范或者中专卫校啥的,好歹还能找份工作。"妈妈唯唯诺诺。兰一梅永远记得伯伯那一副轻蔑地下论断的样子,似乎一个女孩子只是一只蚂蚁。中考的时候,兰一梅就死活要上高中,即便成绩还是不好,读不上最好的一中也要读五中。她跌跌撞撞地读完高中,上了一所普通的师范大学,明知自己资质不高,仍努力考研,勤能补拙。在她考上大学之后,她特意去看了那位伯伯,原来他是火车站的仓库管理员,一个月有半个月在值夜班。他已经忘记了自己当年对她的人生规划,反而夸她聪明能干有前途什么的。兰一梅在那一刻有点空虚。当然,从那时候起,她的自我也越来越强大,弥补了学习能力上的不足。

后来的人生道路,都是她自己选择的。她好像无父无母,在人生的重要关口,都是自我抉择。每一次的失败或者遗憾,她都能从中自我恢复;而那些挫折与鄙夷,反而成为她前进的动力。选择和诸岱山结婚,做他生命中第二个女人,也有各种各样的阻力,父母就不允许。但是她以一贯的自我和任性,克服阻力,勇往直前。究其原因,第一是对诸岱山的倾慕,其次,应该是有一点点恋父情结。她虽然极为自我,但自我的另一面就是缺乏安全感,像父亲一样的男人可以给她这样的弥补。诸岱山确实给她带来了工作的机会、便利的社会关系,以及社交圈的尊重。兰一梅享受这一切,并且想永远这样过下去,弥补自己反叛父母而失去的温暖。

后来，以她对诸岱山的解读，知道这样的人生不复存在。强奸案，是一把利刃，把她的人生砍成两段。

对于工作，她倒是越发专注，并不因离婚的影响而精神涣散。有一次，她到宁德监狱做了一个行业文明建设的采访，结束后，灵机一动，提出一个要求，要会见犯人许石城。狱警随即带她去了会客室。

许石城穿着号服，似乎比开电动黄包车时白净了些，气色也好了，可见监狱的环境不错。而兰一梅剪短头发后的飒爽风格，与之前的长发飘飘判若两人，一见面许石城并没有认出来。

"你是？"许石城问道。

兰一梅没有回答。她觉得这个场面实在是荒诞，于是她笑了一下。

许石城道："我知道了。"

"为什么？"

"你笑的时候我印象很深，一直在我脑海里。"许石城憨厚地答道。

接着是沉默，兰一梅一时也想不起要问什么。时间过去已久，往事也消化得差不多了，以前对他的恨意，在现在面对的时候，居然很淡很淡。

"你可以打我，解解恨。"许石城道。

兰一梅摇了摇头，轻轻问道："我记得当时我叫人的时候，你是有机会逃走的，为什么不跑？"

"两次够了。"许石城道，"如果我逃走的话，还会来的。"

"你早就想过要坐牢？"兰一梅问。

"那当然，犯罪坐牢，天经地义。"许石城眨着眼睛道。

兰一梅叹了口气。

"你不像一个坏人，为什么做这种事？"兰一梅问道。

"不这样做，也没有其他办法呀。"许石城说话透着孩子气，让兰一梅感觉强奸并非是那么残酷的事。

兰一梅要走的时候，许石城道："你不打我一顿消消火？"

兰一梅淡淡道："不了。"

"真的吗？"

"我懒得打你。"

兰一梅走出监狱大门的时候，忍不住哭了起来。她是很想抽他一个耳光，至少踢他一脚，但没用。她知道，即便把许石城枪毙了，也无法冲散心中的那份憋屈。那份屈辱来自四面八方，像阳光照耀在身上，像风吹到心上，名正言顺，堂而皇之。

行人见了她流泪的样子，以为她去监狱探望了亲人或者丈夫，感伤垂泪。走了一段路之后，她把眼泪抹了，似乎渐渐明白屈辱的所在，心中升起一种复仇的欲念——其实这是她性格的一种反应，对负面情绪的反击，比如说对她的那个伯伯。

副刊部主任邱裤裆是个好事、热情、风流的人，喜欢给人介绍对象。对了，忘了介绍他的浑名，因为他是个性欲极其旺盛的家伙，遇见漂亮女人手就不由自主地去拉裤裆；还有一次报社照集体照的时候，他忘了拉裤裆拉链，留下永恒瞬间，因此得名。邱裤裆来给兰一梅牵线，告知市委办有个副处级的主任，丧偶不久，是门当户对的对象。兰一梅婉言拒绝了。邱裤裆觉得这是一门极好的亲事，以为自己工作的力度不够，便道："诸教授虽然没有结婚，但已经跟齐月红好得不得了，你也要齐头并进呀。"兰一梅像炸药被点燃一样，突然发作，把邱裤裆踢了出去。

邱裤裆不甘心，又折了进来质问道："我说的都是实话，为什么这样对我呢？"邱裤裆混在文人圈子里，对诸教授的事情特别了解。

兰一梅哭道："我是我，我为什么要跟他们一样，狗男女！他们真的好上了吗？"

邱裤裆表白道："你不信呀，我告诉你，要不是诸教授谨慎，他们该结婚了。诸教授考虑的是门户问题，毕竟是个大家族。"

"狗屁的门户。"兰一梅骂道。

兰一梅第二次去监狱的时候，心情倒是平静了不少。已然发生的事实，只能接受。她问许石城那只吉娃娃去哪儿了，许石城说自己的车和吉娃娃都在原来房东那里。

鬼使神差地，兰一梅按照许石城的指示，来到环岛附近的花圃找到那栋民房。那是一个平房小院子，房东自住，许石城租了院子里的一间，只是一间卧室，卫生间在院里，是公用的。房东是个瘦瘦的大嫂，像一只鹭鸶。她道："房间我租给别人了，我把他车子放在院子里，万一他出来还要做这一行呢。"兰一梅问道："那只小狗呢？"鹭鸶大嫂叫了一声"噜噜"，吉娃娃便从角落的草丛里摇着尾巴出来了。也许是主人不见了，它现在怏怏的、不兴奋。兰一梅想起自己第一次见到这只狗时的情形，心里有种说不出的温暖，便请求大嫂把这只小狗送给她养。大嫂恨不得甩了这个小包袱，又问兰一梅是许石城的什么人。兰一梅犹豫了一下，道："是朋友。"大嫂感叹道："有这么好的朋友，又何必去干那种事呢？"

吉娃娃被带去洗了澡，打了针，先是对兰一梅有点抗拒，带回来很快就熟了。这狗悟性很高，知道谁对它好，一双水汪汪的眼睛含情脉脉地看着兰一梅。兰一梅想起第一次被强暴的时候，她被许石城挟持着，吉娃娃不知所措，汪汪地追随着，表现大概也是如此吧。在许石城与兰一梅的僵持中，它似乎能看出她是弱者，并不偏袒主人。兰一梅想到此处，抱起狗，眼泪汪汪。

邱裤裆又给兰一梅介绍了一个做水产批发的老总，深度介绍了该老板的家底、人品以及对文化女性的倾慕，乃至婚后能抵达的幸福指数。兰一梅感觉到，如果没有一盆冰凉冷水，是很难扑灭邱裤裆的热情的。

"我已经有对象了。"兰一梅冷静道。

"哦。"邱裤裆倒吸一口失望的凉气，揶揄道，"那一定是很了不起的人物。"

"许石城。"兰一梅道，"他一出狱我们就结婚。"

"你是说气话吧？"

"不说气话。他减刑一年，下个月就出来了。对了，有件事情要麻烦你一下。"兰一梅道。

"哦？"邱裤裆蒙了。

"你不是跟诸岱山关系很好吗？麻烦帮我送下请柬。"

"你肯定是疯了。"邱裤裆摆着手道，"上下五千年，没你这么干的。"

"凭什么我就不能干一件让你们都傻掉的事？"兰一梅笑了起来，笑得相当满足，"我是有恨必报，不要什么风度的。"

邱裤裆愣了，不知道她恨的是谁。

邱裤裆还是不能相信这事是真的，只当成兰一梅心理扭曲的说辞。但事实一步步地抹去他的疑心。许石城如期出来，婚讯传遍整个报社，宴席酒店也订好了，真的不是玩笑，也不是这个女人疯了，婚礼的准备程序按部就班，婚纱照提前发到同事们的手机上，强奸犯与受害者，相得益彰，其乐融融。温馨的画面把人们的三观都震碎了,这座城市,不,整个国家,历史上没有比这更逆天的新闻了。

邱裤裆比谁都紧张,给诸岱山的请柬在自己手上呀,不过后来他松了口气,因为诸岱山去日本了,和齐月红一起去了。他卸下了千斤担子。

兰一梅给报社有点交情的同事都发了帖子,特别是中层以上,亲自给人送去,并且嘱咐到时候一定要来。同事们互相说真的不敢去,太尴尬了,到时候把红包送到就得了。事实上,婚礼那天,居然齐齐到席——临了,大伙还是禁不住好奇心的。强奸犯与受害者的婚礼,五千年不遇的,谁也不想错过。要是再出一些闹剧,比如说诸岱山到场之类,再好不过。遗憾的是,诸岱山身在日本,无法亲身感受盛况。但是婚庆主持人事先得到指使,在介绍女主人时,一定要指出,这是诸岱山教授的前妻。众人听了这个介绍,一时间都炸开了锅。

众人多数没见过许石城,想象一个强奸犯长得肯定是凶神恶煞的。不过亲眼见到了,居然收拾得干干净净,光看样貌,是郎才女貌的画风。众人都觉得那强奸案实在是蹊跷。

婚礼没有众人期待的什么高潮,按部就班,敬酒的时候众人得以一窥强奸犯真容。随后男人们议论"强奸能否出爱情"这样的话题,女人们纷纷"呸呸"以示抗议。

与诸岱山离婚后,刚好报社的老周搬去东侨的新居,兰一梅便搬到老周的宿舍,一套两居室的旧房,拾掇拾掇也还温馨,重新装修的时候隔壁的邱裤裆帮了不少忙。婚礼结束,回到这边婚房,兰一梅高昂的情绪突然一下子冷了下来,当然,她也是累了,颓然坐着,闭上眼睛,进入冥想状态。说来也是够凄惨的,婚礼没有亲朋好友,沾亲带故的唯恐避之不及,来的基本是看热闹的朋友，这一点大伙都心知肚明。

"如果你后悔了，现在走还来得及。"许石城看着沉默的兰一梅，一脸茫然，不知道下一步该咋做。

从出狱到现在，他不知道发生了什么。特别是，与兰一梅结婚这事，意味着什么，他不清楚，他知道自己也想不清楚，所以不想。这个世界不是他所能想清楚的。他所能想到的是，一个自己喜欢得不得了的女人，虽然被自己强奸过，但是愿意和自己一起过，就像天上掉下的馅饼，比自己所有的选择都好。对他而言，做比想重要得多。

但毕竟心中还是有一团疑云，他也想知道兰一梅葫芦里究竟装的什么药。

兰一梅抬起头，冷冷地看着他，好像看到的不是他，而是另一个人。

"你想要我就要我，不想要我就可以不要。我父亲早走了，你就欺负我。知道我没有安全感，就欺负一个没有爸爸的女孩。爸爸呀，你活过来吧，哪怕你来到我梦中，告诉我，你一直在守护着我，我就不会这么傻乎乎地期待别人的保护了。"

兰一梅痴痴的，说着许石城听不懂的话，说着说着，眼泪就出来了。新娘子是化了妆的，这一哭妆就花了，看上去有点可怕。许石城怯生生道："你要是不高兴，我就走吧。"

"滚蛋，你还真的以为命那么好！"兰一梅突然咆哮起来。

许石城大概也知道，这天上掉下来的馅饼有诈。无论如何，自己应该不会有抱得美人归的结局的。他恋恋不舍地走到门口，穿上崭新的皮鞋，决定结束他的新郎梦。

兰一梅越加放肆地哭了起来。

这是超过二十年的老房子了，墙体质量不好，连在隔壁偷听的邱裤裆都跃跃欲试,想冲进来一看究竟。邱裤裆的卫生间与兰一梅的卧室一墙之隔,邱裤裆贴耳倾听许久,眉头紧锁,谜团依然难解。老婆在敲卫生间的门,问道:"怎么进去就不出来了?"邱裤裆没好气道:"没见过便秘吗?!"

许石城看兰一梅鬼哭狼嚎不能自抑的样子,又多了一份担心,怕她万一想不开。这也是有可能的。虽然不懂她复杂的情绪,但崩溃总是能觉察的。他再一次在门口转过头来,又问道:"我知道你不是真的想跟我结婚,不过,现在我可以帮你做点什么吗?"

此刻,兰一梅最激烈的情绪已经过去,呼吸也顺畅了许多。她的视线从散乱的长发间聚焦,口气也柔和了许多,道:"回来吧,以前不让你上,你就硬上,现在让你上,你就尿了。"

许石城眼里是疑惑,但更多的是重新燃起的希冀,他谨慎道:"你说的是真的?"

"当然。"

"你是真的和我结婚?"

"当然,我决不让婚姻崩盘,我决不会再让人笑话。你快点过来,你犹豫什么,你有什么好怕的,我决定做个坏女人了,不要脸的女人,但你有什么好怕的呢?"

许石城无法理解她的话,只是把皮鞋再一次脱掉,换上喜气的布拖鞋。

"你确定是要跟我过日子吗?"

"我做了选择,就要扛下去。我的日子是过给全世界的人看的。"兰一梅很认真地说。

邱裤裆特别有耐心,耳根贴着墙坚持到最后,终于确定,这个新婚之夜是正常的,激情汹涌的,让人浮想联翩的。

邱裤裆比任何人都关心兰一梅的生活。他恨不得有一天能听到隔壁屋里"砰砰"的砸家伙的声音，然后一头冲进去。遗憾的是，这类情景没能如愿出现。即便没有这个机会，他偶尔也会找到一些理由，比如说过去借一块姜或者一头蒜，希望对其夫妻生活窥知一斑。若环顾四周，不见许石城的影子，便关心地问道："石城还没回来呀？"

兰一梅道："是呀，有活儿的时候他多拉点儿。"

气氛不错，邱裤裆胆子变大了，便问道："你跟石城真的过得下去吗？他没什么文化呀。"

兰一梅的心理承受能力强大了许多，坦然道："没文化也不会死人呀。"

"我说的是，你们真的过得那么和谐吗？比如说那什么。"邱裤裆一出口就是个没遮拦。

"什么那什么？你想问啥就明白点说。"兰一梅道。

"哎，你也知道我这人性格，有些事如果不问，就会憋死我，如果问呢，就显得没有教养……"

"问吧，我就没见你有教养过。"

"既然这么知根知底，我就不客气了。我想问的是，以前你跟他发生过那样的事情，现在行房，就不会有心理阴影吗？"

"哪能呢，现在过得比以前好多了。你知道吗？诸岱山那方面是不行的。"

"这么说来，那件事对你来说，确如传言所说的，是一种享受？"

"别人怎么说我不知道，总之，许石城比诸岱山是好多了。"兰一梅大大方方道，"当然，我知道诸教授也在关注我的现状，他是爱我的，所以，你可以把这个意见转达给他。"

"真的吗？他倒是从侧面打听过，我都不知道讲什么呢。"

"一定要讲的,让他放心,离开了他,我一样能过得挺好咧。"

邱裤裆喜欢传话,所以喜欢在诸岱山和兰一梅之间当通信员,这样他从两人的反应中也能获得高潮。

婚后,许石城闲了一段时间,后来又开起黄包车,终归是以他那样的文化程度,没有更合适的事情可做。车就停在宿舍下面的白玉兰树下,邱裤裆时不时摸一把,希望能摸到蛛丝马迹。那只吉娃娃,有时候陪着他出车,有时也在家里,人一回来就叫。

邱裤裆长时间观察,疑问并不止于此。

"其实不瞒你说,你这房间动静要是大一点,我那边都听得见,有时候我能听见你的哭声。"邱裤裆道,"但是请别误会,我只是想,万一有需要我的地方,你尽可以叫我。"

"没有呀,我有哭声?"兰一梅否认道。

"是呀,我明明听得出,一次是夜里十点多,还有一次是凌晨。"

"你可能听错了,也许是我唱歌呢。"兰一梅道,"再说了,咱们这楼隔音差,楼上的也有可能。"

兰一梅最后一次去诸岱山别墅的时候,稍微打扮了一下,特意扑了淡淡的腮红,涂了唇膏。她皮肤白皙,平时不上妆的,这样一来,气色更好,也比平时干练的形象多了一分娇艳的春意。

诸岱山正在家打坐,见到兰一梅吓了一跳。他现在很少出去应酬,除非跟几个交心的朋友喝喝茶,业余都在家中修炼一种心法,要不然他觉得自己会疯掉。他没有想到兰一梅会突然造访。

"一个人?"兰一梅似乎一切都释然了,漫不经心地问道。

诸岱山全身隐隐颤抖,但依然保持了风度,若无其事地问:"难道还有谁?"

兰一梅微微笑道："还有谁我就管不着了——你老了很多，看来那谁照顾得不是很好。"

诸岱山咬了咬牙根，冷静回道："你气色倒好，看来日子过得不错，真是物以类聚了。"

兰一梅笑道："是呀，像我这种草根出身的女人，只要男欢女爱，平平常常的日子就足够，不像你，过日子跟拔河似的，不嫌累呀。"

诸岱山终于忍不住了，突然咬着牙压低声音道："无耻！"

兰一梅似乎料到他的行动，反而开心起来，在客厅里转着圈子悠闲地环顾四周。

诸岱山冷冷道："你有事？"

"有张相片，我十六岁那年的，我记得忘在卧室了，我想拿走。"兰一梅道。

"卧室里重新整过了，谁知道到哪儿去了？"

"什么？都有相框的，你不可能看不见。"

"我真不知道。"

兰一梅奔上楼去，卧室里全然变样，原来放在梳妆台上的那帧树脂框架的照片，已然不见踪影。她气急败坏地下楼，冲着诸岱山道："你自己说过，那张照片虽然青涩，却是你梦中女神的影子，是你心中的维纳斯女神，你藏哪儿去了？"

"我藏它干吗！"诸岱山舒了一口气，轻松道，"房间也是我叫卫生阿姨收拾的，我让她把你用过的东西全部扔掉，要不你去垃圾堆找一找。"

兰一梅脸更红了，是那种急火攻心的红。

"你说过的那些话，全是假的？"

"此一时，彼一时，此之蜜糖，彼之砒霜。"诸岱山道，"你现在，不过是想置我于死地的一个女人,这一点难道你自己不知道吗?"

"好一个此一时彼一时。"兰一梅道,"想置你于死地的不是我,是你的心魔。"

兰一梅脑海中闪过十六岁那张青春淳朴的相片,过往的甜蜜岁月也在脑海中一闪而逝。她有一种深入骨髓的悲伤,这种悲伤使自己浑身无力,恍如从一场噩梦中惊醒。她扶着沙发的靠背,才让自己不至于瘫软在地。

"如果没什么事,你可以走了。"诸岱山下了逐客令。

兰一梅试着踏出一步,尚能慢慢行走。她一步又一步走出客厅,清晰的、有次序的脚步声,似乎是对自己走过的人生的一种回响。

"我对你做的,还远远不够。"兰一梅在门口回过头来,一字一顿道,"没有你以后,我要过得更幸福。"

"当然,我知道,你什么样的性格我还不知道吗?"诸岱山胸有成竹道,"我不会让你继续羞辱我的。"

诸岱山看到兰一梅越走越远,在门口时还是一个咄咄逼人的女人,走了片刻便像一只狗一样大小,最后像一只兔子慢慢独行。诸岱山把手里的烟头,狠狠地摁在烟灰缸里,似乎要揉得稀巴烂。

很多人不相信兰一梅和许石城的婚姻会长久,这个推测绝对是科学的。两个人生活在一起,不说门当户对,至少在文化层次与价值观方面也要有互通之处。而这两个人在各方面是风马牛不相及。下一步,大伙儿等着他们拆伙,闪婚闪离也是现代男女关系的一种游戏,见怪不怪。但是,兰一梅似乎在维护着婚姻,不让它出现一点缝隙,这使得好事的群众极其不耐烦。

大概就这样风平浪静地过了七个月,终于,兰一梅报案,许石城失踪了。

失踪的地点在羊尾村。羊尾村是城郊村，离城南环岛只有一两百米，实际已经与城市接壤。在一条偏僻的村道连接104国道的接口处，许石城的黄包车歪在路边，人却不见踪影。除此之外，现场没有任何线索。此处是郊区野外，没有摄像头，不能确定当时发生的情况。

一个人无缘无故地失踪，按照常理，应该从他最亲近的人入手。凭着直觉，李安全调查了诸岱山——虽然他们并无直接的联系，但是有一种天然的对应关系。从诸岱山的提示来看，许石城的失踪与兰一梅有关，这也可以解释她为什么要嫁给许石城。但是，调查了兰一梅之后，嫌疑的重心又转向诸岱山。对于诸岱山与兰一梅的生活，两个人的叙述大相径庭，其中必然有一个人在撒谎，或者两个人都有偏颇，李安全更倾向于相信兰一梅。

诸岱山与兰一梅的情感并未在离婚之后淡忘或者消失，相反，是更加炽热，只是方式发生了变化。也许是由爱转恨，原来有多爱，后来就有多恨。这一点，李安全从兰一梅决绝的表情中可以看出。甚至，都能看出她与许石城结婚的一种决心，它决计不只是一桩荒唐的婚姻，那是向从前的生活竖起中指。

三 奸犯

"假设许石城已经被害，现在应该身在何处？"刑侦一队队长周幸福边吃盒饭边跟李安全讨论案情。

许石城已失踪三天，市局也部署警力到处查访有关人员，并且在假设被害的情况下，查询抛尸地点，特别是与羊尾村相邻的可疑性地点，结果一无所获。警方期望有人发现线索的报案，也没有一桩。

"被害的可能性很大，一个活生生的人不可能凭空消失，如果是绑架的话，也早该联系主家了。"李安全啃了一只鸡腿，两片油腻的嘴唇有节奏地嚅动，"凶手分明是要有意藏尸。"

"有可能的藏尸地点应该是？"

"就本地来说，沉尸水底，最适合的是附近的金溪水库。我已经让警员在水库四周查看痕迹，没有收获；其次是抛尸外市，这个查起来会比较麻烦。其实，最怕的是另一种情况，凶手是有预谋的，永远地藏尸，让你无法破案。"

李安全是刑侦队里涉猎知识面最广的，脑洞很大，周副局长虽然经验相当丰富，但很喜欢像记者一样，装作很无知地对李安全的脑洞进行挖掘。

"说说永远地藏尸。"

"比如说有预谋地碎尸，这在美国发生过，可以让死者人间蒸发。"李安全分析道，"而在日本发生过一起少年杀人案，将被害的女子放在油罐里，用水泥浇筑。这两起案件，如果不是因偶然的线索而告破，则是完美的藏尸案。"

两人聊了一会儿假设的情况，然后回到现实。不论有怎样的假设，最终还要回到许石城身上。

"关于许石城这个人，从其本身出发，是否可以找到嫌疑人的人选？"周幸福问道。

李安全点了点头，其实从强奸案开始审讯此人，到失踪案后的调查，李安全觉得自己是从里到外比较了解此人的。

许石城早年丧父，由母亲一手拉扯大，虽然生活贫困，常由邻里乡亲救助，但母亲比较宠溺他，穷家富养，没受过什么苦。读到小学毕业，就没有继续上学，在家好吃懒做，渐渐长大，倒是一表人才，就是干啥啥不会，没耐性。十七岁时，他母亲上山砍柴，被蛇咬伤，毒发不治，他过上了孤家寡人的生活。先前还有近亲叔伯们救急，后来大伙见他长成一条响当当的汉子，人长得一点都不差，白白壮壮，就是不自食其力，借的钱不还，借不上了就任自己饿上三天三夜，都觉得不可救药，于是疏远了他，唯恐避之不及。

许石城在村里是混不上吃的了，后来被几个混社会的同龄小伙伴带到城里。城里五光十色的生活倒是吸引了他，他再也不想回去。有一年由于团伙作案盗窃，被抓到看守所待了一个月，竟然过得兴高采烈，要放他出去还舍不得走。问他为什么不回去，他说这里有朋友，有吃有喝，日子好过，回老家一个人孤零零的，着实难受。

但是他在团伙里也混不下去。盗窃时叫他望风，一有风险，他不知道溜到哪里去。在赌场，叫他看场子，也不知道在哪个角落里打瞌睡。团伙见他不上道，就让他滚蛋。流浪了许久，后来得到一个乡党的指点，你既懒又呆，倒是有一件活儿合适，弄个黄包车。你愿意干就干，不愿意干就自己在车上歇着，谁也管不着你。果然，对于许石城来说，这再合适不过。他不勤快，拉几趟车管够一天的饭就行，或者到树下看人打牌，或者自己在车上打瞌睡，过得倒是自在。后来实在无聊，刚好捡了一只小狗，放在车上养了，吃快餐的时候扒拉一点给狗吃，偶尔跟狗说说话。那吉娃娃也通人性，凑得像一家子。当然，也没那么轻松，有时候会遇见流氓坐车不给钱，你要钱他就给你拳脚。许石城虽然是混过社会的，但是对付真正的流氓是处于下风的，又不甘心白拉活儿，后来身上也备了把匕首，给自己壮胆。

那天他在建新路大嫂小吃店花了四十块，点了一盘小炒肉，一盘西蓝花，喝了两瓶雪津啤酒，把口袋里的钱全部花光，心情相当愉快，觉得过了体面的生活，融入了这个城市。他兴致勃勃地上了车，决定再拉一两个活儿，把明天早饭的饭钱赚够，这一天就再满足不过了。上了车吉娃娃冲着他叫，他才晓得自己喝得高兴，完全忘记了狗小子。

从建新路拐出来，正碰上拦车的兰一梅，他看到一个干练而不失妩媚的女人上来，心情大好，恍惚中有开着小车载着美女的感觉。夜里的万家灯火，小城市的浮华闹腾，都让他心醉神迷。路上吉娃娃叫了起来，把兰一梅吓了一跳。他心里乐开了花：这个女人真是胆小。这么胆小的女人，随便吓唬一下就能出乐子。兰一梅拿一块糖醋排骨喂吉娃娃，吉娃娃停止了叫声，发出满足的"咕咕"声。许石城想，这个女人这么爱我的狗，如果我变成狗就好了。有一搭没一搭地聊着，兰一梅居然开始问他身世，他便一股脑地倾诉了。这么多年来，他在这个城市里，多是被人鄙夷、计较的，少有关心的，他怀疑自己的某些方面吸引了兰一梅，要不然，这个女人为什么这么亲切。

"不放在家里养？"兰一梅问道。

"家里没人，跟着车好歹也陪我。"许石城道。

"你也没吃饭吧？"兰一梅关切地问道。

"嗯，我要是吃了，它也能吃一口。"许石城道。

"你要是不嫌弃的话，我打包的这两份菜你拿着，一份是糖醋排骨，一份是煎带鱼，客人都没怎么动，一会儿你打份饭就可以和吉娃娃一块吃了。"

兰一梅的声音充满关切的意味，像是跟自己的孩子或者丈夫在交代吃饭细节。那一瞬间，许石城觉得胸口有一腔热血要从眼眶里涌出来。是的，除了多年前的妈妈，再无人这样对自己说话了。

"那就多谢了。"许石城压抑住激动,故作平静地回答。

他觉得自己的某个方面吸引了这个女人。是的,这个女人一定是喜欢自己,才会这么关心自己。母亲在世的时候,就有亲戚夸自己长得好,细皮嫩肉,眉清目秀,不像农村的孩子,并开玩笑说是不是城里抱回来的呀。是的,一定是自己太有魅力了,这种魅力蒙尘许久,现在终于遇到慧眼识珠的人。难怪今天一天这么顺利,运气好得不得了。

过了鹤峰路,到了转弯的地方,能看到她要去的别墅了。许石城明白,只要她进了那个门,就跟所有的乘客一样,在自己的生活中消失得无影无踪,与这份温暖永生绝缘。他一把刹住车,下车,愣愣地看着兰一梅,喘着粗气。从上车开始,他就有一种与兰一梅亲密的冲动,随着血液上下奔腾,酒精加大了疯狂的力度。他抱住了兰一梅,兰一梅并不以为意,因为她不相信刚才还被关切的人会有不轨之心。

"怎么啦?你疯了吗?"兰一梅还是以亲和的口吻在问,她以为这个人中了魔障。

许石城既尴尬,又恼火。混社会的时候,他一直是扶不上墙的烂泥,没有真正干成一件坏事。他一把兜住她的腰,低声喝道:"别动,强奸!"

见兰一梅似乎还不相信事实,他拔出匕首,终于把她制住了。她处于恐惧与顺从的状态,使得许石城松了一口气,终于可以像个男人,也像个混过社会的人了,这种满足感冲淡了他的愧疚感。此时他也感觉到喝了酒的好处,浑身邪恶的能量成倍增强。

房东家里,有个十六岁的女儿,在读高中。许石城每次收工,都经过她的房间,她在台灯下做作业,从窗户可见发育成熟的凹

131

凸身段，眉清目秀的少女范儿，他陡然生起邪念。有一次他实在忍不住，冲进了房间。少女转过身来，起立道："你回来啦，我爸找你要房租呢！爸爸，叔叔回来了。"她爸爸在另一个房间应声作答，使这一场罪恶胎死腹中。

把兰一梅拖到庄稼地里，强奸顺利实施。许石城把多年来积蓄的兽欲一股脑发泄了，似乎干了所有想干的女人。强奸也使得兰一梅神智复活。

"我对你这么好，你为什么还这样？！"兰一梅质问道，她是个讲究道理和逻辑的女人。

"就是因为你对我太好了。"他脱口而出，丝毫不觉得羞愧。不论用什么手段，能够在城市里得到一丝满足，他都认为是天经地义的。

他血气方刚，肆无忌惮，后来居然听到兰一梅的喘息声，似乎在享受他的兽行。天哪，是不是这个女人一直在期待一场这样的强奸，或者，这个女人从上车开始，就一直在期待这件事？这个幻觉让他兴奋而甜蜜，好像他真的拥有了这样一个女人。

脑子里精虫散去，他才回到现实。他慌慌张张回到车上，当然，地点偏僻加上兰一梅的放弃抵抗，他也并不过分慌张，还看了看狗有没有在车上，然后落荒而逃。

次日醒来，恐惧散去，脑子里充满甜蜜。他灵光一闪，突然相信，那个女人爱上了自己。他回想种种细节，她对他的亲切对话、对他的关心、对小狗的喜爱、对强奸的享受，更加确定了这个想法：这不是强奸，这纯粹是一场爱情。

一整天他的心都在跳。不是恐惧地跳，而是充满希望地跳。

踌躇了一天之后，他决定如法炮制。如果不抓住这个机会，这个女人将与自己擦肩而过，这一次，他必须抓住她，必须让爱的关系水落石出。

他潜伏在那里,有备而来,果然得手,这次的强奸更加顺利。强奸完之后,他很轻松地走了,显得训练有素,对于这个女人的痛点他已经掌握了。不过他还是觉得意犹未尽,有什么任务没有完成,对了,爱情。他回头问道:"你昨天是不是觉得很舒服?"

那一瞬间,兰一梅屈辱万分,她几乎是条件反射地大喊救命。

许石城心想:她还是不承认,她不承认爱上了自己。女人,真是口是心非的东西。

一群小伙子从鹤峰路跑上来的时候,许石城心里不觉得害怕,也没有逃走的意思。也可能是他知道逃也逃不掉。他想,爱情总是要付出代价的。

对于坐牢,许石城也不是没想过,也不太陌生,毕竟他进过看守所。他对牢房的感觉就是一个字:家。

在十几个走访人中,邱裤裆是重要的一个,作为邻居,他几乎是兰一梅婚后生活的见证者。李安全从邱裤裆那里得到一个消息,兰一梅似乎受到许石城的虐待。

"为什么有这种感觉?"李安全问道。

"我听见过很多次哭声,但是兰一梅不承认。"邱裤裆气呼呼道,毕竟热脸贴了冷屁股。

"兰一梅不承认情有可原,毕竟是她自己的选择,她不想自己打脸。"李安全道,"你的消息确切吗?"

"如果不确切,我就是王八蛋。"邱裤裆以手做乌龟状趴在桌上,发誓道,"我们这楼隔音特别差,她家里什么事我都能听得清楚。"

李安全想笑但没笑出来,又要跟人家调查细节又要嘲笑人家，也太不地道。不过像邱裤裆这样把偷听说得理直气壮，也实在少见。

"你具体说一下，什么时间，什么地点，有什么迹象证明事件的缘起。"

"有一次，我拉肚子嘛，在卫生间一直拉，先是听见他们的笑声，你知道，是那种笑，特别淫荡的，然后是吵架声，许石城，你别看他一副老实的样子，凶起来不得了，可能是动手了，兰一梅就哭了，是那种很压抑的哭声，但我能感觉到她痛苦极了。"

"你听力不错呀。"

"一般一般，托拉肚子的福。"

"许石城这个人你了解吗？"

"有一次我下班回来，他也拉车回来，在楼下碰见了。你知道，我这人是三教九流一律平等，就拉他一块儿喝小酒。我说你这人桃花运不错，娶了这么个大美人。他傻呵呵地笑。我也就直说了，问他：你原来侵犯过人家，人家怎么肯嫁给你呢？他居然说，就是因为侵犯过，她尝到甜头，才嫁给我。我一口老血都要吐出来了呀。你说这人奇怪不？"邱裤裆一边说着，一边十分愤慨。

"他说的可是事实？"

"我是不相信的，兰一梅绝不是那种淫荡女人，但是为什么要嫁给他，我也是一头雾水。"

"但是可以肯定，许石城对兰一梅不是很珍惜？"

"我觉得就是，他的口气好像兰一梅就是顺手捡来的一样。唉，他没文化，也认识不到兰一梅的妙处，只是将她当成一个粗糙女人看待，我觉得就是如此。"

"当初是兰一梅主动提出结婚的吗？"

"那当然。许石城说兰一梅提出跟他结婚，他一点儿都不觉得奇怪，他说他早就知道兰一梅爱他。"

"可他有什么好爱的呢？"

"唉，女人的脑子，一生中总会抽风那么一两次。"

邱裤裆的信息让李安全得出一个这样的假设：兰一梅很有可能受不了这个婚姻，让许石城人间蒸发。

当然，也有另一种可能，兰一梅结婚的目的，就是接近许石城，实施人间蒸发的计划。

无论如何，这都是一桩预谋已久的完美谋杀案。

即便许石城失踪，兰一梅大部分时间还是在办公室，她对工作的态度可见一斑。特别是离婚之后，工作已经成了她的生命。报社深知她的状况，几乎没有派发采访任务，她依然到办公室，成天在窗口发呆。

李安全推门而进，她吓了一跳。她的神色，是带有一丝绝望的惊慌，虽然只有一瞬，但被李安全抓住了。

"许石城有没有什么仇人？"李安全与兰一梅隔着办公桌对坐，反客为主。

"没怎么听说。要是说仇人的话，诸岱山可以算吧。"兰一梅坦然道。

李安全明白兰一梅的意思。

"你跟许石城婚后的关系如何？"李安全再次问起这个问题。

"还不错。"

"据了解，你跟许石城婚后的冲突还是比较严重的。"

"每家都有一点小矛盾呀，要不然怎么叫家。"

"据我了解，你是个心气很高的人，但是你在家居然要忍受许石城的虐待，我看这个不正常吧。"李安全单刀直入。

"虐待？不算吧。"

"一个女人在家被老公打哭，想哭又不敢大声哭，这不算虐待也算家暴吧。"

兰一梅看着李安全，眼泪终于抑制不住，噙满眼眶。她的情感防线终于崩溃，哽咽道："为什么你们当警察的，什么隐私都知道？"

李安全静静地看着，能感觉到兰一梅心里埋藏了太多秘密。

婚后的许石城，在初期的甜蜜和谐之后，逐渐露出原来的面目。他喜欢整天待在家里，吃饭、喝酒、睡觉、看电视，大门不出，这似乎是他终极的理想生活。最大的活动就是遛狗，那狗跟他最亲，一见面就往他脚上蹭，许石城也乐得叫："爸爸身上有什么味儿，你那么喜欢！"兰一梅可不愿意一个男人在家发霉，房间里充斥着酒精味。她提出种种可能的工作，比如说保安、园丁、仓管员，都被许石城以自己低能为由拒绝。

兰一梅说："要不，你还是干老本行，开黄包车？"

许石城死活不肯。结婚了，相当于他找到饭票，岂肯再自食其力。

兰一梅说："我养了一只吉娃娃了，不想再养你，你什么都不干，那就离婚吧。"

兰一梅以离婚相要挟，许石城这才就范，乖乖地把黄包车的活儿捡起来，但脾性也见长了。喝了酒，他会在床上疯狂折磨兰一梅，颐指气使地骂道："你以前跟那个教授，他肯定阳痿，是不是？我把你从水深火热中救出来，明明你是喜欢的，却还害我去坐牢。坐牢了，你又后悔了吧，然后帮我跑关系，让我减刑，死皮赖脸地跟我结婚。我现在让你这么舒服，你还非要我干活儿赚钱，你恩将仇报。"

诸如此类的冲突，时时有之，不免让兰一梅心塞。

"这是你结婚之前想到过的情况吗？"李安全问道。

"想不到。"

"你后悔跟许石城结婚吗？"

兰一梅红着眼睛，默默地凝视对方，不作答。过了片刻，她可怜的眼神似乎变得坚定，而且充满了怨恨。她突然斩钉截铁道："不后悔！"

"别不说实话。"

"就是实话，我能忍。"兰一梅道，"实不相瞒，许石城说的，也并非都是歪理，诸岱山那方面确实能力有限。"

"那么，你为什么会跟一个强奸犯结婚呢？这个，我看全世界没有女人能接受。"

兰一梅愣愣地看着天花板，许久，咬着嘴唇道："我就是想大逆不道一下，为什么这世界的规矩，都是由你们男人说了算！"

"不是因为许石城？"

"不，他只是一个道具而已。"

李安全以为兰一梅的缺口已经被打开，却发现她依然攻守自如。倘若兰一梅是被许石城缠上，脱身不得而意欲除掉，那么，以她的智商，绝对是场天衣无缝的谋杀。

但是，只有动机的推论也是不成立的。事发那天，她一直在报社开会，也就是说，兰一梅有不在场证明。也许，这种显而易见的不在场证明，是有意为之。这样的话，就很有可能借他人作案。而由兰一梅提供的信息来看，当务之急是查询同兰一梅有关系的人。

李安全出门，边走边想。手机响了，是技术科的小胡来电话：有情况。

李安全赶到局里。小胡拿出检验报告，道："你带来的土壤样品，有一份跟事发地的样品一致，属于腐殖质黏土，颗粒级配相当。另外，车轮痕迹也吻合。"

在事发现场，路边草丛有急刹车的车辙，草皮和松土被摩擦的痕迹清晰可见。一种情况可能是路过的车辆在路边停过。但是，如果这辆车跟失踪案有关的话，那么急刹车这个动作可能与失踪人有关。

李安全到诸岱山家问询时，在院子里遛了一圈，偷偷将其越野车胎纹的土壤取了三份，又拍下轮胎的型号和牌子。现在的技术比对似乎可以确认，诸岱山的车在案发现场停留过。

李安全迅速脑补：撞人……急刹……运离现场。假设这一切成立的话，关键必须是车。

专案组当晚开会，李安全建议立刻逮捕并预审诸岱山，周幸福不同意，认为证据还不足，有打草惊蛇之嫌。

"调查的时候，诸岱山说他那天在院子里装修旗墩子，没有出门。可是，如果我们能证明他的车子确实出来过，他的谎言就不攻自破，我认为有必要将其逮捕受审。"李安全分析道。

"如果他的车子是借给别人呢——况且，土壤与胎纹并不能直接证明他的车子一定到过现场。腐殖质黏土到处都有，胎纹雷同的车那更是数不胜数。"周幸福显然考虑得更缜密。

"你以为如何？"

"我觉得这是个很好的疑点，但必须搜集更有力的证据。"

会议室在三楼，是比较老的办公室。开会讨论到十一点，玻璃突然哐啷作响，顶灯摇晃，桌子晃动，不知谁放在立架顶上的一盆万年青掉了下来。

李安全叫道："地震，快跑！"

"会还没开完,跑什么跑!"周幸福大喝一声,把大伙刚抬起的屁股压了下来,"我把烟盒竖在桌上,烟盒倒下来,你们就跑。"

宁德地处台湾海峡西岸,历史上倒没有过地震的记录,但是余震不少,都是台湾地震带传递的余震,并无毁坏性的记录。周幸福是本地人,见怪不怪了。

第一波余震过后,房间里安静下来。可以看见窗外操场上闹哄哄的,一些市民都跑到开阔地带了。周幸福正要继续探讨案情,第二波余震又来了,不过这次小了很多,只是让玻璃作响,烟盒始终没有倒下。

地震算是一个插曲。会议之后,大伙分头行动。到第二天上午,就拿出了另一个有力证据:事发当天晚上七点十二分,诸岱山的车经过了鹤峰路的两个摄像头。这两个摄像头的位置,正是羊尾村到达别墅的必经之地。从录像上可以看出,是诸岱山一个人在开车。

上午八点半,取证完毕,警方决定对诸岱山实施逮捕。周幸福带队,干警们到了别墅大门外,按门铃,没人响应。从铜门下面的门缝里可以看见诸岱山的车还在院子里。拨打诸岱山的手机,也是无人接听。李安全建议翻墙进入,查看动静。周幸福沉思片刻,命令信息部门再次对诸岱山的手机进行定位。很快得到回复:手机的位置就在别墅之中。

李安全率先翻墙进去,打开大门。别墅里安安静静,敲门,还是不见回应。拨打诸岱山手机,这时候可以听见手机的铃声从二楼传来。李安全预感情况不妙,申请强行进入。周幸福也觉得气氛有异:种种迹象表明诸岱山应该是在家,可是为什么不回应?一种是得知警方的消息,制造在家的假象,争取逃跑时间。去年有一个贪官外逃时,就把手机秘密放在一辆出租车里,制造还在本市的假象，把警方整整骗了三天。当然，还有另外一种情况，那就是诸岱山遇害了，而他只是谋杀案中的一个环节。

李安全破门而入。诸岱山安静地躺在床上，腿脚蜷曲，仰面稍微往左侧，一动不动。枕头边散落着几本大部头，是从头顶书架上砸下来的。那些硬装封面，分量十足，都是"传世藏书"系列，有《资治通鉴》《修真十书》《太上感应篇》等。

周幸福把手放在诸岱山的鼻孔处，果断下令：马上叫120。

李安全看着卧室里险峻的书架，沮丧地摇了摇头。一个靠兜售古人思想谋生的人，被书砸死，也是死得其所。

诸岱山被送走以后，他们继续查找许石城的藏身之处，甚至连草皮都一一查看过，不得线索。李安全突然看着比人还高的旗墩，水泥浇筑，崭新落成，问道："这个旗墩为什么要做这么高？很突兀呀。"

周幸福看了看，道："谁知道一个教授心里有什么古怪的想法。"

李安全道："你还记得一个日本的案子吗？一伙少年杀人藏尸，最后把尸体浇筑在油罐里。"

周幸福看了李安全一眼，为这家伙的想象力惊诧，同时觉得他的猜测不无道理。他沉吟片刻，点了点头，道："有点意思，但这是私人财产，没有证据是不能动的。一切都等他醒来再说。"

大概一个月后，兰一梅带着吉娃娃出来，那吉娃娃一路前行，一直带着兰一梅走到诸岱山的别墅。吉娃娃先在诸岱山的车子旁边嗅来嗅去，接着走到游泳池边的旗帜下，在旗墩下扬起前腿，似乎要往上爬，吸着鼻子，急促地叫着。

这时齐月红从屋子里走出来。两人默默地对视着，都想从对方的眼睛里看清来意。

"你知道许石城在哪里吗?"兰一梅问道。

齐月红摇了摇头。

"你想保护他吗?我告诉你,真不值得!"兰一梅真切地劝道。

齐月红抬头看了看兰一梅,眼里似乎有愤怒。

"警察在诸岱山越野车的后备厢里发现了许石城的血迹,是在螺丝扳手上,他一定是被诸岱山害死的。"兰一梅进一步质问,"他以前说过要把许石城投进地狱,他是能做出来的。"

"我什么都不知道,你自己问他。"

齐月红往一个房间里指了指。诸岱山睡在一张床上,面色安详。自从他被"传世藏书"砸昏以后,就再也没有醒来。

他现在是个植物人了。所有的真相,都在等待他醒来。

元凶

> 恐惧是一条寂静的暗河，贯穿一生。
>
> ——题记

一　林森

　　林森深陷在一片泥泞之中，身子被淤泥包裹，不能动弹。眼前一片黑暗，但他心中明白这是家乡的那片楮树林，林中长了各色的蘑菇。但是林中何时变得这么黑暗、这么泥泞？自己又如何被困在此处动弹不得？他一无所知。

　　只剩下听觉了。他隐隐听见流水的声音，他的恐惧略略减轻。溪流在森林的边上，意味着他基本上离开野兽们的虎视眈眈了。流水声里，突然夹杂着一个女人的声音，似曾相识，对了，好温暖的声音，梦寐以求的声音，他觉得一阵激动，身体被激活了。他似乎可以蠕动了，像虫蛹破茧一样，必须挣脱黑暗。不知努力了多久，他觉得眼前一亮。

　　正是午后，于丽川坐在病床边上打盹。乳白色的床头柜上放着一个黑色的小音箱，柔软而甜美的女声正在娓娓讲述一个童话故事。丈夫林森已经昏迷了近两周，目前的状态，严格来说，就是植物人状态，不知何时可以醒来。于丽川从未面对过如此严峻的考验。她实在太累了。

　　她伏在病床上的脸被碰了一下，就像毛毛虫爬过去，她吓了一跳，瞬间惊醒。她发现林森已经醒了。她兴奋得差点叫了起来，但发不出声——这一刻,她忘记了自己是个哑巴。

市公安局负责此案的周幸福和李安全听闻,急忙赶到医院。受害人醒来,能够对破案提供最有利的帮助。

林森能睁开眼睛,能看,但是离下床行走却差得远。李安全带着满腔希望,想跟林森交流,但林森只是眼巴巴地看着他,不知道听懂自己的意思了没有,更别提进行交流了。李安全大失所望。

主治医生胡医师过来看后,解释道:"病人能醒来已经是万幸了,恢复需要时间,恢复的进度和效果也没法预期,尽量地悉心照顾吧。"

胡医师突然注意到小音箱里的声音,道:"这个声音是给病人听的吗?"于丽川脸上现出一闪而逝的惊慌,但还是点了点头。胡医师道:"嗯,声音刺激大脑是有效的方法,可以继续听下去。"

李安全也注意到这个声音好熟,字正腔圆但是充满亲昵的味儿,貌似某个女主持人的声音。他愣了一下:一个妻子用别的女人的声音去唤醒丈夫,这里面有什么蹊跷?

他不由自主地从案发开始把情况再过滤一遍。

看起来,这是一桩离奇的谋杀案。

李安全在市局左侧胡同的排档上坐下来,递给老板七块钱,道:"一碗牛肉粉。"

戴着黑框眼镜、脸色白皙、一脸斯文的老板用围裙擦了擦手,不好意思道:"七块五了。"

李安全拿出钱包翻找五毛的钢镚儿,笑道:"涨价也该涨一块,五毛算啥?"

老板道:"生意难做,先涨五毛,过阵子再涨五毛。"

八项规定之后，公款消费的势头得到有力的遏制，李安全的应酬减了不少，下班后一个人吃一碗牛肉粉，全家不饿，倒也简单。

他坐了下来，看到八一五中路对面几家店面关张，一家铁皮拉门上贴着招租广告，另一家正改弦易辙，准备重新装修，门口堆满了废纸垃圾。一个收废品的汉子正热火朝天地忙活，一脸丰收的喜悦。这里曾经是市里最热的商铺集中地之一，如今频繁更换店东，有的甚至闲置，在李安全看来，有一种萧条的不祥预感。从警察的角度而言，城市的繁荣与否同犯罪的频率，有一定的内在关系。

老板刚把牛肉粉端上来，李安全的手机就响了，队长周幸福让他迅速赶到现场。李安全把碗里的几块牛肉夹到嘴里，抽了一张抽纸走了。老板叫道："还吃吗？"李安全道："不吃了。"老板心疼地想，这一大碗热腾腾的粉条倒掉，真是可惜。

案件发生在漳湾工业园区。电机、茶叶、生鲜、锂电池等五花八门的企业驻扎在此。具体地点是在环三都澳水产有限公司（以下简称环三公司）的楼下，一辆奥迪车大概从路边斜插上十厘米高的马路牙子，撞到一棵槐树上，撞击处斑驳的树皮被刮破，露出浅黄光滑的树身，可见撞击力不小。

根据园区的摄像头录像回放，可以完整看到事发景象。当时环三公司的老总林森正在路边用手机通话。专职司机周亮把车从草坪停车位倒出来，非常潇洒地一个转弯，与马路直线呈三十度角朝林森开去。按照常规，他会在林森身边稳稳刹车，等待林森上车。反常的是，在该刹车的时候，他没有，车身右侧朝林森撞去。林森一边通话，一边侧对车身，眼角瞥到转瞬即至的危机，赶紧后退，被马路牙子一磕，往后摔倒。轮子上了马路牙子，而林森的头撞到槐树干，滑了出去。否则，如果头卡在树干与车头之间，爆掉也有可能。

现场没有血迹，林森处于昏迷状态，生死未卜，已送医院。肇事人周亮已经被警方控制。

现场拍照取证完成之后，李安全上了奥迪，发动，倒车，刹车，前进，再刹车。车况良好，刹车没有失灵。

一切证据显示，这次事故是有意为之。从谋杀的角度而言，司机显然想把林森撞到树干上，卡死。

周亮四十出头，中等身材，相貌英武。如果不是头发脱落而有点稀疏，脸上的肌肉稍显耷拉，他倒是像电视剧里的军人形象。即便是在审讯室里，他也不显得惊慌，跟在某人的客厅里差不多。

"为什么要开车撞林森？"李安全开门见山，观察他的表情。

"不，我不是故意的。"周亮很笃定。

"你是说刹车失灵？"

"不是，是我的右脚突然麻木，踩刹车没踩住。"周亮的口气很坚决，没有一丝迟疑。

"你的脚有什么毛病？"

"不知道，偶尔会突然麻木无力。"

"没查过吗？"

"没有。"

"你是说，你没有谋杀林森的意图？"

"绝对没有。"

"你不觉得很荒诞吗？按照你这么说，所有的以车撞人的谋杀都可以说成是普通交通事故。"

"反正我的情况就是这样。"周亮一副爱谁谁的样子。

"即便你刹不住车，也可以猛打方向盘避开人的。"李安全根据车辆的路线和速度，得出结论，猛打方向盘有可能避免的。

周亮"哼"了一声，似乎觉得李安全的问话是无理取闹，再也不言语。

检查显示，林森颅内出血。二院的专家会诊之后，决定动开颅手术，清理颅内瘀血。

李安全把警车开到二院，却发现没有停车位。医院在闹市区，车位非常紧张，探视的人一般把车停在旁边的巷子里，巷子里有一个专门贴条的辅警。李安全停在路边，便衣辅警正在往其他车上贴条。李安全探头叫道："这是警车，你就不用贴了！"辅警斜了一眼，道："我不贴，群众会以为我欺软怕硬。"李安全道："这巷子也不让停，你让人停哪儿？"辅警指着巷子尽头，道："工业局里面有停车位，不敢收你钱。"

医院里人多得像蚂蚁搬家，电梯堪比北京地铁，李安全从楼梯一口气走到了五楼重症监护室。林森连夜动了手术，昏睡到现在还没有醒来。在一旁守护的是他的妻子于丽川。

在病房门口李安全介绍了自己的身份，并且表明想要了解一些情况。但不论说什么，于丽川总是微微点头。他观察于丽川，发现她脸上显得很平静，并没有忧心或者为丈夫的病情惶惶不安的感觉。

护士长过来，提醒不能在病房门口喧哗。两人便转身去了家属休息的过道，这儿有两溜蓝色的长排椅子，但两人并没有坐下。

"关于周亮这个人，特别是林森与周亮的关系，你了解多少？"李安全直接问道。

于丽川没有回答，她从包里取出一个小本子、一支水笔，蹲在地上，把本子放在蓝椅子上写字。写完了，她撕下来，递给李安全。

李安全这才发觉，于丽川可能是个哑巴。

纸上写着：周亮和林森是小学和中学同学，也是扶摇村老乡。周亮去年欠过林森一大笔钱。周亮一个月前当了林森的司机。

这几句话，信息量很大。李安全觉得眼前一亮。

"这笔金额是多大？周亮还了吗？另外他为什么会去当林森的司机？"

于丽川快速地写了几句：我不太关心林森公司的事，具体情况你去问公司人员，对不起。

见于丽川关切病房的情况，李安全便结束了询问。于丽川身材修长，典型的鹅蛋脸，稍显苍白，气质是绝佳的，特别是两只眼睛，乌黑而深邃。如果不是哑巴的话，绝对是百里挑一。李安全有一瞬间心里一动，自己找对象的话，现在总算有这个高标准了。不过在三线小城市，要找到这样的女人，绝对是走了狗屎运。上次领导给他介绍了一个对象，他拗不过，去见了，结果跟女孩聊了半小时，女孩居然趴桌上睡着了，嘴角隐隐流出哈喇子。

李安全从工业局把车发动，在保安的恭敬目送中出来，径直开到环三公司。这是一家做海鲜加工、包装的企业，这几年发展势头不错，得过几个行业内的奖。

"周亮到公司多久了？"李安全问。

接受问询的是吴秘书，一个着装干练的高个子男孩，估计大学毕业没几年。

"我查一下。"他随即打了个电话到办公室，很快就给出答案，"到今天为止，四十四天。"

"他以前欠过林总的钱，这事你知道吗？"

"知道,那是货款。"

"多少?"

"有五十万左右,如果需要精确数字,我可以查出来。"

"倒不需要那么精确,你把所知的欠款情况说一下。"

"当时周亮应该是在福州做海鲜生意,我们这儿提供货源,可能是因为他和林总的关系,我们这边追货款也比较松,他一直拖,到了五十万左右的时候,我们要款,结果他手机关机,人也找不到。找那边的朋友问,说他不做海鲜生意了。"

"后来呢?"

"后来不知道什么情况,一个多月前,他突然来公司上班,给林总开车。"

"货款还了吗?"

吴秘书找财务确认了一下,肯定道:"没有还。"

"既然没有还款,林总何以不质问,还让他过来上班?"

"他们私人关系比较特殊,我们也不便过问,对我们而言,这也是个谜。"吴秘书诚恳道。

"他们之间什么关系,你了解多少?"

"好像是发小。周亮进来后,经常在同事们之间讲他和林总是生死之交,我觉得有夸张成分,大概是怕公司的人问起五十万货款的事。"

谈话结束之后,李安全在公司的办公楼巡视一周。虽然林森昏迷不醒,但各个部门还是有条不紊,可见平时的管理相当到位。林森的办公室里摆着数张公司的获奖证书,可见这个企业的崛起态势,其中有一张是林森任渔业协会会长的委任书。海鲜是本地的传统特色产业,这一切都依托东面海域三都澳。

三都澳是一个腹大口小的奇特海湾,水域面积达七百平方公里,却只有一个东冲口与外海接壤,宽度仅为两点六公里。形成的港湾水深浪静、避风良好、不冻不淤。之前,三都澳是大黄鱼的洄游产卵地,二十世纪八十年代采取灭绝性捕捞之后,野生大黄鱼几乎绝迹。九十年代开始,三都澳地区开始网箱养殖大黄鱼,成为一个巨大的海上浮城,大黄鱼养殖、销售成为本地的重要产业。林森的公司主要经营的是大黄鱼的深加工,产品远销韩国、日本、南美等。李安全盯了会长的委任书片刻,心中一凛:林森代表的可不仅仅是个人哟。

回到局里,与周幸福碰了一下,决定再审周亮。

"你有欠林森货款?"李安全问道。

周亮斜了他一眼,嫌李安全多管闲事,不吭声。

李安全火了,拍了下桌子,喝道:"问你话呢,你以为不吭声就能混过去?!"

"是呀,我欠他钱,这是我们的私事,有什么好问的。"

"不管私事不私事,我问你就要回答,现在你要配合调查。你欠多少?"

"五十万左右,对我来说是笔大钱,对林总而言只是一笔小钱,何必大惊小怪。"

"为什么你欠债不还,还玩失踪?"

"我觉得你问得很好笑。你们都是吃公家饭的,不知道我们做点生意多难。酒楼生意不好,老板跑路了,我的款也收不回来,这怎么能怪我!"

公款吃喝被遏制之后,客观上导致了饮食行业的衰落,这倒是实情。

"那也不能不讲诚信呀!"

"我告诉你,有钱,我比谁都诚信,哪次吃饭不是我买单;没钱，我就是一个流氓。"

"既然你欠林总的钱，你又怎么会到林总公司上班？"

"我跟林总的关系，是生死之交，钱的事是很小的事啦。"周亮说到此处，似乎来了兴致。李安全见他有打开话匣子的意思，便道："我们都知道你跟林总关系非同一般，你就从头说起吧。"

一旁审问的周幸福赞许地点了点头。

宁德是个依山傍海的小城市，靠海的村庄吃海，靠山的村庄吃山。扶摇村是一个很高的小山村，林森和周亮就生长在那个村子里。他们一起上小学，一起上初中。林森的父亲在山间采草药被毒蛇咬死，那时林森十岁，本来就艰难的家更加捉襟见肘。周亮的父亲是早期的种菇专业户，日子还比较好过。初中期间，他们寄宿在学校，林森伙食费跟不上，常常是饥一顿、饱一顿。周亮在生活上常常接济他，虽然只是一块馒头、一张饭票，但已经是相当昂贵的赠予。周亮称，要不是自己的接济，林森早就饿死了。

"你接济过林森，所以就不想还钱了？"李安全问。

"我说过了，这点钱对林总来说，是毛毛雨。"周亮一再强调。只要一提起钱，周亮就着急，就强调，显然这笔钱是他的软肋。

"我想知道林森对这件事的想法。"

"最早呢，他也跟我急，催债，后来我找到他，我说生意不好做，我自己的一点钱也被糟践了，要钱没有，要人呢，你就拿走，反正今后我这条命就是你的了。林总是念旧的人，他看我走投无路，身体状况也不好，就收留了我。"周亮一副轻描淡写的样子。

"他也没有要求你写个欠条什么的？"

"没有，林总不是这样的人。"

"也就是说，他答应你不用还了？"李安全直视他的眼睛。

周亮从李安全的凝视里突然明白了他的意思，微微怒道："你怀疑我为了钱把林总撞死？"

李安全道："我可没说，是你自己说的。上次的问题你还没回答我，你本来可以猛打方向盘避开林总的。"

"我当时右脚使不上劲，脑子一蒙，注意力都集中在脚上，没有想到打方向，也许有打，可是反应迟了。"

"可是，作为开车的人，急打方向盘应该是个条件反射性的动作。"

"我不管条件反射不反射，我想见一下林总。"

"见他做什么？"

"我想知道他是死是活。"

"如果死了呢？"

"我不知道。总之，我想见到他。"

"不能，现在你有谋杀的嫌疑。"

"我已经说过了，我是右脚突然麻木。"

"可是医生检测过你的脚部神经反射，并没有问题。"

"我的脚平常是没有问题，只不过关键时刻它就出问题。"

"所以你有谋杀嫌疑。"

审讯的结果并无进展。李安全从审讯室里出来，眉头紧锁，闷闷不乐。周幸福拍了拍他的肩膀，道："走，到隔壁泡泡脚，我请客。"

"哪有这心思。"李安全惊愕地看着周幸福。

"你不知道吧，泡泡脚，脑子特别灵光。"周幸福道，"你太专注了，思路反而打不开。"

舒婷足浴就在隔壁，提供午餐。两人先吃了自助餐，叫了两个技师。那技师都是二十来岁的女孩，一边摁脚一边聊昨天看的奇幻连续剧，像两只麻雀。

"对了，你相亲的事咋样了，有结果吗？"周幸福问道。

"一点儿感觉也没有。"

"你可别眼光太高了，你到底喜欢什么样的？"

"实不相瞒，昨天调查了林森的妻子于丽川，我突然感觉，找女朋友就该找那样的，只可惜……"李安全支吾着，觉得说人家哑巴不太礼貌。

"只可惜光好看却不能说话，是吧？"周幸福微笑道。

"哦，原来你知道她。"

"当年呀，她差点就跟我结婚了。"周幸福得意道。

李安全"哦"地叫了出来，感觉周幸福不像在开玩笑。

"也不是什么秘密，只不过是你刚到警队不久，不了解情况。林森呀，下海之前，也是个警察。"

周幸福的大脚被药水泡开后，好像全身的细胞都苏醒了，腿毛熠熠生辉，话题也扯开了。

十八年前，周幸福和林森从学校毕业，同一批进入警队，血气方刚的，比现在的李安全还要小。那时候的局长是老于，于国荣，也就是于丽川的父亲。老于想在干警中找个人当女婿，女儿什么都好，就是不能说话。老于愧疚呀，一直觉得欠女儿的。事情发生的时候，老于在部队，儿子和女儿寄养在镇上姥姥家。那一年女儿于丽川才五岁，有一次发高烧，诊所医生没有试过敏，直接上青霉素，导致她神经受伤，居然就哑了。老于呀，真的是后悔莫及。老于想找一个信得过的年轻人，把女儿一生的幸福托付给他。经过几年的观察，他觉得周幸福和林森是自己满意的人选。两个人都来自农村，踏实、肯干、聪明、有想法，周幸福比较开朗,喜欢说笑,林森比较内敛,做事滴水不漏。老于军人出身,直来直去,直接开出条件,他说,女儿是有缺陷,但其他方面一点都不比别人差,即便女儿不工作,他也准备了一笔嫁妆,能够让女儿终生不愁吃喝的。更何况,于丽川并不依赖别人,她大学毕业,找了一份适合自己的工作,在报社当校对。当然,潜在的利益是不言自明的,有一个当局长的岳父,对一个警察来说,前途自然非同一般。对女婿的要求是,入赘,生下的孩子必须姓于。

这是一个两难的选择。周幸福最终没有答应;出身寒门、在城市里无所依靠的林森权衡之后,做了乘龙快婿。

"为什么你选择退出?"李安全问道。

"我还是一个有传统观念的人,入赘这种事,情感上不能接受。"周幸福道,"另外,于丽川不能说话,我也不知道婚后的生活会怎样,是个疑问。"

"那你有没有动过心?"李安全特别喜欢挖人心思。

"相当有,于丽川当年更漂亮,让人眼前一亮,觉得整个世界都变了。"

"遗憾吧?"李安全问道。他见过周幸福的妻子,从审美或是气质的角度而言,跟于丽川相比是一个在天上,一个在人间。

"是个两难的选择。"周幸福叹道,"毕竟,我是个男人。"

"看来对于林森的情况,你应该了解更多。"

"是呀,正因为我了解更多,怕在办案上有主观思维,影响客观判断,所以这个案子我让你来主导。"周幸福谨慎道,"事关案件,一会儿我再跟你讲。"

两个人闭目养神了一会儿,两个技师搬着脚盆出去后,让两人自行休息。周幸福睁开眼睛,继续介绍道:"林森在警队干了十来年，有那层关系，走得也比较顺，还到下面去当了几年所长，正准备升到县里当副局长的时候，突然想辞职下海。下海的阻力也比较大，折腾了两年，才被放行。下海到现在，应该有六年了，听说公司发展得不错，成为本地的领头羊，大概就是这么个过程。"

"既然仕途这么顺利，又干吗要下海呢？"

"具体情况不太清楚，但我们只能从面上感知，他在警队虽然顺利，但心情并不愉悦，人家表面上夸你，背地里肯定说你吃软饭，靠岳父的天线。作为一个男人，长年累月地在这种气氛中，感受可想而知。另外一个方面，我感觉他在老于的羽翼下还是比较压抑的，去经商，到另一个行业，我觉得会有另一片天空。"

两人沉默片刻，大概是站在林森的位置上去体会他的感受。近年来，在中国的乡村，有一类案件归类为"女婿灭门案"，不是一桩，而是一类，都是由于上门女婿长期处于忍辱的环境中，引起心理变态，导致灭门的复仇行为。这类案件有很强的中国基因，曾经被从社会学的角度专门分析过，可称为"入赘症候群"。

"我倒是想，跟一个不说话的女人长期生活，是一种怎样的感受。"李安全道。

"看来你对于丽川是念念不忘。"周幸福道，"不过你这种年龄可以理解。"

李安全有点不好意思，喝了一口菊花茶，道："咱们倒是说说跟案件有关系的。"

"这正是我要跟你说的重点。你去查访于丽川的时候，我去看望了老于，他虽然退休了，但是经验不容小觑。"

于国荣退休后身体不好，这段时间心脑血管出现问题，在二院高干病房疗养。周幸福看过两次，这次就不带补品，带着一盒白茶去探访。像往常一样，一进门就问其身体状况。于国荣习惯性地拍拍胸脯道："我没事，我住进来是让孩子们放心。你还是给我汇报下工作。"

周幸福说了说最近局里的状况，这才把话题顺便转到林森的案件上。

周幸福告知，林森的案件并无进展，周亮一口咬定是右脚麻木导致的误撞。如果找不到有力证据的话，很有可能停滞不前。

老于从床上挪了下来，拍了拍周幸福的肩膀，道："这个案件，能不能从政治角度来看？"

"政治？"

"对，林森现在不是一个人，他代表的是一个团体，他可是渔业协会的会长，近一年，渔业协会跟化工行业的斗争可谓是如火如荼。"

"对呀。"周幸福一拍脑袋，似乎有豁然开朗之灵光。

由于只有东冲口一个出水口，三都澳的海水与外海海水置换能力很差，根据测算，三十天的一个周期海水的置换才勉强达到百分之五十。近年来，政府却加强了沿岸的工业建设，核电厂、台资镍合金企业、铝业，排污污染以海湾内扩散为主。海湾内的海水置换不能明显改善海水质量，不仅是渔业养殖，还有周围城镇的生活环境，都遭到了严重的破坏。这是有前车之鉴的：南边一水之隔的罗源湾，由于镍合金等企业的污染，湾内渔业养殖遭到灭顶之灾，鲍鱼养殖血本无归，渔民不得不背井离乡。渔业协会根据《官井洋大黄鱼繁殖保护区管理规定》中"禁止向保护区排放有害、有毒的污水、油类、油性混合物、热污染物，以及其他污染物和废弃物"等条例，向政府、环境保护部门提出抗议。林森当仁不让，与化工产业乃至地方政府部门产生某些冲突，并与环保志愿者、海水养殖企业合作，准备向中央有关部门申诉。

"一方面是地方政府要发展工业、振兴经济，情有可原；另一方面呢，发展了工业，那么渔业肯定要受到影响。这是个两难问题，我曾劝林森不要扛这个旗，不好扛，他要强，说不争的话，渔业以后就没的做了。所以呢，现在的斗争是两条路线的斗争、两个派别的斗争，如果从这个角度去考虑，会不会对案件有所启发呢？"

按照老于的观点，林森被撞应该有幕后的力量。也就是说，周亮只是一个棋子。

如果能找出幕后的指使者，或者他与周亮的联系，那么即便周亮不松口，案件也就豁然开朗。老于给周幸福提供了一个新的思路。但这仅仅是一个新的思路，一切还需要证据，不过确实为案件提供了一个可行的方案：从渔业协会调查。

"行，你现在身体还没恢复，就别太操心，案子的事有我们呢。"周幸福准备离开。

老于一把抓住他的手，好像怕他跑了，道："我怎么能不操心呢，林森现在还没有醒来，他要是有个三长两短，我不是坑了丽川吗！"

老于的逻辑很简单，林森是他挑选的女婿，出了事，命不好，就说明他挑错了。

"你也不要怪自己，林森不会有事的。"周幸福拿开老于的手，劝慰道。

"幸福呀，其实当年我是对你更满意的，不知道丽川怎么就看不上你。"老于继续抓住周幸福的肩膀，解释道，"林森虽然不错，但是轴，我让他别下海，他非得下，现在把自己弄进医院了！"

周幸福瞬间脸红了一下，更加坚决地挣脱老于，道："我也忙，先走了，您老多保重。"

"有情况一定要跟我汇报。"老于在门口千叮万嘱道。

案件并无实质进展。林森醒来，给了警局一针兴奋剂，但仅仅是兴奋剂而已。不知道何时，他才能说话，才能沟通，才能把心底的秘密和盘托出，最好的结果是把凶手直接吐出。

好的情况还在继续，林森已经能简单地说几个字，就像牙牙学语的两岁儿童一样——受损的脑神经毕竟在恢复。他的大脑现在是什么状况呢？这是个谜。最好不要像电视剧一样来个失忆症什么的。

李安全不能再守株待兔了，他再次光临环三公司。

根据吴秘书介绍，去年出口韩国的大黄鱼，有过一次重金属超标，公司不得不进行出关检测，并且花费力气加强通关能力。但这都不能解决根本问题，根本问题就是水质的问题，也是渔业协会诸多公司面临的问题。以往的出口，只是存在药残超标问题，比如说孔雀石绿，但是药物的应用也是跟水质的退化成比例的。林森带领渔业协会保护水质的斗争，也进行三年多了，与环保部门沟通，跟政府反映，对污染企业进行排污取样，但是在发展沿海工业、做大GDP（国内生产总值）的大旗下，这一切如棉花打在石头上，没有实质效果。

"林总与污染企业有过冲突吗？"李安全问道。

"有过。去年带一个北京记者去现场拍照的时候，遭到企业雇用人员的驱逐。"吴秘书道。

"有没有一些针对林总的行动？"

"这个我就不知晓了。因为林总是会长，所以感觉他们对林总还是很重视的。但是林总一般不会把这方面的矛盾在公司里讲，他不想有负能量影响企业的生产。"

这么说来，林森是一个心思缜密的人。这也难怪，当过十来年的刑侦警察，比起常人，处事一定会冷静得多。

在案件没有突破之际，李安全倒是对林森这个人感兴趣了。他经历丰富、性格冷静，每一个行动，只怕都有非比寻常的意义。

"林总最近有没有什么异常的举动？"李安全问道。

"林总做事比较有条理，三思而后行，一般来说，总是很清晰的。要说异常，我觉得把周亮调进来当司机算是异常，我们都有点不太理解。"

确实，两个人之间突然就不追究债务了，周亮还被聘为司机，这中间总是有故事，而非一个"发小"就能抹平的。

"林总夫人有参与公司活动吗？"

"从没在公司见过，连年会也不会来。"

这一方面，确实印证了于丽川所言，她对公司的事几乎不管。另一方面，是不是说明他们夫妻关系相当疏远？李安全不知道为什么，对他们的关系产生了极大的兴趣。有一瞬间，他感到有一丝惭愧，似乎觉得自己感兴趣的方向偏离了主题。

周幸福从渔业协会带来的消息也是如此，他们跟企业的明争暗斗倒是不少，但是想找出具体证据，却也很难。那边，从来没有一个真正的老总出面，总是一些雇用人员在搅和。

想从外围突破的线索也没有进展，李安全决定还是从周亮入手。这一次他请来侧写师金桐旁听。

周亮相当着急，一见到李安全，没等问话，就嚷着要出去："你们没有权力关我这么久。"

李安全道："你换位想一想，如果一个人开车把你撞了，撞成个植物人，然后他说他由于身体不适而导致刹车失灵，我们会无罪释放吗？"

"我不管别人怎么样，反正我就是脚不听使唤，你们就是打死我，我也是这个原因。"

"你也做过神经反射试验了，没有医学证据支持你的观点——我们必须对法律负责，对受害者负责。"

"好吧，我承认。"周亮软了口气，道，"我吸过毒，它会对身体的某些反应造成影响，这一点我有亲身体会。"

李安全看了一眼金桐，金桐微微点头，扑闪了一下睫毛，示意继续。金桐是一个三十来岁的女警察，犯罪心理学博士，有一张姣好的鹅蛋脸。

"说具体点。"

"我呢，吸过毒，当然是被别人引诱的，后来生意不顺，那些欠债，也不完全是赔本，一部分是吸毒了。我这个人呢，你看我这身材，跟二十来岁没什么两样，敏捷，什么事反应都快。小时候在山里长大，漫山遍野跑，腿脚灵活，中学在校运动会里年年拿长跑奖。平时在娱乐场所，跟人闹事打架，都是家常便饭，打不过我就跑呗，谁也追不上我的。但有一次被人追，突然间脚就不听使唤，被人揪住差点命都没了。就是那一次，我知道因为吸毒，身体和从前不一样了。不过我现在全戒了，你看，你们关我几天，我一点反应都没有。"

周亮一副诚恳的样子，显然，他把吸毒的老底兜给警察，是经过深思熟虑的。两害相权取其轻，跟谋杀相比，吸毒就不算什么了。

并没有先例证明吸毒的后遗症能够让脚麻木。李安全当然不会轻易相信他这一套，而且，今天的话题不应该被引到吸毒上来。

"咱们先不谈吸毒。"李安全道，"我只问你，是不是有人要你把住口风?"

周亮愣了一下,眼珠一转,道:"什么口风?"

"撞人的真相。"

"真相就是吸毒,吸毒后遗症。"

周亮这回死死咬住吸毒,也令李安全毫无办法。审讯没有什么实质性的进展,李安全只好求教于金桐。

金桐做事严谨,独身,带一个女儿。她坐在李安全面前,翻开速记本,面无表情。

"从周亮的人生轨迹来说,他高中没毕业就到社会上混,打架斗殴,做生意,吸毒,这样的人,背景复杂,没有底线,谋杀或者误杀的可能性都有。由于见惯了世面,所以在表情隐藏上经验相当丰富。但是你刚才在问'是不是有人要你把住口风'的时候,我发觉他停顿了一下,眼珠子往左上一转,这个表情说明是个回忆的表情,他正在回忆以前见过的场景,也就是说,关于把住口风这个事,以前有人跟他交代过。"

在此之前,金桐通过微表情的观察,为诸多案件提供过有益线索,深得信任。

"那么能否证明撞人事件是有预谋的?"李安全问道。

"这个结论过于武断。只能说,在交代问题上,他肯定有过承诺,要把住某个口风,但是否能推断这个口风就是谋杀,则需要下一步证据。"金桐严肃道。

"那么他需要隐藏的是什么?"

"他身上应该有很多秘密,比如吸毒,他不能和盘托出,必须考虑利弊。那么,假如说这是谋杀,他就必须隐藏幕后人的指令;假如说不是谋杀,他也要隐藏一些秘密,自己难以启齿的秘密,或者跟林森之间的秘密。总之,他的态度是躲闪的,尽量不说更多的东西。"

"那下一步应该怎么打开这个口?"

"看他的表现,我是一点办法也没有。"金桐面无表情道。

李安全想,金桐要是能够露出一点微笑、一点柔媚,肯定是一个完美的女人,婚姻肯定也不是如今这般破碎。长得这么姣好的女人却跟石头材质的一样,冰冷严肃,没有情绪,造物主造人的时候也蛮胡来的。

二　米鹿鹿

林森醒着的时候,就听着音箱里的声音,有时候会咧开嘴笑。他已经能够下床了。但是脚步趔趄,重心不稳,需要搀扶。于丽川只能看着他,偶尔能支吾着打个手势与之交流,但林森一脸茫然地看着她,似乎原来与妻子交流的信息全然忘掉了。

"你叫什么?"李安全问道。

林森愣了一会儿,属于反应迟钝吧,但还是嗫嚅地说出含混的答案:"林——森。"

"她是谁?"李安全指了指于丽川。

林森迟疑着,眼里似乎有一丝犹疑和惊慌,一个字一个字道:"于——丽——川。"

"你知道谁要杀你吗?"李安全单刀直入。虽然林森的回忆与表达都尚在恢复期,李安全还是希望能有灵犀一点通的运气。

林森眼里流露出恐惧,慢慢道:"别——杀——我。"说罢脸上肌肉扭曲成一块,一副想哭的样子。

于丽川心疼地扶他坐在床边,一只手轻轻拍背,安抚他的情绪。

"我妈妈会来看我吗？"林森突然怯生生地问道，完全是一副儿童的口吻。

于丽川无言以对。林森的母亲独自一人生活在山村，精气神还好，怕老人家受到惊吓，林森的事一直没有通知她。

李安全看到此景，悻悻而去。看来要林森协助破案，且得等着。

周幸福最着急。因为他要应付老于的电话追问。老上司，虽然退休了，也不能得罪，也要有礼貌。老于呢，好不容易碰上一个案子，似乎回到了当年的状态，各种督促、指令、粗口，完全是当年虎威。

"故意伤害罪也是可以成立的。"李安全建议道。

"但是其他人不答应呀，嫌疑人口供不答应，老局长不答应。"周幸福摊开手，"这个案子是我见过最简单的案子，现场简单得不得了，一目了然。但又是最复杂的，案子的背后就像一片森林，你无法知道隐藏着什么，是哪一股力量在作祟。"

"林森还没恢复记忆？"

"就是呀，问题就在这里，他想不起来，我们就得摸黑走呀。"

两人陷入黑暗的僵局。

一丝曙光是从吴秘书那边亮起来的。吴秘书一直在帮助李安全查询林总不寻常的举动，从财务那里得知，两个多月前，有一笔款项的走动比较异常，不是客户，也不是跟公司有来往的人，而且林总好像有意掩盖这笔款项。

"总共是二十八万，打给一个用户名是林斌的人，也不说理由，我问怎么报账，他说按照私人的款走，不要走在公司账上。"

财务汇报道。

"以前林总有这样过吗?"

"没有,公司财务这方面他从来一丝不苟,都是以公对公。即便是给客户和领导的礼品账目,也是清清楚楚的。"

李安全的第六感马上意识到:林总是否要靠这笔钱摆脱某个困境?这个困境和他的被撞有没有关系?而且,他不想让这笔钱被更多人知道?

林是福建的大姓,叫林斌的人不计其数,光是在宁德,就有十来个。警察很快锁定了收到汇款的这个林斌,没有正式工作单位,家住南大路,是一栋老宅翻建的五层小楼。李安全决定在他家守候。

大概晚上八点,林斌一进家门,李安全便亮出身份。林斌皱了皱眉,面露惊惶,脚步在门口迟疑。李安全单刀直入,道:"环三公司的林总给你打过一笔钱,我是来调查这笔钱的来龙去脉的。"

林斌一听,一下子放松下来,这才像个主人一样,道:"进来进来,这笔钱确实蛮有故事的。"

林斌做的是地下钱庄,也就是俗称的高利贷。周亮贷了他们十五万,周转用的,借了以后也没还上,倒是月月还息。不料从去年某月起,利息也不还了,人也消失了。

到了今年六月,有眼线在宁德发现周亮的行踪。林斌布控人手,很快抓到周亮,逼他还钱,利滚利已经滚到二十八万了。周亮根本无钱可还,情急之下,他找来林森,请求林森为他还债。林森念及小时候的感情,居然把他的债连本带利给还了。

"如果他找不到钱还债,你们会怎么对付他?"李安全问道。

林斌眼光犀利地看了李安全一眼,迟疑那么一秒钟,道:"每个行业有每个行业的规矩,这个你最清楚。我们这行,碰到的多是死皮赖脸的人,自然有一套,既然你问了,我也不瞒你。前几年有一个我们的客户,大概卷了一百万失踪了,打听得知是躲到泰国去了,反正后来呢,他的下半生是不能走路了。"

"我就说周亮,假如林森不给他出钱呢?"

"反正下半辈子至少要当个残疾人。我们不这样做的话,在这个行业根本镇不住。"

"其实他还欠林森一屁股债,林森当时有那么爽快?"

"当然没有,林森当时过来了,他就哀求嘛,说些当年的事,好像说是自己小时候帮过林森之类的。林森被他哀求不过,就跟我们说,他会出钱,要我们留住他的腿。我们也是不敢相信,一些人会采用这种权宜之计,争取时间找其他的法子,而不是找钱。直到钱到账上,我们才放心。"

"你感觉林森为什么会出手?"

"还是念旧吧,这个人表面很冷漠,实际上有感情,我对他印象不错。如果不是道不同,我会跟他做朋友。"

林斌送李安全出来时,与其客气地握手,极其友好。如果下次见面,看来李安全必须给他一个面子了。

林斌的证言倒是确证了一个事实:周亮所言不虚,林森确实是因为交情,不但免了周亮的旧债,而且替他还了高利贷,让他重新做人。

这无形中粉碎了周亮不想还钱而撞死林森的假设。

那么,剩下的只有两种可能,一种是如口供所言,无意中撞人,另一种是有幕后的力量指使谋杀。

"金桐姐,我觉得你从来没有笑过。"李安全进了金桐的办公室。因为金桐的到来,局里专门设了一间办公室,一个部门,叫犯罪心理研究中心，其实就她一个光杆司令。一般情况下，她是重案刑侦专案组的一员，但可以比较游离，以便她打开不同寻常的思路。

"我有笑过吧。"金桐不苟言笑道，"一个人怎么可能没有笑过。"

"但我确实没见你笑过，特别是你在我们这些男警员面前，总是特别严肃。"

"我不习惯在男同志面前嬉皮笑脸的。"

"不，按我的分析，你是对男人过于警惕。"

"嗨，别扯淡了。"金桐虽然眼神温柔，但表情突然严肃，显然不想继续之前的话题，道，"你找我什么事？"

"还能有什么事，就是周亮呀，他那眼神背后，到底隐藏着什么，你给深入分析一下。"李安全无奈道。

"具体内容，我可看不出来。"

"我怕我们整个专案组，都在做无用功。"

"何以见得？"

"倘若周亮只是想隐藏他欠林森的人情，而事件的真相恰恰就如他口供说的，只是身体不适引起的车祸，那我们岂不是在沙滩上建高楼！"

"不太可能呀，医学上说不通呀。"

"那也不见得，人体的生理异常，未必是仪器都能检测出来的。你看我这右胳膊，这阵子突然疼得要命，使不上劲儿，觉得好奇怪，想了好久，可能是前阵子打台球打伤了。"

"你这是怀疑主义，你要相信科学。"

"你就说有没有这种可能。"

"没有，如果有这种可能，那么各种谋杀都可以以身体突发性动作来掩盖。"

"我感觉你在生活中肯定很绝对。"

"是的，我是非黑即白，没有过渡色彩。"金桐坚定道。

"那你分析一下，周亮躲避的是高利贷的问题，还是有其他的问题。"

"应该是其他问题，高利贷的问题，他没有什么压力。而他的眼神，具体而言，是他应该跟某人承诺过，在某件事上一定要把住口风。"

"倘若周亮是受人指使加害林森，那就是典型的恩将仇报，农夫与蛇，从周亮的人格上分析，有这种可能吗？"

"绝对有可能。"金桐分析道，"林森替他还债，他心安理得，根本没有日后归还的意思，所以他是蔑视规则，没有羞耻感，在利益驱使下没有底线的人。他经历复杂，算是经过大风大浪，现在给林森开车，一个月赚个三千来块，这是他陷入低谷后的权宜之计，肯定还在虎视眈眈寻找东山再起的时机。总而言之，没有底线，不安分，恩将仇报的事只是小菜一碟。"

李安全是相信金桐的，在以往的案件中，她的分析在常人看来过于自信，甚至有点匪夷所思，事后证明却相当科学。

问题是，从哪里撬开周亮的嘴呢？

手机上一出现老于的号码，周幸福就头疼，但是不能不接，一边接一边在想如何应对。

"幸福，你过来下。"

老于这回没有发问，口气却有点兴奋，周幸福觉得有戏。老于的破案经历，那也是相当丰富的。老将出马，一个顶俩，有时候是成立的。

老于提供的情报，确实让周幸福觉得案件进展打开了一个巨大的缺口。那是一条林森手机上的短信。林森出事后，手机在于丽川手上，于丽川关注林森的身体，对于破案这种事，似乎没有那么上心。老于后来想到这一茬，赶紧让于丽川仔细查看手机信息。那条信息是两个月前发来的："林总，关于无证据举报海水污染的行动，希望你能停止，否则你的人身安全将无法保障。"很显然，这是一条恐吓短信。

老于兴奋道："幸福，你看我的直觉还可以吧。"

周幸福竖起大拇哥。老于道："他们还担心我老年痴呆，我觉得我可以再干二十年。"

周幸福和李安全坐在车里，车停在路边。左边是一溜儿别墅区，右边是一条从山涧下来穿城而过的溪流。水很浅，两岸房子大多有排水口通到河里，水泥改造过的溪床荡漾着黄色的菌藻，不免有一股淡淡的腐味儿。这片别墅是早期自建的小别墅，造价不贵，但基本属于最早的一批富人所有，环境倒是蛮幽雅的。

一个脸部棱角分明，戴着墨镜的中年男子从小花园铁门出来，似乎要走到一辆黑色的别克面前。李安全道："应该就是他吧？"周幸福看了看手机里的照片，道："走。"

两人走到中年男子面前，亮了身份，李安全问道："你是张宇吧？"男子倒不慌张，笃定地点了点头，问道："有何指教？"一看就知道是江湖老手。

"我们到车上聊一些情况吧。"周幸福道。

张宇处事不慌不忙，沉稳而随机。他给自己点了一根烟，跟着两人上了车。周幸福坐在驾驶座，后座是张宇和李安全。因为抽烟的缘故，李安全把车窗开了一小半。

"林森被车撞了，你知道吗？"周幸福转身问道。

张宇闭上眼睛，吐出一口烟，似乎在想如何作答。只不到一秒工夫，就做好了决定，点了点头。

"林森的手机里有一条短信，是你发的吧？"

周幸福把短信的内容给张宇确认。张宇再次吐出一口烟，点了点头。

"下面，你自己说吧！"周幸福道。

"然后你们就认为林森被车撞了跟我有关？"张宇做无辜状，反问。

"你说呢？"

"我没啥可说的，如果你们认为是我让他撞了，那就拿出证据。"

李安全觉得此人相当难对付，正色道："证据我们当然是要取的。现在只说短信的事，你为什么对林森进行恐吓？"

"别说那么难听，我只是提醒他而已。他不顾宁德地区发展工业的大局，到处打报告，以环保的名义，阻碍地方经济发展，我告诉你，我是代表地方政府警告他的。"张宇振振有词。

"不用说大道理，我们只管你对他做了什么。"

"我可是什么也没做。"张宇很夸张地摊开双手，像港片里的演员。

"可我知道，林森出事的时候，正在接一个电话，那个电话就是你打过去的。"周幸福冷静道。

张宇一愣，夸张的动作瞬间僵住了，转而装成无奈的样子，道："是呀，是我打的，可是打个电话就犯罪了吗？"

"他在接你的电话时被撞，如果不接你的电话，完全可以避开，你认为这没有关系吗？"

"哦，那我如果在吃一个苹果时被车撞了，那要怪罪那个苹果吗？"

"你当时跟林森说了什么？"李安全换个角度问道。

"我还是那个立场，苦口婆心劝他别跟那些所谓的环保分子混在一起搞事，那些人的背景都不清不楚，是靠这个来讹钱的——这个没问题吧？"张宇胸有成竹道。

"周亮你认识吧？"李安全盯着他问道。

"什么周亮李亮？"

"就是林森的司机。"

"不认识，和我打交道的都是有身份的人。"张宇表现出一副上流人物的样子。

很显然，张宇属于文化不高，但是有一个机会加入了暴富的行列、从此以上等人自居的人。他活着的资本，就是他的气场。

张宇的号码，一次给林森发过恐吓短信，还有一次就是事发时的通话。但是，周亮的手机通话记录里，却没有张宇的号码。也就是说，如果他们两个串通合谋，有可能采用的是别的联系方式，或者用别的手机联系。

张宇否认与周亮认识，有可能是事先计划的一部分。

"你对林森所做的工作，是你本人的意愿？"周幸福知道碰上对手了，冷静道。

"当然是公司了，我只不过是公司的一个小马仔而已，你们也没必要把精力花在我身上。"张宇又表现出一副事不关己的样子。

"新时代服务公司？"

"对呀，既然你们找到我了，指定了解了我公司。我告诉你，我们公司是为官方排忧解难的公司。"

之前确实查过，新时代服务公司的法人代表叫林立。但张宇绝不是什么小马仔，而是公司的重要人物。相反，法人代表其实只是一个傀儡人物。李安全盯着一脸凛然正气的张宇，泛起一种莫名的酸楚。

两年前，李安全入职不久，有一天突然被紧急调到市政府门前维持秩序。一个城中村的拆迁补偿问题引起村民不满，他们也精得很，把老人放在队伍前面，冲击警戒线。一个老人冲着李安全叫道："你是狗，纳税人的钱就用来养你这样的狗吗？"李安全低着头，心里特别憋屈。毕业的时候，豪情满怀，没想到现实中要做这样忍气吞声的工作。而且，那个老人用本地话来骂，很像他小时候的一个街坊，但不能确定是不是。总之，李安全感觉自己情感上受到很大的伤害。

还有一次，金溪村拒绝拆除违建民宅，村民堵在村口，老人和妇女在前头，挡住挖掘机。李安全奉命前来维持秩序，看到村民们破口大骂，不敢上前，在外面站着，静观事态变化。局长上前勒令村民退后，被一名村妇兜头泼来一勺粪便，满身臭味熏人，接着发生了激烈冲突。李安全左右为难，参与不参与其中，很难决定。

这两件事后来都是靠新时代服务公司来解决的。新时代服务公司能从外地雇用一批人，穿上保安的制服，称之为防暴队员，可以直接处理群体纠纷和社会病症。那些防暴队员，民众乍一看以为是官方人员，被强制驱散后才知其是社会人员。事后如果出了什么乱子，哪个部门也不用担责。

对于这个公司，李安全有一种难以言说的感觉。

大概询问了半个小时后，他们放走了张宇。虽然张宇承认有要挟过林森，但并无直接证据证明其跟撞车案件有关联。

由于事关新时代服务公司，周幸福不敢擅自再有什么行动，便及时跟老于汇报。客观上，这个案子现在变成老于督办了。

老于紧皱眉头,就像当年处理棘手问题时一样,背着手,走来走去,像一只不安定的企鹅。周幸福心有灵犀:新时代插手的事,一般都是有行政指令在,这么多年来,他们办案最怕的是行政干预。

"要不,我再想辙吧。"周幸福真害怕把老于的心血管毛病再引出来,劝解道。

老于一巴掌拍在周幸福肩上,恍然大悟道:"哎,我怎么没想到呢!"

于龙川坐在帝豪大厦的十二层办公室里,庞大的身躯使得真皮沙发陷得很深。他用土豪金苹果手机拨了一个号码,自己还没开口,对方的声音已经过来了。

"龙哥,你找我?"

"是呀,你过来一下。"于龙川的声音有磁性,不怒自威。

"龙哥在哪儿?"

"帝豪。"

"我马上到。"似乎对方等待的就是这一刻。

来的人绰号叫泥鳅。大概不到十五分钟,泥鳅就毕恭毕敬地进来了。于龙川感到满意,他喜欢从别人的行动上判断其对自己顺从的程度。他嘴努了一下,示意泥鳅坐在客座的沙发上。泥鳅受宠若惊,道:"龙哥叫我,肯定是有大生意了。"

"大生意是做不完的,关键看你有没有本事。"于龙川漫不经心道。

"那是,龙哥做一桩就能吃一辈子了。"泥鳅一边东张西望,一边机灵地附和道,"有跑腿的活儿让小弟干,龙哥信得过的话,就带小弟一把。"

帝豪大厦的十二层,都属于于龙川所在的中天公司。中天公司相当神秘,虽然布置得很高档,但没有多少员工,是泥鳅特别神往的地方。据说有北京官二代的背景,在当地是一个传说。于龙川只是其中一个高管。这几年,中天公司在当地只做了一个项目,就是联合当地政府解决谈瀛乡移民的问题,兴建了谈瀛水电站。发电之后,水电站转手给了一家上市央企,坊间传闻中天公司赚了五个亿。在移民拆迁的过程中,中天与新时代服务公司有过合作,很多棘手的钉子户问题是新时代服务公司解决的。泥鳅只是新时代服务公司的一个小头目,知道于龙川能量特别大,鞍前马后走得很殷勤。

"钱就堆在银行里,看你有没有能耐取出来。"于龙川话锋一转,道,"环三公司的老总,叫林森,被车撞了,是不是你们公司整的?"

"哦,这个倒不是,说实在的我们公司有点背黑锅了。"泥鳅疑惑道,"龙哥对这个感兴趣?"

泥鳅知道龙哥是前公安局局长于国荣的儿子、官二代,在当地黑白两道都叫得响的人物,但并不知道林森是他的妹夫。

"我就好奇那么一问,也了解一下你们公司的能耐。"于龙川沉吟道,"不过听说你们公司张宇要挟过他。"

"你肯定是听到了公安方面的消息。"泥鳅一副深谙其味的样子,道,"林森是公司的目标,这没有错,但撞车这个事件肯定跟公司没关系。"

于龙川从盒子里抽出一根中华烟递给泥鳅,泥鳅毕恭毕敬接过,转而拿出打火机给龙哥点烟。龙哥狠狠抽了一口,闭上眼睛。

昨天父亲叫他去医院,他火速去了,周幸福也在。他们知道于龙川的能耐大,叫他打探打探实情。于龙川想,从泥鳅这里旁敲侧击，问到实情的可能性更大。

"你不会忽悠我吧？"于龙川突然严肃地道。

泥鳅赶紧正色道："我怎么敢，我指着将来跟龙哥混呢。"

"那新时代对林森做了什么？"

"一直在跟踪，想抓他把柄，但是这个人藏得太深，嫖娼、赌博、打架斗殴，啥都不沾。曾经还派人跟他面谈，要是他不插手三都澳环保的问题，可以直接开价，但是这个人口风很紧，怎么也不上套。"

于龙川"哼"了一声，心想，林森原来是干过公安的，对付你们这些地痞出身的，当然不在话下。

"什么把柄也没抓住？"于龙川问道。

"也不是完全没有，好像有一个情妇，在省城，但是公司也不确定这个是不是把柄，没有特别扎实的证据。"

于龙川把烟摁在烟灰缸里，站了起来，厉声道："我操！"

从小，在宿舍大院里，于龙川就爱当孩子头，顽皮起来不要命，小孩大人都来家里投诉。学也不好好上，自己不学还影响别人，老师最喜欢他逃课。妹妹于丽川相反，性格文静，加上不能说话，简直就是一朵安静的水仙花。于龙川可怜妹妹不能说话，倘若谁敢嘲讽妹妹一句，他二话不说就打上门去。于龙川磕磕绊绊，混到高中毕业，就参军了。每次探亲，回到家就问妹妹："有谁欺负你吗？"老于看不过去，道："嘿，你老爸还在呢，你逞什么能？"

于丽川静静地看着他们，好像身处另外一个世界。

林森伸出手，看准位置，颤巍巍地把循环播放的录音关掉。于丽川瞪了他一眼，重新开了。林森再一次费劲地关掉。于丽川做了个不耐烦的手势,意思是医生吩咐过,听听声音有利于恢复。

李安全站在门口看着这一幕,而他们两个浑然不觉,直到李安全一声咳嗽。

"你是怎么受伤的,想起来了吗?"李安全问道。

林森恢复得还算乐观,这得益于医生给予的康复疗法。林森坐在椅子上,努力地回想,忽然举起双手,往身上收缩,道:"车子,撞过来。"

"谁开的车?"李安全盯着他的眼睛。

"周——亮。"林森的表达还是比常人要缓慢。

"周亮为什么要害你?"

"周——亮?"林森努力地思索着,突然摆了摆手,拙笨地叫道,"不,周亮是好人,周亮不害我。"

"对,我们调查过了,周亮没有害你的动机,那么谁会害你呢?谁会利用周亮来杀你呢?"

"害我,很多人害我。"林森似乎想起了很可怕的事,突然像个孩子一样哭了起来,"害我,我不知道是谁……救救我。"

他哭得很伤心,像是受了很多年的委屈,趴在李安全身上,鼻涕沾在警服上。李安全的右侧胳膊以下全湿透以后,林森的情绪才缓和过来。但是再让他想出有用的线索,已然不能,他沉浸在恐惧之中。

医生说,不能急。这是一句实在的话。

李安全临走的时候,问了一句:"这录音里的声音,是米鹿鹿的吧?"

于丽川和林森寂然无声,显然李安全的问题让他们震惊了,又似乎一个潜伏着的定时炸弹被引爆了。李安全不想再刺激林森,只是盯着于丽川。良久,于丽川点了点头。

北山隧道通了以后，宁德到省城的车程只需一个小时。车过隧道的时候，坐在驾驶座的李安全顿时觉得周围安静而压抑，似乎在穿过一个禁区。

"金姐，这次出来调查你怎么会主动请缨，以前少有呀？"李安全笑着问道。

坐在副驾驶的金桐微微一笑，撇嘴道："我就不能调查吗？整天搞理论，也需要实践呀。"

"实践的机会在宁德多了去了，就没见你主动过，我觉得你是对这个女人感兴趣。"李安全打趣道。

"怎么可能呢，你们男人才对女人感兴趣。"

"我说的这个兴趣不是那个兴趣，我是说，因为她是个主持人，所以你感兴趣吧？"

"少儿节目的主持人，我有啥兴趣，我又不是小孩子。"

"要么是你的孩子感兴趣？"

"我孩子倒是看过她的节目，叫《快乐森林》，但谈不上对她有多迷恋。"

"不是班门弄斧，我总觉得，你对她的某种身份感兴趣，才会主动来调查，是不是对她小三的身份感兴趣？"李安全刨根问底。

"混账。"金桐突然暴怒起来，随即用手掩住自己的口，但眼神里依然可以看出被激怒的样子。

车正好驶出隧道口，一阵暴雨哗啦啦砸了下来。刚才入东隧道口时，还是晴空万里呢。

李安全吐了吐舌头，看着金桐灰色的表情，更觉得这个近在咫尺的女同事是个冷冷的谜。

这个女人叫米鹿鹿。最早是于龙川查出来的，于龙川径直找到周幸福，要他查出林森和她的真正关系。周幸福觉得这个未必跟案件有关，左右为难。但于龙川告知，不管有没有关系，这个线索都要查个水落石出，他决不让于丽川吃哑巴亏。周幸福随后在林森的通话记录里查出米鹿鹿的号码。无独有偶，这个号码周亮的通话记录里也有。

提审周亮时，周亮吐露："跟鹿鹿联系，是因为林总委托我送一箱野生黄花鱼给她。"至于她与林森的关系，周亮咬定一无所知。

旁听的金桐看到周亮回答时眨了几次眼睛，断定他有所隐瞒。他为什么要隐瞒米鹿鹿跟林森的关系？专案组推翻几个设想之后，做出一个大胆的猜测：米鹿鹿与周亮合谋。

这个猜测大胆到可怕，不过很符合周亮的隐瞒心态。

专案组有人提出对周亮进行严审，说白了，就是近似逼供。实际上，对于一些串案，如果没有采用严厉手段，犯罪分子是很难主动招供的。

这个提议被周幸福否了。对于周亮这种见过大风大浪的人，应该从证据上入手，在心理上将其一步步击溃。

"金姐，晚上你想吃什么？我跟我同学招呼一下。"李安全为了缓和气氛，开始聊吃的。

因为跨市调查，李安全跟在鼓楼区当民警的一个同学小兀打了招呼，一边是协助调查，一边当然要做个饭局小聚了。

"你吃吧，我直接去酒店。"金桐显然对饭局极为不感兴趣。

"如果我话说错了，你直接骂我就行，但你别这样。"李安全推心置腹道，"不过饭一定要吃，而且，不仅仅是吃饭，还要对调查人先摸个底呢。"

"以后不要在我面前说什么'小三'之类的肮脏字眼。"金桐语气有点缓和。

"好,我明白了,你有语言洁癖。"李安全自我解嘲道,"不过这个米鹿鹿如果跟林森的关系确切的话,就是小三呀,难免提起。"

"谁知道呢。"金桐略显疲惫地靠在副驾驶座椅靠背上,眼角微微露出鱼尾纹的痕迹。

晚饭要了一个小包间,除了他们三人,还叫了一个电视台的朋友、记者小齐。小兀本来要大醉一场的,被李安全止住了。

"米鹿鹿是个什么样的人?"金桐问小齐。

"你指的是哪个方面?"小齐是个出道不久的记者。

"感情方面。"

"好像还没结婚吧,不过她确实长得也像未婚的样子,嗓音嫩得跟小女孩似的。"

"绯闻方面?"

"这个不好说,因为都是道听途说,没啥依据的。"

"没有关系,我们不是来取证的,只是想了解其社会关系。"

"与其他主持人比,算是比较有话题的吧。有时候听说要跟某某在一起了,后来发觉都不是那么回事。"

"与之传出关系的,都是些什么样的男人?可以举几个例子。"

"主要是商界精英吧,还与一个广电领导传出过,后来证明是子虚乌有。"

金桐默默地听着,若有所思。

吃完饭把金桐送到酒店。小兀要拉李安全去酒吧喝酒,李安全极力拒绝,道:"这次是来办案的,下次吧。"小兀道:"什么这次下次的,你警服一脱就不是警察了,别老想着工作,跟老干部似的。"李安全道:"要是我们领导也这么认为就好了。明儿我要是一身酒气,金桐姐非说我不可。"小兀道:"你这个同事,简直像有抑郁症,一个笑脸也没有。"李安全道:"实话告诉你,我对金桐姐的好奇,比对米鹿鹿的好奇强多了。"小兀道:"所以呀,我们要经常到酒吧了解一下女人,要不然以后娶个这种女人回家,不是找罪受嘛。"李安全拒绝道:"今天脑子很乱,我得回去看会儿书,梳理一下。"小齐帮腔道:"女人也是一本书嘛。"

次日,李安全和金桐在广电大厦门口登了记,开车到停车场,直接到办公室找米鹿鹿。办公室的人打了电话,告知鹿鹿二十分钟后会到。

米鹿鹿出现的时候,李安全先是听到银铃般的声音,接着似乎一股春风扑面而来,四周顿时就鸟语花香了,全忘了自己来的初衷。她有一种天生的气场,让你觉得世界应该是无忧无虑、阳光灿烂的,就连她眉梢一翘,都恍然觉得是一只画眉飞起。

李安全不由自主地想起了于丽川。他觉得于丽川也有一种震慑人心的气场,恍如一片幽静无边的森林,与米鹿鹿是两极。

两人表明身份,米鹿鹿竟然毫不诧异,依然满面春风,好像面对的是老友或者客户,并建议到会客室详谈。金桐早看出会客室有人进进出出,气氛不太合适,建议到楼下车里去谈。米鹿鹿跟化妆师沟通了一下,告知只有半个小时谈话时间。

今天李安全开的车并非警车,而是一辆新款捷达,在停车场里很不起眼。米鹿鹿和金桐坐在后排,李安全坐在驾驶座。

"林森你认识吧?"李安全问道。

"认识,高中同学呢。"米鹿鹿坦荡荡道。她姓米,她爸爸是当年中学的校长,似乎很早就知道她要干这一行一样,给她取了个这么可爱的名字,工作后直接做了艺名。

"最近他发生的情况你知道吗?"

"大概知道,我也想知道具体情况呢。现在如何?"

"还在医院,已经苏醒,应该有个漫长的恢复期。"李安全觉得不能跟她绕了,"据我们所知,你跟林森的关系比较密切?"

"怎么说呢,他来看过我几次。"米鹿鹿道,"这跟他被车撞有什么关系吗?"

"他是被人有预谋撞的。"

李安全说这句话的时候,金桐狠狠地盯着米鹿鹿。

米鹿鹿睁大眼睛,吃惊道:"啊,这么严重!"

"根据我们掌握的信息,你跟林森并非一般的关系。"

"没什么不一般,他送我点礼物而已,难道有问题吗?"米鹿鹿嘟着嘴,似乎有点不满。

李安全盯着米鹿鹿无辜的眼神,蓦然觉得自己这样强行问下去,十分残忍。

"林森很喜欢你,这一点毋庸置疑吧?"李安全逼问道。

"从小到大,很多人都喜欢我。"米鹿鹿马上露出一副骄傲的样子,又笑了一下,让李安全哭笑不得。

金桐眼睛一眨不眨地盯着米鹿鹿,似乎想从她的表情里揪出一个阴谋。

"你们有婚外情关系吗?"李安全觉得只有严厉的问题,才能捅破米鹿鹿一副天真的样子。

"你们怎么能这样?"米鹿鹿不悦,道,"我不是那种人。"

"我们只想知道事实,无关道德。"李安全沉声道,"我们有证据证明你们的举动相当亲昵。"

"那又怎样?亲昵的举动也很正常吧,他那么有男人味。"

"那么,请你具体说说,他喜欢你什么?"这个问题一说出口,李安全突然有点感觉不是为案情而问,而是为自己的好奇而问。

"他说跟我在一起很开心,很放松,感觉来到一个新的世界。"米鹿鹿有点顽皮道,"我都没感觉自己有这么大的魅力,你说他说的是真的吗?"

李安全很想脱口而出,肯定她的复述。米鹿鹿天真的表情,对赞赏的喜爱,黄鹂一样的嗓音,以及全身散发出来的阳光活泼的气息,无时无刻不在开心的状态,确实让人如置身于一个无忧无虑的童话世界。和这样的女人在一起,如沐春风,如浴温泉,成人世界的烦恼、无情、困境,了无踪影。

"请原谅我不谈你的魅力问题。"李安全故作冷冰冰地问道,"他有说过跟你结婚吗?"

这个问题是关键问题,也是于家最想知道的答案。当然,这个问题,也是案件的核心。

"当然有,不止一次说过。"米鹿鹿坦然道,"但只是假设而已,他已经有妻子了。"

"他有说过离婚跟你结婚吗?"李安全感觉自己已经是一个八卦记者了。但是在目前的情境下,只能如此突进。

"这倒是没有。"

"如果有朝一日他离婚了,跟你求婚,你会答应他吗?"

在这个问题上,米鹿鹿稍有迟疑,摇摇头道:"不知道,我们只是很好的朋友,还没到那一步。"

"他是有妇之夫,你跟他这么亲密,你不觉得这关系不正常吗?"一直不说话的金桐突然抛出这个问题。

"我不理解你的问题。"米鹿鹿无辜道,"一个朋友喜欢我,拉拉我的手,呵护一下我,我觉得我不能拒绝,否则就是不礼貌,但是我们的交往没有超越底线。"

"那你说说他送你的礼物。"

"我记得的,一条项链吧,一个翡翠手镯。"

"价格如何?"

"项链应该是两万多,手镯是十几万吧,给我的生日礼物。"

金桐睁大眼睛,道:"这么贵重的礼物,还能说你们只是普通关系?"

"男人给女人买礼物,不是很正常嘛。"米鹿鹿淡然道,"难道你不收礼物?"

金桐胸部起伏,没有回答。

"林森在婚姻上没有给过你承诺,这一点你确定?"李安全接过话题。

"没有。"米鹿鹿坦然回道。

"据了解你现在是未婚状态,我冒昧问一个私人问题,为什么你现在还不结婚?"李安全感觉,有些问题纯粹是满足私欲。

"没有结婚吧,全世界男人都爱我;结了婚吧,我怕只有一个男人爱我。"

李安全心里笑了起来,觉得米鹿鹿实在是可爱不过。所有的想法都是小孩的贪婪想法,这样的女人自己还真未见过。小齐说女人也是一本书,说得没错,只不过自己刚刚翻开第一页。

金桐则露出不经意的鄙夷。

"在跟林森的相处中,你生过林森的气吗?"李安全盯着米鹿鹿的眼睛。

"当然了,不生气还是女人吗?"在米鹿鹿眼里,李安全似乎是另一个世界的人。

"最生气的一次?"

"他一直跟我说,要在福州买一套房子给我,我说不用,我又不是那种女人。但是他一直强调，即便我跟他只是普通的朋友关系，他也要送，他非常想在一个私密的环境里听我说话、聊天，酒店或者咖啡馆的气氛，终究听不出那种感觉。说着说着我就信了，我一上心，就非得到不可。结果他又说公司现在资金周转困难。我最讨厌牛皮吹了言而无信的男人，有几次生气，不回他的消息，仅此而已。"

李安全与金桐听了，面面相觑。对于米鹿鹿的性格，更是云里雾里了。米鹿鹿会因为林森的食言怀恨在心吗？女人心，海底针，这件事在米鹿鹿心里，到底有多严重呢？

"林森的司机周亮，你跟他有接触过吗？"李安全问道。

"哦，记得，给我送过一次鱼。"米鹿鹿道。

这个口供跟周亮的口供一致。要么是事实，要么就是串供。

"林森被车撞了，有被谋杀的嫌疑。根据你跟林森的接触，他有过这方面的预警吗？"

"有呀，有一次他来看我，说是很珍惜现在跟我相处的时光，说不准哪一天就没命了。我问怎么回事，他说，好像是他为了家乡海洋环保的事，上了有背景的化工企业的黑名单，受到死亡威胁。我也是宁德人，知道沿海工业的布局蓝图，劝他忍让一下，工业污染是大势所趋，个人力量阻挡不了。他说他这辈子最后悔的事就是对权势的附庸，现在有一个机会对抗权势，一定要干下去，要不然活得跟咸鱼似的。"米鹿鹿这时候一脸严肃，睁着一双无辜的大眼睛，边回忆边述说。即便如此，她的神情也还是孩子气的。

"有说如何对抗吗？"

"我也想问，他打断了我的话题，说过来看我就是为了忘记这些乱七八糟的事，忘记恐惧，不要再提了。"

"关于这件事，我们已经调查清楚，虽然林森是黑名单上的人，但他们还没有下手。看来你是林森敢于敞开心扉的人，你再想想，还有对林森下手的人吗？"

"倒是有一件事，不知道跟这有没有关系。"米鹿鹿似乎在竭力回想当时的状况。

"你说就是，我们需要各种线索。"李安全鼓励道。

这时米鹿鹿的手机响了，是化妆师打来的。米鹿鹿道："我去录节目了，你们要继续的话，必须等我录完。"

米鹿鹿离开后，李安全发觉车上的香气还很浓重，便把车窗开了一半。

"你觉得她说的话可信吗？"金桐反问李安全，本来这是金桐的任务。

"我感觉她不是个藏事的人，应该说，可信度很高。"李安全觉得米鹿鹿胸无城府，活得不累。

金桐不语。李安全觉得金桐自有答案，只不过是试探自己的想法来印证。

"她没你想象中那么天真。"良久，金桐撇嘴道。

"为什么？"

"她想要全世界男人的爱，你想想，多大的野心。"

"那只不过是一个夸张的说法。"

"那是一种心理疾病，我研究的许多命案，最初的根源，就是一种心理疾病。"

这种说法倒是可信。许多案件，归根结底源于自私、妒忌、贪婪的人性。但是若说米鹿鹿的人格有巨大的缺陷，李安全倒是不相信。根据金桐的推测，难道米鹿鹿会由于爱的贪婪而与林森矛盾激化？但是，在这一方面，金桐是权威，李安全不能与其争辩。

"你从她的表情中看到什么了？"李安全问道。

"我从来没有碰到过这种情况。"金桐道，"她的微表情居然被格式化，说话都是一个口气、一个表情，就是她主持节目的味道。"

李安全这才意识到，米鹿鹿说话中的那份天真，是从主持节目里带出来的。也就是说，几十年如一日的主持表情，可以掩盖其真正的表情。

等待期间，李安全想让金桐出去走走，金桐不走，愿意在车上休息。李安全独自出来，在东街口周边逛了逛。突然想起来，如果林森过来约会，估计会住在此处的酒店，在此处就餐。如此繁华的街市，隐藏着一些隐秘的感情，这是生活的真实面目。林森与米鹿鹿，到底发展到什么程度了呢？这是李安全非常好奇的，但是警察没有打探跟案件无关的隐私的权力。

大约两个小时后，米鹿鹿下来，重新把前面的话题续上。

有一次，林森跟米鹿鹿会面吃饭，约了一间很隐秘的私家餐厅。米鹿鹿看他有点躲躲藏藏，不对劲，便问怎么回事。林森忧心忡忡道："我们的事被人发现了，我本来不想告诉你的，怕你多心，但是还是说给你听，你也长个心。"米鹿鹿倒不在意，道："我们又没做什么，有啥把柄？"林森叹了口气道："你不知道，有些事不是什么事，但是闹出来就是大事；有些事是天大的事，但说出来却没人相信。"米鹿鹿道："那怎么办，以后你别来找我了？"林森忙道："就怕你误会，我不是这个意思。我的意思是，假如有人来打扰，你尽可不必理会，我自会处理。"

米鹿鹿并没把这件事太当回事，咕哝道："谁呀，这么八卦。"林森笑道："哎，还是一个很亲的人呢——我就喜欢你这一点，把什么坏事都看得云淡风轻的。"

李安全和金桐听了,对看一眼。看来,这应该是一个新的突破口,也不像是米鹿鹿编的。

"关于这个人的特征,还有透露吗?"李安全问道。

"没有具体再说了,听他的口气,好像这个人是他很熟的。"米鹿鹿回道。

"后来这事怎样了,有提过吗?"

"没有,我懒得提这些不愉快的事。"

米鹿鹿确实是这样一个人,不八卦,对和自己无关的事不关心,更不走心。

"你知道唤醒林森的,其实是你的声音吗?"这是李安全最后的一个问题。

米鹿鹿迟疑地看了李安全一眼,点了点头。

"是谁给你录的音?"

"他妻子于丽川。"

虽然李安全有所预料,但还是吃了一惊。对于林森和米鹿鹿的关系,于丽川了解多少?于丽川有什么样的反应?显然,这些需要从于丽川身上找到答案。

调查结束后,两人婉拒了米鹿鹿就餐的邀请,即刻返回。

车开出市区,上了高速,李安全道:"这个米鹿鹿心真大,被人抓到把柄了,也不多问几句。"

金桐冷冷道:"不是心大,是接触的男人太多了。"

"不过她还是给我们提供了很好的线索,很亲的人,这个范围应该不大吧?"

"从最亲的开始调查。"

三 于丽川

护士站的墙上,挂着一个"忍"字。

林森已经不用喂食了,可以自己吃饭,虽然动作慢一点,但是控制能力已经很强了。从昏迷不醒、喂流食,到现在能自主吃饭,一个多月的时间,鬼门关上走了一遭,目前这样已实属幸运。

最早做完颅内瘀血清除手术,昏迷不醒,医生断定是大脑皮层功能受损,这个需要时间恢复。胡医生制订了高压氧治疗的方案,增加血氧浓度,改善脑部血液循环,促进网状结构的激活和大脑功能的重建。

后来医生建议家属增加亲情治疗手段,促进病人复苏。胡医生手上有一例,他说:"有个男子昏迷了半年,他母亲天天唤他,那个声音我还记得,叫'路仔呀,去外婆家摘荔枝呀'。她儿子小时候,暑假最喜欢去外婆家摘荔枝,一听就兴奋得不得了,她叫了半年,儿子苏醒过来了。"这证明听觉刺激是相当有作用的。

李安全每次到病房,总是不声不响,希望能观察到一点蛛丝马迹。于丽川看着林森自个儿吃饭,专注但是看不出表情,可以认为她极为关切,也可以认为只是在客观观察。吃完饭后,于丽川洗了碗筷,放入保洁抽屉里,接着给林森做了关节运动和肌肉按摩。大概这是她每日的流程。

李安全表示要和于丽川做一个交流。于丽川看了看林森,迟疑片刻,又在纸条上写了答案:马上要去上班,可以去报社谈话。

李安全心中一动,出了这么大的事,居然还没有跟报社请假,坚持上班,是过于敬业,还是对于林森的伤并不放在心上?他感觉这个谜一样的女人更加迷雾重重。

这样也好，可以单独与林森进行一次交流。在于丽川告别的时候，他把护工也支了出去。

林森的思维大抵是正常了。对于案情，他现在也在迷雾当中。李安全将之前的调查与疑问复述一遍，林森并无异议。出事之前，林森确实受到化工企业的威胁，也预知危险，但在证据上确实可以排除。

"我们走访了米鹿鹿，她生过你的气，你们的矛盾到什么地步？"这种环境很适合问隐私。

林森皱了皱眉头，一脸反感，道："她和此案没有关系，你不必卷她进来。"

"你对她说过有一个很亲近的人发现了你们的行踪，这个人是谁？"李安全并不理会林森的反感，继续问道。

林森的眉头皱得更深了，脸上的表情不仅是反感，更是厌恶。似乎在他眼里，李安全不是来查案，是来跟他过不去的。

"你不用再查了，再查只会走更多弯路。"林森因严肃而退去一脸病容，道，"你容我再休息几天，我行动自如了自己来查。"

很显然，林森是怕李安全案子查不出来，倒是把自己的一些秘密给倒腾个透，对于他，对于于丽川，对于整个家庭乃至未来的生活，都会造成不可弥补的伤害。

"那怎么行，我是警察，我有破案的职责。"李安全正色道。

"难道我不是警察？我干的年头不比你少。"林森有点恼怒，道，"我自己的案子，我不比别人更清楚吗？"

"但是你现在不是警察了。"

"不管我是不是警察，我都可以当你师傅。"林森冷笑道，"要不你去问问周幸福。"

李安全嘴上没有反驳，心中的自尊却被他激发了，一股热血就往脑子里蹿。

"如果你不愿意配合,那我只好自己来喽。"李安全看林森全然不把他放在眼里的样子,知道此人一意孤行,心中冷笑一下,告辞出来。

李安全觉得现在自己要较量的,不仅仅是元凶。

报社的校对室在一楼。晚班的校对在等着编辑做完版面,编辑的稿子不太确定,因为头版的时政新闻必须反馈到市委办由书记亲自过目,时间更是难以捉摸,校对们大多时间是在等待。

"林森和米鹿鹿的交往,你是什么时候知道的?"李安全问道。

现在是于丽川的候班时间,他们在校对室进行会谈,于丽川面前放着一个笔记本。

于丽川写了四个字:案发之后。

"你是说,你原来不知道他们有来往?"李安全继续问道。

于丽川点了点头,一脸镇定。作为妻子,对于丈夫与其他女人的关系,一般情况下是不会这么冷静的。

"你知道林森和米鹿鹿具体什么关系吗?"

于丽川摇了摇头。

"你想知道林森和米鹿鹿的关系吗?"

于丽川犹豫了一下,在纸上写了两个字:随便。

好像对于林森的世界,于丽川并无多大兴趣去了解,而且想隔绝。想来他们的夫妻关系,也是非同寻常的。

要不要把林森跟米鹿鹿的情况告知呢,李安全突然犹豫了。李安全不知道林、米的私密关系发展到何种地步,但是从买礼物的分量来看,不是一般的关系,应该是于丽川不能接受的关系。

而且，这个跟案子有没有关系，现在还不确定呢。

"你似乎不关心林森的私事？"李安全转移了话题。

她不回应。李安全感觉到她沉默的美中有一种很坚硬的东西，那东西构成她自己的世界。她也不想去接触别人的世界。就是不知道，在她的婚姻中，林森是否进入了她的世界。既然如一块冰，李安全倒是很想用一把火挑衅她一下。

"林森与米鹿鹿呢，根据我们目前的调查，仅仅是朋友关系，但是比一般朋友可能要走得近一些，毕竟是高中同学嘛。但是，有一个人，抓住了林森的这个把柄，威胁他。目前，我们怀疑此人与幕后凶手有关。这个人，你知道是谁吗？"

于丽川茫然摇头。

"你怎么知道林森喜欢米鹿鹿的？"

于丽川指了指手机。这一点李安全也可以猜得出来，必然是从手机的信息中获知的。

"然后你就去找米鹿鹿？"

于丽川在瞬间表情更加静默，似乎回到了不该回到的沉寂中。片刻之间，她的眼眶就湿了。一个不能说话的人的伤心更加令人震撼，就连李安全，在瞬间也感受到难言的酸楚。

那个下午，对于于丽川而言，是一场惊心动魄的行动。她坐了半个小时动车，到福州北站下。下了车，于丽川打了一辆出租车，在三坊七巷下来。游人来来往往，她走进安民巷，熟门熟路地进入一家老宅会所。一个坐在会客室茶几前面的旗袍小姐朝她点了点头，于丽川微笑颔首，径直进入一间茶室。

于丽川每个月都要来福州购物一两次，会到朋友的会所里停留，喝茶、休息，成为不用招呼的熟客。

三坊七巷依照修旧如旧的方式，保留了明清建筑的韵味，虽然游人颇多，但院落里依然能闹中取静。于丽川泡了一壶普洱，自斟自饮，目光落在天井的一丛竹子上，竹子长在这种院落，分外洁净。约定的时间已到，对方并没有现身，她不确定对方能否前来。但于丽川并不着急，她从来不为任何事着急，她在一张纸上写着什么。

比约定时间迟到十三分钟，石板地上传来清晰的高跟鞋的声音，米鹿鹿终于出现了。

"对不起，福州现在哪里都会堵车。"米鹿鹿解释道。

于丽川点了点头，表示理解，给米鹿鹿倒了一杯尚烫的褐色的茶。倒茶的时候，她不由自主地低下头，似乎有点羞涩：米鹿鹿的声音实在太动听了。

她把写好的纸条递过去。纸条上写：我跟林森结婚十来年了，他现在昏迷不醒，我才感觉到我似乎从来不了解他。我来跟你交流没有别的目的，只是为了了解他，希望你能理解，坦诚交谈。

米鹿鹿笑了，朝于丽川点了点头，她的表情天真无邪，是一个没有秘密的女人。与于丽川的冷静、喜怒不形于色形成鲜明的对比。

于丽川撕了一张便笺："林森很喜欢你？"

米鹿鹿点了点头，有一点羞涩，又有一点满足，道："应该是的。"

于丽川再撕一张便笺："你喜欢他吗？"

米鹿鹿咬着嘴唇，眨了眨眼睛，道："谈不上，但作为朋友是蛮不错呀。"

于丽川："他最喜欢你什么，可以说得具体一点？"

米鹿鹿边回忆边道："他最喜欢跟我聊天。他说跟我说话，就忘了恐惧,忘了烦恼。最近见的几次,每一次都要听我说童话故事,我自己也觉得很可笑,觉得他是个怪人。有一次他听着听着,就睡着了,醒来的时候,说好久没睡得这么踏实了。"

于丽川听着,闭上眼睛,面无表情。当她睁开眼睛时,被米鹿鹿手上的翡翠手镯吸引住,她写了便笺:"这个手镯好漂亮。"

"是呀,冰种翡翠,戴着可舒服了。"

"我也有一个。"

"也是林森买的吗?"

"不,是去年我哥买的。"

谈完之后,两人沉默了片刻。米鹿鹿道:"要是没有别的问题,我想走了。"

于丽川迅速在便笺上写道:"既然你不喜欢他,为什么还要交往下去?"

"可是我喜欢被人喜欢的感觉,难道你不喜欢?女人嘛,总是喜欢被宠爱,当男人对我神魂颠倒的时候,我就觉得自己的生命在闪闪发光。"米鹿鹿推心置腹道。

她相信像于丽川这么优雅靓丽的女人,即便不会说话,也会有很多男人喜欢,亦有同感。

于丽川的反应似乎不那么认同,她脸色凝重得像一块铁,内心定然有万马奔腾而过。作为女人,米鹿鹿发觉情况不妙,她站起身来。于丽川快步过来一把抓住她的肩膀,让她站住。米鹿鹿下意识地用手护住自己,盯着于丽川。

窗外,一阵微风吹过,竹子瑟瑟抖动。天井的鱼池荡起涟漪。一只野猫伏在墙上,一动不动。

于丽川迅速写下最后一张便笺:"有一件事,你一定要帮我做到,我想让林森每天都能听到你的声音。"

那一刻，米鹿鹿愣住了，两个女人之间的敌意，在瞬间烟消云散……

陆续有编辑把版面送进来。于丽川朝他们点头，下意识浏览版面，似乎工作比破案要重要一万倍。李安全起身告辞，到了门口，又回头叮嘱道："那个要挟林森的人，是跟林森很亲的人，如果你有线索，一定要告诉我。"

于丽川认真听着，郑重地点头。

李安全原来还怀疑此人会是于丽川。但现在，一种巨大的情感，使得他在脑海中消除了这个嫌疑。他觉得自己考虑问题过于理智，甚至呆板。

于丽川的生活节奏有条不紊，每天按时上班、下班，林森多数有应酬，她一周有三四天到妈妈家吃饭。读小学的女儿也喜欢住在外婆家，大概是家里太安静，外婆家里热闹。于丽川最爱的事是看书和看电影，书架全被图书与碟片占据。家里客厅有一个投影仪，是看电影用的。只有在看电影的时候，于丽川的眼里才有熠熠的光。除此之外，不论在生理上还是心理上，她都是一个沉默的人。

林森刚出事的时候，她请过几天假。后来她觉得加上护工的帮忙，自己的班也可以上了。上班对她来说很重要，似乎不仅仅是一份工作。

于丽川下班的时候，于龙川的捷豹就在停车场等她。她钻进车里，于龙川开着半扇窗在抽烟，车厢里有一股烟味，于丽川皱了皱眉，于龙川连忙把烟丢了，把两边窗子开起来通风。

"还坚持上夜班，你这又是何苦呢？"于龙川的口气又是关心又是不满。确实，于丽川完全可以舒舒服服地在家当全职太太。

于丽川叹了口气。她和哥哥对生活的理解，永远隔着一江水。

"林森这次呢，算是罪有应得。"于龙川胸有成竹道，"你还记得我之前给你的提醒吗？"

于丽川愕然，表情陌生，似乎瞬间不认识这个人了。

还在上半年，本市反对沿海镍合金污染的运动如火如荼，微信自媒体发文章声讨，还有环保组织者拉横幅示威、北京的记者调查，林森作为组织者之一，颇受关注。好些朋友打电话给于龙川，让他劝劝林森，别当出头鸟。于龙川给林森打了电话，林森说自己在福州出差，回来了立马联系他。

次日林森一回来，于龙川开车过去，把他叫到车上，道："现在环保维稳这一块，风声很紧，会有大动作，你不要参与了，把那些网络上的言论赶紧撤掉。"林森不言语，但从表情上可以看出不太同意于龙川的观点。于龙川作风霸道，行动凌厉，翻脸无情，林森是不敢在面上跟他硬碰的。

"你听见我的话了吗？"于龙川强调。

"总书记都强调要保护青山绿水，可是这帮王八蛋现在引进这么多污染企业，这是断子绝孙的事，我呼吁一下，这是顺应历史潮流呀。"林森争辩道。

"你别跟我讲那么多大道理，我不懂。"于龙川不爱读书，最讨厌文绉绉的说辞，道，"我们在商言商，管好自己的事情就行了，这点道理不懂还做什么生意。"

"在商言商的话，他们这么搞下去，三都澳肯定变成一片死海，我这水产也没活路呀。不是我危言耸听，罗源湾就是前车之鉴。"

罗源湾是宁德往南的一个海湾，也是因为镍合金企业的污染，养殖鲍鱼的渔民不得不背井离乡，进城去讨活路，网上有过很详尽的报道。

"哼，你们水产那点产业算什么，别说其他的，光镍合金，投产以后，每年给政府税收四五个亿，你们整个水产养殖业的税收有这个零头吗？这年头，脑子好的人都去倒卖土地、倒卖大型资产了，你卖鱼能挣几个钱！这海要死了，我看这是坏事，也是好事，趁着这当头，赶紧转行。"

林森黑着脸，不再言语。第一，他觉得于龙川素质太低，无法沟通本质问题；第二，他生意确实做得比自己大，说话啥的都压自己一头。自己的反对只会招来他更大的施压。

"反正我话给你带到了，道理也跟你说了，到时候你要是捅了娄子，我也罩不住你。"于龙川强调道，他一直觉得自己是家族的顶梁柱，特别是在老父亲退休之后。

"我知道了。"林森的手因紧张插在裤袋里，微微出汗，道，"这件事我自己兜得住，有什么后果也不会麻烦你。"

"你做事也得想想丽川呀，如果不是丽川，我才懒得管你那么多。"于龙川冷冷道。

林森从车里出来，把门关上。一个安全套从他的口袋里滑出来，蓝色的，掉在了副驾驶的皮座上。于龙川拿起来仔细看了看，杜蕾斯，塑胶表面做得很滑，放在口袋里确实不安全。

于龙川特意把于丽川叫到妈妈家里，他仔仔细细地看着妹妹，好像看一件瓷器有没有哪里磕破。于龙川问道："林森有没有欺负你？"

于丽川愣了半天，莫名其妙，摇头否认。于龙川嘱咐道："如果林森做了对不起你的事，你一定告诉我，我来收拾他。"于丽川还是没有反应。

于龙川其实做事非常严谨。他知道一个安全套不是个很扎实的证据，林森可以说家里用，也可以有其他借口，总而言之，一个男人口袋里有个安全套，并不是什么大的罪证。于龙川若是发问，倒是打草惊蛇。于龙川的行事风格是：准、稳、狠。

他知道于丽川对林森宽容，不只宽容，甚至是放任。即便她发现什么蛛丝马迹，按照她的脾气，也会视若无睹。于龙川最生气的一点，就是她不愿意求助他，她不愿意被当成需要哥哥呵护乃至帮助的人。也许她一辈子都在证明一件事：我可以独立活在世界上，不需要任何人的怜悯和援手，我能够活得好好的。

于龙川气就气在这一点。小时候在单位大院里，于龙川以为有自己罩着，没人敢欺负妹妹。事实上他后来得知，妹妹还是有被别人弄哭的时候，就是不告诉自己。他屡次告诫妹妹也无效，他越是想保护妹妹，妹妹越是表现得像没有这个哥哥一样。后来他只好通过其他渠道了解欺负妹妹的人，然后狠狠地教训一顿。

于龙川敏锐地感觉到，这个安全套是有问题的，妹妹的婚姻肯定出现问题了，这用屁股都可以想得出来。以妹妹一贯的脾气，是不会透露半点信息给自己的，即便已经过着忍辱负重的生活。问题是，他不知道妹妹受了什么委屈。倘若于丽川肯透露一点信息，他马上就能搞定。现在的情况是，他必须靠自己的手段去了解他们的婚姻问题，然后出手教训林森。

于龙川是个完美主义者。有时候他想，自己虽然顽皮，不爱学习，但可以用能力和霸气来征服社会，进入上流阶层；而妹妹聪明、漂亮、上进，为什么偏偏不能说话？造物主的选择到底什么意思？他想起来就有一股郁闷之气。

哥哥的提醒，也许于丽川左耳朵进右耳朵出了，根本没记在心上。现在哥哥在车里提起，她才想起来，呆呆地看着哥哥。

报社的停车场上，这一辆捷豹很醒目。有同事去开旁边的车，见到车内的于丽川,隔着车窗本来想打招呼的,但看到兄妹俩肃然的气氛,又停住了。

"上半年我就抓住了林森的把柄,怕你难受没告诉你,但现在可以基本确认,林森在外面包二奶,是一个电视台主持人。我没想到这小子一脸正气,说的道理一套一套,却不能免俗干这种勾当。如果他永远醒不过来,你也不要为他掉一滴眼泪;如果他醒过来,我也饶不了他。"

一辆车启动开走,轰鸣声远去,夜晚的停车场静悄悄的。星光下可以看见于丽川的双眼里,有一种幽幽的恐惧乃至惊慌。她捂住自己的耳朵,摇着头,意思是我不听你这些话。她准备拉开车门,自己下车。

于龙川一手摁住她,一手伸到后座拿了一个包,道:"我不是让你生气的,我是给你送包,这是爱马仕最新款。"他把包塞到于丽川怀里。于丽川用手比画,意思是家里已经有很多包了,她不要。

于龙川着急道:"你连包都不爱,你让男人怎么爱你。"

于龙川把包塞进于丽川怀里,于丽川因生气而大口呼吸,胸脯起伏。于龙川叹了口气,他可以征服整个江湖,却赢不了妹妹的尊崇。

想到这里,于龙川突然眼眶湿润了,他动情地抓住妹妹的手,质问道:"你就不肯给我一个机会,让我为你做一件事来弥补吗?"

那年他八岁,妹妹五岁。他带着妹妹偷偷地躲过姥姥的监视,一起到镇东边的池塘里捉鱼。池塘的主人已经清塘了,剩下泥沼和一窝窝很浅的水,水里有一些苟且求生的小鱼。他自己脱了鞋袜,也帮妹妹脱了鞋袜,两个人在泥沼里折腾了一个下午,沾了一身泥巴。那天夜里,妹妹就发高烧了,乡医给注射了青霉素,造成了过敏。她由一个口齿伶俐的女孩变成了一个沉默的冷美人。他觉得，妹妹失去语言能力，都是自己惹下的祸。

公安局宿舍，背面离停车场太近。大半夜经常还有车进进出出，马达声不说，有的车辆警报器被惊醒，能够嘶叫好几分钟。周幸福被一阵警报声惊醒后，就再也睡不下去了，睁着眼睛看了一会儿天花板后，索性站了起来，打开窗帘眺望外面的夜色。

好在他是独自一人睡，半夜起来打拳都没关系。和妻子分床已经有六年了吧。三观不同，感情不融洽，你说鸡她听成鸭，如果还要睡在一起，就是水土不服。他有时候会想，如果自己不是跟这个女人结婚，而是跟另外一个女人结婚，生活会怎样？是会更糟糕还是会如传说中那样幸福？他感觉世界上绝对没有真正幸福和谐的家庭，除非那一对男女都是白痴。当然，还有一种大智若愚者，并不把婚姻概念看得多重，举重若轻，倒是成为典范。

现在是半夜两点，城市还残留着一半的灯火，幽静而神秘，但谁也不知道幽静中潜伏着什么。

昨天下午，他跟李安全交流案情，李安全道："现在我感觉自己不是警察，而是狗仔。"他的意思是案件进展不大，林森的一大堆隐私却被挖了出来。

"这不是很正常吗？"林森的隐私被挖出来，周幸福居然有一种潜在的快感。

"这是一种侵犯。"李安全强调道，"诗人说，一个人必须隐藏多少秘密，才能巧妙地度过一生。所以，我认为，保有秘密是人生的一种权利。如果与案件无关的话，我们无权去戳破。"

当初周幸福不以为意，现在在深夜里想想，是有道理的。倘若人生没有秘密，岂不是如一张纸一样苍白。具体而言，林森和米鹿鹿的关系如何，非当事人无从得知。但是被传出来，却是一个人生污点事件，这对林森不公平。周幸福叹了口气，对于林森，他是五味杂陈呀。他努力地把对林森的感喟从脑子里抹去，专注地去理案件的头绪。

次日，他单独去找于丽川。寒暄之后，周幸福单刀直入，道："关于林森和米鹿鹿的关系，可能不是你想象的那样。根据李安全和金桐的调查，我们客观了解到的是，林森去看望过米鹿鹿，并且送过礼物，除此之外，并无任何证据表明什么婚外情之类的。对于你哥哥于龙川轻易得出包二奶的结论，我们是不支持的。"

于丽川听罢，表情没有丝毫涟漪，只不过依旧笑了一下，点点头，似乎同意周幸福的话。她的笑，也像一杯绿茶。周幸福尽量不去看她精致而沉静的面容，他怕自己陷入一种语无伦次的感觉。

"跟林森很亲的人，也应该跟你很亲，所以你要多想想。"周幸福道，"如果想起什么线索，记得告诉我。"

周幸福站了起来，在决定要走的时候，他深深地看了一眼于丽川——就好像一个烟鬼深深地吸了一口烟。于丽川深邃而沉静的眼里，有一个周幸福迷恋的世界。而显然，他又害怕陷入这种世界。

于丽川没有挥手道别，却示意周幸福停住。她从包里掏出记事本，写了几个字，撕了下来，递给周幸福。

纸上写：于龙川。

周亮刚进看守所的时候，着急得很，每天喊冤，叫嚣着要快点出去。几次审讯之后，现在倒也不叫了，老老实实待着，一副安心住下来的样子。

看到李安全又来提审，周亮一副熟络的样子，一边主动往外走,一边问道:"怎么,又有什么新花样了?"

李安全知道,周亮现在有老油条的素质了。

"现在怎么不喊冤了,怎么不喊着出去啦?"李安全问道。

"住这儿挺好的,有吃有喝,还有朋友谈天说地,多舒坦。"

审讯室里,周幸福一脸阴沉。李安全叫道:"严肃点,坐下。"

周亮乖乖地坐下来。这个破旧的审讯室,墙皮都已经脱落,如果是人住的地方,早就该重新装修了。

新的线索,对周幸福来说,是个挑战。从医院回来之后,周幸福把那张纸条给李安全看,李安全一脸讶异,道:"不会吧,怎么跟小说似的。"

尽管是个有前途的警察,但李安全毕竟是初涉人世,这种答案会导致他对亲情的失望。

"没有什么是不可能的,仇恨都是在相亲相爱的人之间产生的。"周幸福沉重道。

"我还是不相信,无稽之谈。"李安全固执道。

周幸福叹了一口气,悠悠道:"你不知道,当年林森刚刚结完婚,我向他恭喜,他居然回答,'其实这是一场赌博,不知道会不会连命都赌上',我听完都蒙了。"

"这句话什么意思?"

"我也不知道什么意思,只能说每个家庭都潜伏着危机与矛盾。"周幸福举起这张纸条,道,"况且,这是于丽川提出的嫌疑对象,他的亲妹妹。"

但是,要调查于龙川,这是一桩头疼的事。一番分析之后,他们决定再次从周亮找突破点。如果周亮背后是于龙川撑腰,那胆子就大了。

"周亮,你知道现在的处境是什么吗?如果你什么都不承认,林森家里人会以谋杀的罪名起诉你。什么理由？你欠林森那么多钱，随便一个理由都可以把你坐实，到时候你死罪难逃。如果你说出幕后主使，坦白从宽，可以减刑，还有下半辈子可言。你自己想一想，现在给你一个机会，如果我们找到幕后主谋，你可就失去最好的时机了。"周幸福循循善诱。

周亮翻着白眼，捋了捋头发，头发便一根根往下掉。进看守所的这些日子，他的头发掉了好多，脑门越来越亮了。突然间，他开始抹眼睛，眼泪哗哗地流出来，哭道："真的是报应呀，我真的是遭到报应了呀。"

周幸福盯了他一会儿，问道："你准备说吗？"

"你想我杜撰出一个主谋吗？那也很难呀，我杜撰出来，人家不承认怎么办？"周亮泪汪汪道。

"那我帮你捋一捋。有个林森的亲人，他发现林森的生活不检点，非常生气，决定狠狠报复林森。他就雇一个人，林森身边最近的人，也就是你，熟人好下手嘛。你呢，因为欠着林森一屁股债，虽然说林森暂时饶了你，但是这笔债你还是要还的。把林森撞了，你不但不用还这笔债，还能得到一大笔钱。甚至，他把你的风险都考虑好了，只要你能够咬牙挺住，他绝对可以把你捞出来。是吗？"

周亮愣愣地听着，似乎很费劲，懒洋洋道："我越听越糊涂了。"

周幸福严厉道："我告诉你，这是给你一个机会，倘若我们把他揪出来，到时候你就死定了。"

周亮呵呵一笑，挑衅道："好呀，你们把他揪出来，我倒是也想看见呀。"

周幸福咬着牙，忍住了甩周亮一巴掌的欲望。

李安全再次把周亮押回房里，两人一前一后在走廊里走着，步伐清晰，似乎在用脚步声谈话。周亮突然一个趔趄，蹲了下来，几欲摔倒。李安全赶紧扶住他，周亮像个小孩一样靠在他怀里。李安全将他拉起来，问道："没事吧？"周亮把脚步稳住，点了点头。李安全道："吸毒对身体不好，你都戒了吗？"周亮道："全戒了，不戒现在也吸不起。"

"你跟林森是发小，也是知根知底的，你知道，林森的亲人里，他最怵的是谁？"李安全聊天一样问道。

周亮叹了一口气，答道："于龙川吧。"

对于如何调查于龙川，周幸福和李安全意见出现分歧。周幸福倾向于向老于汇报情况，请老于拿主意。李安全认为老于如果知道儿子是嫌疑人，一定会有私情介入，以后的调查将更难。而周幸福认为，老于不是那种人，他一定会尽心尽职，以更巧妙的方法取得证据，至少能获得线索。

周幸福还是坚持己见，再一次来到老于的病房。老于不在，打他手机，原来在医院花园里散步。老于的身体已经无恙，但是医院的环境比较好，也有一些老干部可以聊天沟通，老于乐得多住几天。

"龙川和丽川关系怎样？"周幸福陪着老于在石径上散步，初冬的阳光照在身上，相当舒适。

"他们兄妹最好不过了。"老于道，"龙川脾气不好，但在妹妹跟前脾气最好，这也是我最满意的地方。"

"丽川似乎对龙川不怎么样？"

"她呢，不喜欢哥哥老是罩着她，有时候表现出反感的样子，其实兄妹的感情是最好的。"

一个穿着病号服的病友擦肩而过，轻声招呼："局长好！"老于微微颔首,并不正眼瞧他。

"到福州调查显示,有一个人拿林森的私生活问题来要挟林森,有重大的幕后作案嫌疑。根据线索提示,这个人居然是于龙川。"周幸福说着,观察老于的表情。

"咦!"老于听了,皱了皱眉头,"龙川有什么作案动机?"

"龙川是极爱护丽川的,这个众所周知,当他怀疑林森私生活不检点时,他觉得对不起妹妹,肯定是很生气的。当然,这是假设。"

"不可能。"老于摇头道,"以我对龙川的了解,他不可能对亲人下手。他对妹妹那么好,妹妹的幸福与林森息息相关,他怎么能下得了手。"

"正是因为对妹妹太好,所以对于冒犯妹妹的人,他才下得了狠心,这个逻辑也是成立的。"周幸福道,"而且,根据我们得到的信息,那个要挟林森的人,是林森很亲的人。"

"无论如何,这种逻辑我不能接受。"老于坚持道,"而且,谁提出于龙川是嫌疑人,他就应该拿出扎实的证据。"

"那个人是于丽川。"周幸福拿出那张纸条。

老于大吃一惊,以手抚胸,周幸福这才发觉,忽略了老于的病情,急忙扶老于到长椅上坐下。老于呼吸急促,喘了几口气后平复下来。

"我扶你上去,让护士量下血压?"周幸福问道。

老于摇了摇头,喘气道:"龙川不会对亲人下手的,这一点你相信我,这是他的原则。"

"不瞒你说,他在丽川跟前说过要教训林森的。"

"说归说,他是做不出来的。唉,他们兄妹那么好,丽川怎么会这样呢,丽川有证据吗?"

205

"暂时还没有，所以我也是来问问。"

"我就说嘛。"老于兴奋起来道，"丽川有时候对她哥哥，有逆反心理。"

送老于上楼，护士给他量了血压，没有什么问题。周幸福回到警局，与李安全碰面，说明了情况。李安全道："很多人表面上接受的是儒家思想，仁义道德，本质上遵行的是人不为己，天诛地灭。"周幸福道："怎么扯到思想上了，好有文化的样子。"李安全道："有感而发而已。"

"你觉得于龙川要继续查下去吗？"周幸福问道。

"那当然，哎，我倒是侧面查到一些他的资料，挺吓人的。"李安全叹道。

于龙川的公司在西南做了一个地产项目，在征地时遇到了当地一个国土局官员的阻拦。公司花了两百万，雇了一个货车司机，制造车祸，把该官员的车撞到立交桥下，官员当场死亡。货车司机关了几个月后就被捞了出来。于龙川为了杀鸡儆猴，暗暗把这件事透露出来，以便让跟他打交道的人都不寒而栗，放手通行。

当然，因为没有证据，也不知此事有几分真。

"那怎么办？"看来周幸福认可李安全的看法。但是像于龙川这种人，能量大，见过世面，心狠手辣，没有着实的证据，一旦正面交手，也不知道鹿死谁手。

"解铃还须系铃人吧。"李安全道。

中午，李安全又下去吃了一碗牛肉粉，给了老板八块，转身就走。老板说："找你五毛呢。"李安全不耐烦道："怎么还不涨到八块？"老板道："哎，你别小看这五毛，大伙对价格很敏感的，不敢涨。"

李安全躺在办公室沙发上，玩了一会儿德州扑克。玩游戏有助于打开思路，他开始浮想联翩。周亮那天脱口而出，林森最怵的亲人是于龙川，但一直不肯说幕后指使人，那么他为什么知道呢？另外，于龙川知道林森的私生活后，会采取什么手段？每个人都有每个人的手法，从以往的作为来看，在于龙川这种做大生意的人的眼里，人命根本算不得什么。想到此处，李安全涌起一腔激情热血。

周幸福到了之后，两人便上医院，这次要对于丽川做一番彻底的问询调查。周幸福对李安全道："还是你来主问吧，我总是不忍心把太残酷的问题抛给她。你把于龙川告知她的细节，以及她的反应一一问清楚，从细节中推断于龙川的可能动作。"

正如他们所料，于丽川此刻就在病房里。于丽川见两人进来，只点头示意，并不怎么理会。周幸福正要说话，于丽川摆了摆手，意思是不要打扰。于丽川正在拨弄一只小音箱，把插头插在插座上，另一头连在一只录音笔上。摁下开关，但音箱里并没有声响。于丽川困惑地在插座那儿摆弄，大致认为是接触不良。李安全看出端倪所在，摁了一下音箱的开关，音箱发出连通的声音。

"林森，是不是很想听我说话了，我来讲一个你最爱听的森林童话，你仔细听哟。从前，在森林里，住着小鹿、小虎和小狐狸，它们本来是很要好的朋友……"

音箱里是米鹿鹿的声音，字句圆润，像水珠滴落池塘。于丽川面露欣喜，似乎看见林森正在睡梦中听米鹿鹿的声音，或者说，似乎那声音是自己发出来的。

周幸福目睹这一切，不忍打扰，跟李安全先出来，到吸烟区点了一根烟，擦了擦眼角，叹道："唉，于丽川这样的女人，心地好，气量大，不聒噪，谁娶了谁的福气呀。"

李安全道："谁让你当初看不上她。"

周幸福沉默许久，道："其实是她没看上我，大概是嫌我糙了些，后来我也就是赌一口气闪电结婚，唉，太当儿戏了，对不起自己也对不起她。"

谈起婚姻、女人，李安全便沉默了。他没有任何经验可以交流，只有认真倾听。他现在觉得女人是世界上很难懂的一本书。

四　凶手

"你告知于丽川林森有问题时，是你发现了什么证据？"李安全问道。

于龙川重重地吸了一口雪茄，很像在嚼一根香肠。办公室里弥漫着浓郁的烟雾，在光线中幻化成动物。

"当然，没有证据我能乱说吗？"于龙川颐指气使道。

"请具体说说？"

"是一点生活小细节，涉及我妹妹的声誉，我就不说了。"于龙川自信道，"我是军人出身，在推理侦查这方面并不比你们警察弱。"

"于丽川听了之后，有没有什么反应？"

"我妹妹在这方面，比较愚钝。或者说，她是鸵鸟，根本就想充耳不闻。"

"对你而言，这口气不能容忍吧？"

"那倒是，我倒是想教训他一顿。"于龙川咬着牙道。

"你对他做了什么？"李安全冷静道。

于龙川突然意识到气氛不对。他在瞬间恼怒起来，道："你在怀疑我？"

"没有，我只是正常调查线索。"李安全虽然被震慑，但还是冷静道，"我们在周亮的手机里并没有查到你们的通话记录，但是，根据环三公司员工的消息，曾目睹你和周亮在公司的车上有过密谋，你能说说什么内容吗？"

于龙川发作了，道："密谋？你用的什么词！告诉你，这么不专业，我分分钟把你开除了你信吗？你来之前有没有问问我是谁？"

于龙川差点把茶几掀起来，暴怒得像一头豹子。

李安全不得不站起来，以防止他随时出手，一个茶杯或者一个烟灰缸，足以让自己头破血流。

"我了解你，你能量非常大。正因为其他人不敢来，所以就派我来了。我知道你说到就能做到，我无所谓呀，如果一个警察因为正常办案而被解职，我也就认了，形势比人强嘛，我只是有点不怕死而已。"李安全一副无力的样子，其实内心的倔强已经被激发了。

于龙川被李安全冷静的态度感染，也发觉自己太过冲动，他摆了摆手，道："好，你也算有种，我只是跟你说一句，你这种脾气，如果被警局开除了，来投奔我！知道吗，我的大门永远向你敞开。"

"多谢了。可是，我还是想问，你跟周亮说的是什么？"

"你问周亮去。"于龙川斩钉截铁道。

于龙川如此笃信周亮，难道已经做好了万无一失的预案？

周幸福把于丽川支出去，表示想和林森单独聊聊。于丽川也乐得出去买东西了。

"林森，还记得刚入警队那阵子，咱们一块比做俯卧撑吗？"周幸福唠叨家常。

"是呀,你都破警队纪录了。"林森露出微笑,脑力方面恢复得不错。

"你也跟我不相上下。"周幸福道,"那时候呀,全身上下充满活力,所以呀,以后不管多忙,也要抽出时间锻炼一下,恢复活力。"

林森眨了眨眼睛,表示赞许。

"自从你下海经商后,树敌可真不少,我们这一圈查下来,发现要对你下手的人可以排一个队呢。"

"作为一名生意人,威胁倒是时时刻刻都有,但是借周亮这儿下手,我是从来没想到。你们不知道,我跟他是什么关系,从穿开裆裤就在一块玩呀。"林森表达能力恢复得不错。

"我们已经调查了一圈,大概是把你那些潜在的威胁呀,一一查了一遍,只是周亮的口不开,实在无法找到证据。而且,在这过程中,很有可能把你的一些隐私也暴露出来,这一点你可要谅解。现在有一个关键疑问,当初你跟米鹿鹿谈到,有一个人发现你的私生活,威胁到你,而且是你很亲的人,我们正在这个问题上找突破口。你能说说这个人是谁吗?"

林森闭上眼睛,略略沉思,似乎不愿开口。

"是于龙川吗?"周幸福直接问道。

"一定要说吗?"林森问。

"当然,这是最大的嫌疑人。"

"不是于龙川,是周亮。"林森叹了一口气,淡淡地说。

周幸福目瞪口呆。

大概下午四点,林森把挂在衣架上的西装穿上,走出办公室。往常的话,都是六点准点下班,如果没有应酬的话,就会吃个简餐，在办公室待到夜里。他直接把车开到万达商场，逛了一圈，买了一个鸡心项链，用礼物盒子包上。在走出商场的时候，他突然心血来潮，买了一盒安全套，并把盒子拆了，三个套子放在兜里，以备急用。

他回到车里，松了一口气。买这些东西的时候，就像做贼一样，东张西望，车里倒是安全的所在。这时手机响了，是于丽川的号码，林森心里"咯噔"一声。

他吸了一口气，手机里传来的是女儿可可的声音："爸爸，妈妈今天过生日，你什么时候回来？"

林森这才想起，今天是于丽川的生日，家人可能会在一起吃饭。但是自己脑子里根本没有这根弦。

"你把手机给妈妈。"林森顿了顿，确定手机在于丽川手上，道："丽川，今天有人告知周亮在福州的行踪，我要赶过去讨债，就不能给你庆祝生日了。你需要什么礼物回头微信里告诉我，我到福州给你买。"

于丽川不能说话，但是嘴里能发出一些支吾声，长久的生活，从这种支吾声基本能够判断对方的态度。林森放下电话，松了一口气，他发动车子，开出地下车库。天气阴沉，有霾，几分钟后他上了高速，在车载爵士乐中，他看到左边的青山、右边的海水，心情这才开朗起来。

由于东面的工业偷排和垃圾厂的烟尘，在潮湿无风的日子里，雾霾被城市西边的山脉挡住，这座海边小城的霾也很重，整日里看不到天。林森在小城的心情跟天气一样满是阴郁。福建多山，十里不同天，开了二十来分钟后，天色一下子亮了，山川树林如映画展现，林森一下子想起米鹿鹿的笑脸。

"五一"的时候，高中同学聚会，吃完饭，去歌厅，一个个喝得醉眼迷离。米鹿鹿难得回来一次，被敬酒敬得娇艳得不得了。在沙发的一角，她像一只猫一样伏在林森边上，细细聊天，吐气如兰。音乐声音太响，他们不得不互相凑近对方的耳朵，倾诉对对方的印象。

高中时期，米鹿鹿是校长的女儿，广播室的播音员，每到运动会的时候，校园里就会回荡着米鹿鹿甜美的嗓音，虽然音响的质量很差，但不妨碍她普通话的标准、靓丽、时尚。米鹿鹿是明星，走在路上是冷冷的，决不让心怀不轨的男生有机会套近乎。而那时候的林森，是一个自卑的孩子，穿着解放鞋，不论是说话还是装扮，要多土有多土。整个高中时期，林森觉得自己没有跟米鹿鹿说过一句话，哪怕是一个招呼也没有打过。现在，是高中毕业后的第一次见面，也是第一次聊天。米鹿鹿成为一个声音依然充满魅力的、浑身充满时尚感的主持人，而林森，也成为一个打扮得体、看不出当年气息的老总。

"一定来福州看我，好吗？"米鹿鹿依偎在林森肩膀上，嗲声嗲气，吐气如兰，声音让林森的心都化了。

那晚他们似乎相见恨晚。米鹿鹿娇滴滴的声音一直在林森耳边回荡，像神曲，像魔咒。

到了福州，他先在乌山宾馆订了一个房间。乌山宾馆改造后，档次很不错，四星酒店的标准，主要是建在乌山上，山石林木环抱，环境十分清雅。他给米鹿鹿打了个电话，米鹿鹿告知正在开会，要一个小时后才能出来。

想起米鹿鹿，他有点激动。这么多年来，似乎从来没有这样的感觉，像初恋一样。聚会结束后，他们保持着联系，虽然很忙，但是偶尔也要通个电话，或者发个微信。林森也知道，自己不可避免地滑入了中年人的常规轨道。

无聊当中，他给周亮打了个电话，还是关机。

周亮欠了几十万货款，突然间手机就关机了，明摆着是想跑路。这让林森相当恼火。林森认为，这不仅是钱的问题，还是感情的问题。自己一直支持他，希望他能走上正路，没想到他不但动歪心思，还不能体会自己的苦心，他真的很想狠狠教训周亮一顿。他委托福州的朋友关注周亮的动向。得到的消息是，周亮没有跑远，还在福州出没。

他给周亮发了一个短信：我到福州了，住乌山宾馆，你最好主动来找我。

他刚打了个盹，米鹿鹿就来电话了。他走到电视台门口接她，见到她的一瞬间，林森觉得眼前一亮，整个世界都鲜活起来。他们到附近一家西餐厅吃了晚餐，席间林森送了见面礼物——项链，米鹿鹿开心不已。林森按捺不住，说到酒店去喝喝茶。米鹿鹿秋波一转，装作不情愿地答应了。林森觉得这次约会成了。到了宾馆，穿过大堂，他揽着米鹿鹿的腰，米鹿鹿贴心地靠着他，他觉得浑身激情都被点燃了。在进入电梯的一瞬间，他忍不住亲了米鹿鹿的脸颊，米鹿鹿娇笑道："讨厌。"

一关上房门，林森的身体简直要爆炸，迅速地亲吻米鹿鹿。米鹿鹿相当配合，两人的舌头像搅拌机，把一成不变的人生搅个稀巴烂。

"喜欢我什么？"米鹿鹿把舌头抽出来，喘着气儿，深情凝望。

"最喜欢你的声音，似乎能驱散恐惧，带来阳光、快乐。"

"你恐惧吗？"

"从小就恐惧，一直到现在。"

"说来听听。"

"在我小学五年级的时候，我爸爸就去世了，被蛇咬死的。那时候我唯一能做的事情,就是在森林里采蘑菇,补贴家用。森林里很阴暗,又寂静,我非常害怕,总感觉有野兽、毒蛇潜伏在哪里。野兽倒是真的有,因为村子里就有人被小豹子抓花了脸。从森林的这一头到那一头,我的心一直提着,稍微风吹叶落,树枝掉落,松鼠跳跃,发出一点声响,都会让我心里'扑通'一声,恐惧形影不离。这样的经历持续到我上大学。快到森林东头,我就能听见水流的声音,这时我的心情就愉悦起来,因为我将到达一个有阳光有溪流有小鸟的地方,就像一个花园,让我觉得安全,并且结束我的采蘑菇之旅。你的声音就像那股溪流的声音,让我整个人活了过来。"

"可怜的孩子。"米鹿鹿痴痴地听着,再一次吻着林森。

林森想进一步动作的时候,米鹿鹿突然拒绝了,道:"我们是同学,不能这样。"林森在这方面并无过多经验,但也明白女人的拒绝其实是肯定,便不听不顾,意欲强行扑倒。米鹿鹿突然变脸,叫道:"你要是这样,我就回去了。"

林森之前在女色上并没有软肋,这次绝对是圆少年梦的欲望作祟,加上米鹿鹿的诱惑。现在米鹿鹿的态度不像是矫情,林森几乎算是动粗,米鹿鹿还是没有从了的意思。

林森的手机响了,是于龙川打来的。林森只觉得一股凉气袭来。于龙川问林森在哪里,林森说在福州出差,明天回去。于龙川让林森明天找他。放下手机,林森有种惊魂未定之感。而原来的激情,已然消散。

"真的不行?"林森最后问道。

"难道你喜欢我就是想跟我上床?"米鹿鹿一脸正气。

林森舒了口气,道:"其实还是喜欢你的声音、你的样子,一见到你,就觉得整个世界变得阳光明媚、无忧无虑。"

"就是嘛，你别动手动脚，我就跟你喝茶聊天，你要再这样，我就走了。"米鹿鹿警告道。

林森无奈道："我洗个澡，你先泡茶。"

林森进去，用凉水把自己劈头冲了一遍，穿着睡衣睡裤出来。退而求其次，不求巫山云雨，和她一起私语，也不失为人生快事。

"是婚姻不太幸福吗？"米鹿鹿问道。

林森不知从何讲起。每个搞外遇的男人，基本上都会把家庭的枯燥说一顿，以此为借口，林森可不想这么干。

"说来话长，如果想听的话，你得有耐心。"林森道。

现在两人坐在沙发上，中间隔着茶几，喝着林森自带的大红袍，暧昧的气氛已然消失。

"洗耳恭听。"米鹿鹿调皮地眨着眼睛，"我最喜欢听别人的故事。"

"你知道我妻子的情况吧？"林森问。

"听同学说过，是个沉默的妻子。"

"我刚毕业，进入社会，一穷二白，心里还是忐忑的，不知道这个世界怎么闯。那时候的局长，也就是我后来的岳父，他是军人出身，特别耿直，直接跟我摊牌，要不要跟丽川结婚，做上门女婿。条件也相当清楚，我的前途肯定就有保障了，也不用住单身宿舍了。我考虑七考虑八，最后就是一种感觉，有这个老丈人，我就有安全感了。后来的生活，全是缘起这一念。"

"听说你妻子也十分漂亮，难道过得不好？"

"结婚那天，她哥哥于龙川给我敬酒，悄悄在我耳边说：'如果我妹妹受了委屈，我可不答应哟。'你说，我能过得好吗？原来所谓的安全感，其实在后来变成始终笼罩的阴云，挥之不去，我贪恋的那一点权势，其实是寄人篱下的苟且，成了紧箍咒。"

"你妻子也这样吗?"

"不,她很好,自立,什么也不麻烦我。但毕竟是个沉默的人,她从小家教好,生活习惯、兴趣也跟我不一样,我跟她除了生了一个孩子之外,其他似乎没有交集。包括我说要辞职下海,她也是淡淡地'哦'一声,既不担心,也不鼓励。孩子长大后,喜欢去住外婆家,我回到家里,就像到了一个寂静的世界,没有一点声音,而我总是怕寂静中潜伏着什么。"

"所以你最喜欢我的声音?"

"是呀,你的声音,能让我想起中学的岁月;而且,你的声音没有杂质,似乎把恐惧、烦恼全都过滤了,只剩下喜悦。"

两人一直聊到深夜,从个人话题聊到企业、环保问题、自身的安危,这么多年来,林森已经很久没有如此推心置腹地跟谁交流过,几乎聊出高潮。

米鹿鹿出门的时候,林森再一次挽留:"真的不留下?"

"不了。"米鹿鹿握了握林森的手,并用手指在林森的手背上摩挲了一下,"我们做最好的朋友。"

整个晚上,林森也没有等到周亮的回复。

次日上午一回到宁德,林森便直接找于龙川。于龙川把他叫到车里,告知官方各方面正在施压,不要参与环保方面的活动。林森嘴上不置可否,心里暗暗不服:这么多年来,家事都是唯于家马首是瞻,现在自己的社会活动也要管着,简直把自己当小孩使唤。

走出于龙川的捷豹,林森在街上走了一会儿,并无目的,他只是想捋一下脑子。偷情未遂、环保恐吓,这些不正常的事情,使得他的生活节奏出现了一些问题,现在他要回到正常的节奏中去。他的手不由自主地放在裤袋里,突然摸到滑滑的安全套,想到自己自作多情，以为手到擒来，不禁暗笑。不过，他很快意识到只有两个套子，昨天放口袋里的时候是三个的，难道在哪里掉了一个？掉了倒是好，千万不要掉在于龙川的车里。他想，应该不会这么巧的。他把两个套子迅速扔到垃圾桶里，脑海中回荡起米鹿鹿的声音，心中有种莫名的滋味。

天色已黑，林森把车停在小区的草坪停车位，把车窗打开，准备抽根烟再上去。一个幽灵般的人影悄悄靠近，还戴着口罩，他瓮声瓮气地叫了一声："林森。"

林森吓了一跳，但很快听出来，是周亮。林森冒起一肚子怒火，但是也有一肚子疑问，并不马上发作。周亮熟练地绕过车头，自己打开车门，在副驾驶位上坐了下来，把口罩去掉。

一阵风吹过，小区的榕树拙笨地摇动，影子宛如很丑的怪物。

"怎么啦，是有钱还给我了？"林森冷冷地问。

"你别开玩笑，我现在饭都没的吃，哪有钱还呀。"周亮可怜兮兮地说。

"我给你多少次机会了，想牵带一把，让你重新做人，你真是扶不上墙呀。现在四十岁了，还跟无赖似的，你是不是指望将来我给你养老？生意做得好好的，说跑路就跑路了，赚的钱哪里去了？"林森终于发作了。

"生意不好，酒楼老板跑了，我有什么办法。"周亮委屈道。他手脚微微发抖，抽了一张抽纸，擦掉鼻涕。

"那你就不准备还钱了？"

"等我有钱的时候嘛，英雄也有落难时，谁没有个低谷。"周亮理直气壮道。

"没钱，那你找我干什么？"

"没钱吃饭了,想跟你借点钱。"

林森的火再次冒了出来,训道:"你还真不把我当外人了。你有手有脚,就是到店里给人洗碗,也能赚口饭吃,张口闭口就是借钱,你有什么资本借钱呀。"

周亮掏出一张照片,道:"要不,就用这张照片换点钱算了。"

林森打开车内照明,仔细看那张照片,差点一口老血喷了出来:照片正是自己在电梯里亲吻米鹿鹿的画面。

林森一把揪住周亮,此刻如果他是一只老虎,就会一口把周亮吞下去。

周亮也被林森的怒火震慑住,闭上眼睛道:"我知道你恨不得打死我。你如果打死我,我就认了,反正贱命不值钱;如果你没打死我,你就可怜我,给我一条活路。"

林森把照片撕得粉碎,同时脑子里也在高速运转。他现在必须让自己冷静下来,理智对待。这件事捅出来,就是天大的事。

"明天你来办公室找我,现在给我滚。"林森低声怒喝道。

不论是在公安系统,还是在商场,林森都属于行事周密之人。但是百密一疏,他真后悔那天晚上给周亮发短信!

次日,周亮怯生生地来到林森办公室。林森给了他一万块钱,周亮当场删除了手机里的相片。林森对周亮道:"你给我滚蛋,以后别让我再看到你。"周亮拿了钱,屁滚尿流而去。

大概过了两周,林森再次接到周亮的电话,心里"咯噔"一声,隐隐的预感如滚雷顷刻到达耳边。

"又想怎么样?"林森冷冷问道。

"林总,我又没钱了,你再给我一万吧。"周亮可怜巴巴道。

"如果我不给呢?"

"上次的照片并没有删干净,还在我手机上。"

"如果我不给你呢？"

"你不给，我就拿去卖给别人，比如于龙川于总，卖个几十万不成问题吧。"周亮露出嘴脸，声音也变得相当陌生。

"你就决定这样走下去？"

"我没有活路了，走一步算一步呗。"

林森许久没有回音，他在平复自己的情绪。这么多年的经验告诉他，盛怒之下做出的决定，往往令自己满盘皆输。现在的他，正是盛怒的状态。一个发小，正在决定无止境地敲诈他，如果他不从的话，将给自己带来灭顶之灾。说这话一点也不过分，林森和周亮都了解龙川。当然，不需要于龙川出手，就是于丽川或者老于那一关，都过不了。

林森吸了一口气，道："我准备下现金，回头给你电话，你等一两天。"

放下手机，他怔怔的，沉默了一个小时。

他去了一趟福州，跟米鹿鹿又见了一次，并委婉告知，他们的事已经被人发现——他怕周亮也会同时来勒索米鹿鹿，让她有所警觉。但是米鹿鹿的态度远比他乐观，她的声音与气质，一扫他阴霾的情绪。他们依旧在酒店里喝茶，开心地聊着，琐事聊完之后，无话可讲，林森道："要不，你给我讲个森林童话吧，就跟节目里一样，我可爱听了。"米鹿鹿开始用娇滴滴的口气说故事，说着自己都笑了起来。林森斜躺在床上，因疲倦而闭着眼睛道："继续讲，如果我睡着了不要叫醒我，让我做一个美美的梦。"米鹿鹿说着说着，林森真的睡着了，呼吸均匀，似乎很久没有进入这样的梦境了。

等他醒来的时候，米鹿鹿已经走了。

后来，林森去约会米鹿鹿的时候，都要她讲一个童话故事，同时美美地睡上一觉。

两天后，林森把一沓崭新的钞票递给周亮，道："我没数，你数数看。"钞票很新，并且粘连在一起，周亮抹了口水，迅速数了一遍，数钱他可是个高手。

林森道："周亮我告诉你，你这干的是伤天害理的事，老天爷会找你算账。你多跟我要一次钱，你就离死亡越近一步，你一定要相信这句话。"

"我知道，我不怕死，也不要脸，能舒服一天是一天。"周亮道，"我只知道，你赚那么多钱，给我一点零头，我就能活得很好。"

林森微笑着看着周亮，摇了摇头。他现在已经恨不起来了。他只知道，在江湖上行走，自己的每个失误，都是要付出代价的。

其后，周亮又敲诈了两次，过程一模一样。林森似乎除了接受他无尽的敲诈，再也想不出其他的辙了。林森在长久的生活中也明白，许多事，也许你要忍耐一辈子。

再一次接到周亮的电话，手机里传来周亮痛苦的哀求声："林森，只有你能救我……"

周亮其实在宁德过着东躲西藏的日子。常在河边走，哪有不湿鞋的呢？放高利贷的林斌很快发现了他的踪迹。原来周亮借的十五万，最初每个月都在还息，后来就人也不见钱也不见，便知道此人要跑路了。周亮寄居在一间一楼出租屋，夜里林斌带人瓮中捉鳖，在门外连喊带踹。哪知道周亮早已防备一手，将窗户改造成了后门。他裤子都没穿好，就越窗跳下，在巷子里奔逃。林斌等人踹门而入，看见周亮狡兔三窟，大怒，穷追不舍。周亮也背运，突然脚下一软，瞬间跑不动，瘫倒在地，被生生活捉。

一间老旧的房子里，屋里散发着霉味，窗棂上尽是铁锈。周亮被铐在一根水管上，从脸上的颜色和变形程度来看，没少挨拳脚，见了林森，他一把抱住林森的腿，像孩子一样涕泪交流："救救我，要不然我就要废了！"

林森像看一只狗一样看着他。

"你好意思跟我求救？"

"林森，你有钱，只有你能救我，看在小时候咱们吃同一碗饭的分上。"周亮的鼻涕流在林森的皮鞋上，皮鞋熠熠生辉，他哭道，"我知道我不是人，对不住你，只要你这次救了我，我这条命就是你的，你叫我干吗就干吗！"

林森默默地听了一会儿，走出房间，道："你去死吧。"身后传来了周亮鬼哭狼嚎的嘶叫，道："林森，你不能这样无情，你不是这样的人……"

林斌的办公室也颇为文气，放着一张古香古色的实木大茶几。而他的皮椅背后，则是一幅赵公明元帅的十字绣，彰显其不凡的品位。林斌盯着林森，问道："怎么样？"

"我明天就给你办款。"林森道，"但是有一个要求。"

"请讲。"林斌额头上如菊花绽放。

"把他这样关上七天，等七天之后再交给我。"

"成交。"林斌眉开眼笑，道，"你这人，够朋友！"

林斌递给林森一根中华。林森接过，点火，吐出一口气，道："在江湖上混，有些感情是不能不还的。"

"我看你面相，就知道是成大事的人。"林斌伸出手去，道，"有机会的话，交个朋友。"

林森没有搭理，道："'朋友'这两个字，很重，不敢轻易认领。"

林斌哈哈一笑，自我解嘲道："嗨，你是看不上我们这种人呗，理解理解。不过我很好奇，你为何要关他几天？"

林森叹道："说给你听倒也无妨，只不过别让他知道了。只有在生死边缘，他才能忘掉毒瘾。"

"高！"林斌竖起大拇哥，递给林森一张纸条，"这是我的银行卡号。"

林森出来之后，心情顿时平静了，并且充溢着一种温暖。想起周亮的人生轨迹，林森无限感慨。初中的时候，两个人都是寄宿生。每周，林森的饭票总是不够，后三天几乎在饿肚子，周亮毫不犹豫地跟林森拼菜吃。那时候的周亮，家里条件相对好一点，豪爽、义气。有一次他们一起吃饭，周亮在菜里咬到一粒沙子，他犹豫了一下，没有吐出，继续把沙子咬碎，连着菜吞下去。他对林森说："你成绩比我好，将来指定比我有出息，饭票花在你身上比花在我身上值。"寒假时，林森的被子被人偷走了，只好跑到周亮的床上搭伙。林森非常庆幸自己有周亮这样的伙伴，要不然中学都没法撑下去。后来周亮被学校开除了，到社会上混，偶尔还回到学校问林森有没有被人欺负，有的话尽管跟他说，并且还给林森接济。林森不知道这算好事还是坏事。

七天后，周亮出来，像一只狗一样跟在林森身后。林森说："我的人情是还你了，但是钱你是欠着我的。"周亮点了点头，默默无语。

"我想跟着你混。"周亮说。

林森叹气道："你怎么让我相信你呢？"

周亮调出手机云存储，当着林森的面删除那些照片。

"你先给我开车吧。"林森道，"有一个条件，将来在任何场合，你都不能对任何人提米鹿鹿的名字。"

"绝对保证。"

周亮在公司上班，有一个软肋，大家都知道他欠着公司的钱呢。所以他到处宣称,因为跟林森的关系,林森免除他的债务——他知道自己现在两手空空,林森绝不会拿自己怎样。

对于周亮而言,这是一个复活的机会,对林森,也是。

有一次,米鹿鹿打来电话,说一个广电厅领导的妈妈想吃野生大黄鱼。野生大黄鱼相当难找,普通的一斤上千,关键是有钱买不到。林森想尽办法,收了几条,放在冰冻保温箱里,让周亮开车送去。后来林森问米鹿鹿,周亮有没有对她说什么。米鹿鹿说没有,什么都没提,送到即走人。林森对周亮的信任终于有了一个基础。

"于龙川……周亮……"周幸福喃喃地念着这两个名字,问道,"你更愿哪个人有嫌疑?"

"周亮没有理由呀,我容忍他一切,帮助他重生,并不求回报,完全是承我们的旧情,这一点他心知肚明。"林森道。

林森皱眉思考的样子,和当年在警队一模一样。

"你果然完全恢复了,让我想起当年并肩作战的情形。"周幸福欣慰地拍着林森的肩膀,分析道,"你说得对,周亮没有杀你的动机,但是如果他被收买或者被要挟,也是有可能对你下手的,因为他本来就是个无底线的人。"

"那你认为于龙川……"

"据我了解,于龙川对于丽川有一种近乎变态的呵护,谁若欺负了于丽川,他必是不择手段地下狠手。况且,于龙川抓住了你的把柄,又跟周亮有接触,所以……"

林森一抬手,止住了周幸福的推理,道:"这件事,你们先打住,我自己跟他周旋,必定要弄个水落石出。"

"可是于龙川不好对付,连我们都得谨慎。"

"你知道,我最怵的是谁吗?"

"于龙川?"

"对。在我脑子恢复思考之后,我一直在想,我为什么会变成这样,一步步地走来,变成我自己最反感的那种人——发了点小财,对家庭冷漠,跟外面女人搞暧昧,像所有暴发户一样,整天惶惶不安,这不是我想要的生活。你知道根源是什么吗?"

"愿闻其详。"

"恐惧,一种从童年就带着的恐惧。我父亲在森林里死于蛇毒,但我为了弥补生计,还必须在森林里采蘑菇,每走一趟,就如穿过一个噩梦,走到森林边上,听到溪流的声音,这个噩梦才醒来。这种挥之不去的不安全感,已经渗透在我的血液中。每到一个新的环境,我都有一种惊惶,就如大学毕业,我刚到这个城市,适应社会生活,即便身为警察,内心也是恐慌,不知道黑暗之中埋藏着怎样的风险。和于丽川结婚,我当初认为自己是趋炎附势,岳父能给我更好的上升通道,后来我明白,实际上我是想找到安全感,岳父能给我安全感,我对升官其实兴致不高。这是个错误的选择,对我和于丽川都是,于丽川的沉默,让我陷入更大的恐惧之中,而我,也不能给她带来丝毫慰藉。我们生活在一起,却像在两个世界。后来,我重逢米鹿鹿,那种感觉就像我在无边无际的黑暗森林中迷路了,然后听见了一个熟悉的声音,她的声音让我回到另一个世界,那个世界有年少时的渴望,无忧无虑的安全感,总之,像一针吗啡,会上瘾。"

"一切的根源是恐惧?"

"对,我时时装作强大,但恐惧挥之不去。环保人士称我是斗士,其实我是怀着恐惧去做这些事的,我也时时感受到报复的威胁,据说我睡觉的时候,眼皮一直是跳动的。但我是一个男人,即便是装勇敢,也必须装下去。"

"既然这样,为什么你还要亲自去面对于龙川呢?"

"他是离我最近的一个噩梦,从我结婚起,他就对我充满挑剔和威胁,可能一方面是看不上我,另一方面有情感因素吧。我想我们应该来个正面对决了,否则我又怎么重生呢。"

周幸福了解其意,道:"唉,我是担心你的身体。"

"你不是说我已经完全康复了吗?"

林森说罢,便俯身到地上做俯卧撑,周幸福连忙将他拉起,道:"不着急,来日方长,我还是习惯你当警察的样子!"

回到局里,周幸福跟李安全探讨了一下案情。

"他也跟我嚷嚷要自己破案,简直没把我们警察放在眼里。"李安全不满道。

"他毕竟当过警察嘛,可以理解。不过脱离刑侦一线这么多年了,是骡子是马,也得让他遛遛。"周幸福笑道,脸上带着中年人的宽厚。

"万一他破了,我们脸往哪儿搁呀。"李安全愤愤道。

"我们破案不是为了脸面,是为了工作,只要能破,都是好事,懂不?"

"嗨,你没看他一脸鄙夷的样子,简直把我当成啥事都不懂的新兵蛋子,他要是破了,我这口气忍不下。"

"那行呀,有心气也是好事呀,你得想法子赶在他前面呀。"

李安全附着周幸福的耳朵道:"其实呢,调查于龙川,现在还有另一个渠道……"

金桐正要进办公室,看见他们两个咬耳朵的样子,道:"你们俩嘀咕什么呀?"

李安全叫道:"金桐姐,我告诉你,这个案件跟米鹿鹿还真没什么关系，她其实是一个很单纯的人。"

上次跟金桐去调查之后，李安全认为米鹿鹿应该跟案件没关系，但金桐却认为米鹿鹿故作幼稚，藏得很深，两人争论许久。

金桐本来一脸悦色，但是听到"米鹿鹿"三个字，突然一脸不悦，叫道："没关系，也是个烂货！"说罢匆匆地走向洗手间。

李安全一脸无趣，悄声道："怎么跟吃了枪药似的。"

"唉，她有心病，谈不得这种事。"周幸福叹道。

"哦，心病，我咋不知道。"

"你真不知道呀，哎哟，难怪你老惹她不高兴。"周幸福凑近李安全的耳朵，道，"她当初怀孕的时候，她老公在外偷食，被她发现了，生了孩子后，她就离婚了。现在一谈到小三、二奶呀这样的女人，她就一肚子火。"

"那都多少年过去了，还没消化？"

"女人呀，要是钻牛角尖，九头牛都拉不回来。"

"这么可怕，那我以后可不敢结婚了。"

"结婚可以，但是要先试婚。"

"一辈子的事，恐怕几天也试不出来吧！"

两人像碎嘴老太太一样嘀咕着进了男洗手间，在小便池前不约而同地掏出自己的老二。

这是林森第一次走出医院。他还没有办出院手续，是借着遛弯的机会走出来的。路过医院门口的时候，他发现一排剪成球状的迎春花开得特别艳，沁黄的色彩，让他心中一动。小时候自己家的破墙边，也有一株野生的迎春花，当迎春花开放的时候，他就知道自己可以不用穿破棉袄了。

在医院门口打了一辆车，十五分钟之后就到了于龙川的办公室。于龙川打着电话,看都不看他一眼,努了一下嘴,示意他坐到茶几的右侧。林森已经习惯了于龙川对自己的态度,默默坐下。于龙川狂躁地走来走去,大概接了十分钟电话,最后在闷闷不乐中结束谈话,坐了下来。办公室的灯没有开,幽暗,逆光的剪影看起来十分沉重。

于龙川给自己点上一根雪茄,调侃道:"死里逃生啦,以后还是悠着点儿吧。"

林森看着于龙川幸灾乐祸的眼神,似乎此劫在他预料之中。而且,自己这条命在他看来,儿戏而已。

"你……"林森正要说话,马上被于龙川打断。

"先别说,等我拉泡屎。"

于龙川进了卫生间,过了许久,听见马桶的冲水声。他出来时,手里的雪茄已经烟消云散。

"你是来求我谅解的,是吧?可以呀,我可以给你机会,但是你必须一五一十地全说出来,像个男人一样,把自己做过的龌龊事全倒出来,我代表丽川,看看你有没有可原谅之处。"于龙川边说边扣上皮带。

林森闭上眼睛,仿佛在听天书,等于龙川安静下来,才缓缓开口道:"从我跟于丽川结婚开始,你就对我颇有敌意,我也确实对你犯怵。我不清楚为什么,后来我才知道,是我心里有鬼。这个鬼就是,我没有安全感,我希望得到庇护,越希望得到,就越恐惧。而你,就像潜伏在现实中的一只野兽,我也不知道你什么时候会冲出来咬我一口。现在,我死里逃生一次,我的想法变了,我可以向死而生,不再恐惧任何东西。就像人生可以再来一次,我的父亲没有那么早地走,我的童年也不必在森林中一次次地穿越,我无所畏惧地长大,也不必莫名其妙地怕着你。我想,我们现在可以进行一次平等的对话……"

于龙川蹙眉看着,终于忍不住打断他的话,喊道:"你是不是在演戏呀,疯了吧,跟我平等,你怎么跟我平等?我弄死一个人是分分钟的事,你跟我平等得起来吗?我靠,你还真不知道自己是谁了!"

"所以,你就想弄死我?"

"是呀,我一直这么想呀。"

"为什么?"

"没有原因呀,就是太讨厌啦。像一只狗一样,躲在我们家里。"

林森站了起来,道:"那你现在就弄死我看看。"

于龙川走到林森跟前,两人目光对峙。林森身材瘦长,于龙川要高半个头,比林森还要魁梧许多,气场自然要强。在于龙川阴沉凶狠的目光中,林森浑身一颤,恐惧从丹田升起,似乎是积累多年的能量,像闪电一样穿过身体,最后从天灵盖逸去。

那一瞬间,林森放松了下来,他想起自己曾经是个警察,曾经是一个练过格斗的人,他决定,在于龙川下手之后,他开始一生中的第一次反击。是的,恐惧散尽,自己从未如此轻松过。

于龙川咬着牙,压低声音道:"我要搞死谁,是不用自己动手的。"

林森挑衅道:"你那么讨厌我,为什么不敢自己打我一顿呢,懦夫!"

于龙川微笑着看着他,这是他要动手的先兆。他毕竟在部队里待过,懂得什么叫血性。

门口传来一阵脚步声,两人都吓了一跳,转头一看,是周幸福、李安全带着两个陌生人进来。于龙川把攥着的拳头松开。

周幸福嘴巴努了努,两个人走向于龙川,亮出证件,道:"你是于龙川吧，我们是贵阳公安局的，有个案件，需要你协助调查，请跟我们走一趟。"

于龙川脸色一变，表情严肃，道："你们是不是找错人了？"

"不会的，于龙川，在贵州有地产项目，有证据显示你跟一起交通肇事杀人案有直接关系，我们查得很清楚了。"

于龙川的气焰完全被打压了。两个便衣警察熟练地架着他往外走。林森一把拦住，盯着于龙川问道："指使周亮撞我的，是不是你？"

于龙川停顿片刻，道："如果要搞你，我会亲自动手的。"

周幸福和李安全跟在后面出去。林森突然紧走几步，跟上周幸福，道："我要见周亮。"

陪林森到看守所的是李安全。进了看守所，林森道："你不必跟着我，我跟周亮单独谈谈。"

李安全道："可是……"

"别可是啦，如果你想破案，就让我自己去审问他。"

周亮戴着铐子进了会客室，见到林森，"哇"的一声哭了起来，跟被拐卖多年的孩子见了爹一样。

林森静静地看着他哭的样子，哭声里真的有一股真诚的悲伤。

"你终于醒了，你怎么不早告诉我。"周亮抓着林森的手，现在他觉得自己有救了。

"哭好了吗？"

林森把纸巾递过去。周亮点点头，擦着自己的整个面部，受灾面积实在太大了。

"于龙川和你接触过？"

"我已经告诉警察了，于龙川让我找到你出轨的证据，我没理他,也没告诉你,只是想省事而已。我是不可能再背叛你的。"

"也就是说,你没有受任何人指使?"

"我已经说过一百遍了,完全是意外。"

"你看着我的眼睛说。"

周亮盯着林森的眼睛。他相信,眼睛是心灵的窗户,这句话不是随便说说的,特别是对于一起长大的人。

周亮抬起头,郑重其事道:"撞你这个事,真的是个意外,不知怎么搞的,脚不听使唤。"

林森一个字一个字地听着,似乎想听出哪个字是假的。他的视线从周亮的眼睛,移到头部。

"头发掉了这么多?"林森指着周亮愈加稀疏的头发。

"关于米鹿鹿,我一个字也没提。"周亮点了点头,可顾不上说啥头发,压低声音道,"他们是自己查出来的,真的跟我无关。"

"我问你头发怎么掉了这么多。"

"我也不知道,可能是焦虑吧。"

林森摸了摸他的头,像秋风扫落叶一样,头发又掉了几根。那头发的质量,就像庄稼地里被污染而干枯的菜。

"撞车之后,脚部还出现过麻木的感觉吗?"林森道。

"有,偶尔有,可是医生检查不出来。"周亮道,"我想,可能是吸毒的原因,可是我现在全戒了。"

林森闭上眼睛,沉思片刻,深深地吸了一口气。

"你去告诉他们,我不是凶手,我没有谋杀你,好吗?只有你不起诉,才能救我。"周亮像个心急的孩子,急于得到大人的承诺。

林森站起来,道:"那我先走了。"

"你会把我弄出去吗?"

"真正的凶手进来了，警察自然会让你出去。"林森淡淡道。

周亮没怎么听懂，但听说能出去，还是欢呼雀跃，低声道："你一定要相信我，我是不可能站在于龙川那一边的。"

林森听了，一怔，点了点头，抓住周亮的手道："不管我们之间发生过什么，一些残忍的事，你尽量去忘记；你只要记住，当初我俩吃一个碗里的菜，你把你的菜票给我买文具，你只要记住这些，以后你的脑筋就不会歪，我希望你的人生能重新开始。"

周亮是个粗人，似懂非懂，他还是点了点头。林森拥抱了他一下，就像当初两个刚进城的少年。

林森回到医院，最后听了一遍米鹿鹿的录音，然后把手机里的录音删除。这个循环的录音，从他昏迷到康复，他感觉有一辈子那么漫长。

于丽川刚好进来，他看见林森的操作，并无反应。

于丽川从爱马仕包里取出一张纸，递给林森。林森定睛一看，一阵心跳。

那张纸是一份离婚协议书。

"为什么？"林森把双脚放到床下，站了起来。

于丽川摁他的肩膀，让他坐在床沿。她在便笺条上写了几个字：我的世界太安静，不适合你，也不需要你。

林森双手掩住面庞，渐渐地，眼泪从指缝间流了出来，他像个女人一样，耸动着双肩，哭了。

他抱住于丽川，两人紧紧抱在一起。自结婚以来，两人从未这般心意相通过，他们互相凝视着。林森第一次感觉，妻子是一个心智如此灵动丰满的人。十几年来，在自己心中，只把她当成一个残缺的、需要被可怜的人来看待，他觉得自己太无知了。

他在于丽川耳边道:"我真舍不得你,但这是一件我一直想做而不敢做的事,谢谢你。以后,我可以无牵无挂地去自己该去的地方了。"

他在协议书上签了自己的名字。

即便林森不在,公司里也有条不紊,一切按部就班。塞翁失马,焉知非福,这次的事件,简直是对公司管理的一个考验。事实证明,这次考验取得圆满成功。

林森开了一次会,对团队表示赞赏,并且表示自己要离开一阵,希望大家精诚合作,让公司不受影响。

秘书小吴道:"林总,据我们各种消息,你目前的处境还是相当危险,去哪里都要非常小心呀。"

"谢谢,我会去一个很安全的地方。"林森道,"小吴,你等我电话,有些私事还要你忙一下。"

他把公司的事情一一处理完毕,跟于丽川去了民政局,出来后,他陪着女儿玩了一天。女儿姓于,但是不妨碍他爱她,他甚至认为女儿是家庭中唯一的笑声与温暖。

次日,他在办公室拨了周幸福的手机。

"幸福呀,你不是还要了解案情吗?有空到我公司来一趟。"林森道。

"嗨,你一出马,肯定有新的进展,我们一直在等你的电话呢,这就来。"

"是呀,我出院后,处理了一些紧要事情,现在才通知你,真是抱歉。"林森礼貌道,"对了,方便的话,请带一副手铐过来。"

"哦,为什么?"

"你们不是一直要抓凶手吗?抓凶手呀。"

周幸福愣了片刻，放下电话，叫上李安全、金桐直奔环三公司。

进了林森的办公室，林森早已泡好工夫茶。本来一脸严肃的三人，也只好入座喝茶，似乎变成了访友。

"林森，你葫芦里到底卖的什么药呀？当初在警队的时候，你就比我聪明，你可别再耍我。"周幸福道。

"就是给我豹子胆，我也不敢耍警察。"林森笑道，"再说了，我虽然做了逃兵，但心里对这份工作一直是敬畏的。"

"你的意思是，凶手就在你们公司？"周幸福道，"你们公司的嫌疑人，倒是查过几个，没有什么有力证据。"

"不急，喝口茶，听我讲一段往事。"林森道。

林森取了一沓钞票，戴上薄膜手套，把办公室门关上，用细刷子把铊盐涂在钞票的边缘。他的手在颤抖。为了让动作持续下去，他脑海中浮现出周亮敲诈他的嘴脸。是的，无止境的纠缠，这个年少时的过命之交，现在已经蜕变成一个毫无人格的家伙。自己屡次帮助他，想让他重新回到正常的人生轨道，像从前那样，一起互相取暖。但从前已经不再了，相爱进入了相杀，人生就像宿命。

这是周亮第二次敲诈。林森知道，以周亮的无赖劲儿，以后是吃定自己了。周亮过来的时候，他把信封里的钱递给周亮。

"数数吧。"林森道，"答应给你的，当面可要点清。"

钞票有点粘连，周亮数了几张，手指蘸一下口水。这个习惯他从中学开始就有。林森闭上了眼睛。周亮继续数，继续蘸口水。

"这是伤天害理的举动，老天会报应的。以后多干一次，你就离死亡越近一步。"林森表面冷静，内心却颤抖着，说道。

周亮没有理会他的话，他数完钱，害羞地一笑，自顾而去。

林森走到卫生间，突然呕吐起来，无比的恶心。

周亮一共敲诈过四次，三次的钞票里有铊盐。

"铊的中毒症状是肠胃炎、脚跟疼、下肢麻木无力、视神经损伤、脱发。当初他活蹦乱跳，我以为铊盐没有进入他的体内，现在想来，他逃跑中突然脚软被放高利贷的抓住，踩刹车突然无力，包括现在的脱发，都是铊中毒的症状，当然，现在可能还不重。"林森像个法医一样分析道，"所以他的供词是真实的，请你们把他送到医院去。当然，当地的医院可能不行，一定送到省立医院检查，找神经损伤科的李师江博士，他是这方面的国际级治疗专家。"

林森说罢，喝了最后一口大红袍，向周幸福和李安全平平举起双手。

两个凶手

一

闽东沿海地区，民间活跃着一种叫"互助会"的经济活动。互助会的组织者叫"会头"，会员叫"会咖"。互助会一般来说一个月开标一次，也有半个月的。疯狂的时候，每天一次，叫"日日会"，这基本上已经脱离了经济互助的本意，变成非法集资的陷阱。

说说互助会的玩法。比如说五百块钱的互助会，会头组织了五十个会咖，每个月开标一次，要五十个月，也就是四年零两个月才结束。第一个月每个会咖出五百元，总计两万五千元交给会头，会头以后可以每个月还五百块，无利息，这算是做会头的福利。从第二个月开始，会咖开始竞标。互助会有标高和标低两种玩法，标高的会，假如一个急需用钱的会咖以一百块钱中标，那么回头从四十九个会咖和会头那里收集两万五千块钱给他，而他从下个月开始，每个月还六百块，还到最后一次。也就是说，他中标的一百元标的是利息。标低的会，比如说中标会咖标的是一百块钱，那么他能收到每个会咖的四百元钱，总共两万块钱，而他以后每个月要还五百块钱。

总体而言，早期中标的人要付出利息，而后期中标的人会得到利息，中间时段中标的人可能会不亏不赚，但不管什么时候中标，都能够把零钱化成整钱。早期的互助会，极有好处，老百姓起房子、结婚、做生意的本钱，往往一两场标会就能搞定，以后每个月慢慢还，就能把家庭大事给做成了。二十世纪九十年代，我的语文老师追求女友，但女友父母嫌他家里穷，出不起彩礼，极力阻止。老师回家靠三场标会，提了一摞钱，砸到未来的岳父母面前。岳父母眼睛一花，说不出话，被拿了户口本，他和女友得以领了结婚证。

我大学的时候，一个老乡到北京闯荡，倒腾古玩字画。有一次，他看到一个老革命家里有一幅古画，四十万出手。老乡觉得是捡漏了，可是哪里凑得了四十万呢？还是采取传统的办法，把家里亲戚朋友的会全部标来，终于凑齐，把古画入手。隔年到拍卖会上两百万倒出去，这是他在北京捞到的第一桶金。

对于不着急用钱的会咖来说，会钱的利息相当可观，算是一笔不错的投资。

随着经济的发展，人们对金钱的需求和欲望越来越大，互助会没有法律的支持，没有不动产的抵押，不诚信的人和以敛财为目的的人混入其中，互助会失去了互助的功能，演变成敛财骗局，出现了"倒会"现象。倒会现象一种是会咖造成的，比如会咖跑路了，甚至有的会咖以亲朋好友的名义登记好几个会咖，全部标走后跑路。按照通常的原则，会咖跑了，他的还款要由会头负责。如果只是一两个会咖的话，会头就咬牙顶着；如果失信的会咖多了，会头顶不住，每个月该收的钱收不齐，后面的会咖就难以执行会款，或者导致会头无力把握局面，会就倒了。也有一种情况，由于标会并不完全透明，会头也会冒用会咖的名额，收了多次的会款后跑路，这个会也就黄了。再比如说，日日会，标数达到千元,每天标一次,利息很高,可能你当天出一千块钱,别人标的是五百块,你的利息就达到五百元。很多人在贪心之下,到处筹款注资日日会,然后有一天会头失踪,会咖则血本无归。这种会就完全是一个非法集资、敛财的坑。

近十年来,宁德地区的互助会如火如荼。因为上海的钢贸市场是宁德人主控的,这些民间互助会的资金基本上也汇入钢贸市场,以争取更大的收益。2010年后,受银行银根紧缩政策的影响,钢贸泡沫破裂,钢贸企业纷纷破产。主体经济的震荡,加上六合彩、赌场等一系列元素,导致了宁德地区一波极大的"倒会"风潮。一批会头潜逃,个个身上背着几十万甚至上千万的负债会款。

以倒会风波最严重的摇头镇为例,根据政府提供的数字,会头有两百家,会咖有三千人,涉及资金两个亿。而根据民间的数据,会头有两千家,会咖达到四万人,涉及资金五十亿。摇头镇几乎无人不参会,会连会、会套会,会众更辐射到整个宁德地区。倒会风潮爆发之后,摇头镇已变成一座绝望的小镇,几乎一多半的房子在标价出售而又无人问津,所以民间的说法更可靠。高级别的会头携巨款蒸发,会咖跑到会头家里逼债,有两个低级别会头因看不到任何希望,又不堪忍受逼债者的暴力,跳河自尽。会咖的绝望情绪因得不到正确疏导,发生了严重的打砸抢烧及流血、伤亡事件。

标会属于民间集资行为,没有法律的保障,为此,市政府专门成立了"清会办","清会办"分为业务指导情况收集组、标会案件受理侦查组、黑恶势力专项整治组、治安防控信访维稳组、宣传组、组织人事纪检监察组以及后勤保障组等七个工作组,全力以赴开展各项工作,营造社会稳定环境。潜逃的会头以非法集资的罪名,被立案通缉。

资深的会头,从业二十年以上,从二十世纪八十年代的五块钱的会标,到现在数千元的日日会,手上把持的会超过几十家,池底资金巨大,在投资亏空后拆东墙补西墙,表面也能做到光溜。也有会头的初哥,做了几年,就碰到断崖式倒会,被潜逃的会咖连累,最后走投无路,不得不遁走。

城关的一个姑娘,叫苏贵媚,原来是开零售商铺的,后来做了会头,算是新会头,也在这次风波中潜逃。早先的标会,都会写好会标,聚集到会头家里,然后开标。后来的会,与时俱进,很多不着急用钱的会咖,直接把钱转到会头卡上。苏贵媚一消失,会咖马上警觉,意识到会头卷款潜逃了。一些会咖知道苏贵媚的住处,撬开门锁冲进去,把能搬走的家具搬走,不能搬走的,砸个稀巴烂,接着立马去派出所报案。

在整个市里,苏贵媚的潜逃,只算会头里的百分之一,根本不值得大惊小怪。但是此人潜逃后引发的一桩奇案,却成为街巷奇谈,为人津津乐道,亦令人唏嘘不已。整个事件惊心动魄,曲折离奇,若要知晓原委,只能老老实实,从头听来。

倒会风潮席卷而来,人心惶惶。苏贵媚手上有三场会,蓄意标会逃跑的会咖有十来家,金额达一百多万。其中六家在上海做钢贸,用民间借贷还银行贷款,银根紧缩之后再难贷款,导致破产。另外一些也是在外投资生意,血本无归。可以说,银行借贷的多米诺骨牌最后倒在民间借贷上。

按照常理,会咖逃跑,所欠的部分当由会头补上。这么大的窟窿,苏贵媚是没法填的。摆在她面前的,其实只有一条活路,就是跑。在彷徨许久之后,她最后明白,即便自己不跑,也会被会咖们剥皮吃肉的。于是,她跑路之前,假冒三姑等会咖标了四场会，卷了一百来万，准备不辞而别。

苏贵媚二十六岁，老家在城郊岛屿浮鹰岛，父母早已去世，亲人里只有一个孪生姐姐苏贵妃。两姐妹外表长得几乎没有什么区别，一样的个头，肤白貌美，一头秀发，脸上略带点还未退去的婴儿肥，美艳中带着一丝妩媚，是这个南方小城里不可多见的美女。虽然外表不分彼此，但是内在，姊妹俩有天壤之别。姐姐苏贵妃师范大学本科毕业，拥有稳定的工作、幸福的家庭，内在理性、聪慧；妹妹苏贵媚呢，高中没毕业就去摆摊了，没有稳定的工作。苏贵媚有一个男朋友，在养鱼，但这一桩恋爱一直被姐姐阻止。当然，最重要的区别就是苏贵媚脑子笨，智商和情商同姐姐要差一大截。上中学的时候，姐妹俩同班，姐姐成绩是中等偏上，妹妹是倒数前十名。连老师有时候都忍不住道，你们是亲姐妹吗？你们父母的遗传也太不公平了吧。在父母亲都过世后，姐姐一直像个母亲一样管束着妹妹。因为，像这样的一个漂亮姑娘，没有人约束她的话，稍不留神，就会被社会带歪了。

苏贵媚做会头的事，最早是不告诉苏贵妃的。苏贵妃觉得，这种事是等而下之的理财方式，是很多家庭妇女干的，年纪轻轻的姑娘，干什么不好？但苏贵媚没有学历，没有足够的智慧，在社会上无法闯荡。早先她开个小卖部，不死不活的，也就赚俩钱吃个饭、租个房。当了会头后，形势好一点能买点化妆品，把自己打扮一下，免得天天被姐姐吐槽连自己的脸都不懂收拾。后来纸包不住火，苏贵妃知道了——知道了也不能怎么样，会要是开始了，就得一直做下去呀——只是骂骂咧咧两句，说其不务正业，品位低下。现在会倒了，跟其他会头一样，不得不跑路了，苏贵媚犹豫着要不要跟姐姐说一声。恋爱的事，自己本来就被姐姐骂成没眼光，现在事业失败，在她眼里更不是人了呢。这一走，不告诉姐姐吧,不对;告诉姐姐吧,心虚。不管如何,这次有可能是生离死别。她鼓起勇气,在离家的前夕,把姐姐约到家里。

本来以为要遭受一顿狗血喷头的痛骂。但奇怪的是,苏贵妃异常冷静,并没有发脾气。这便是她的高明之处:她的头脑比苏贵媚冷静一万倍,不轻易动情绪。何况,事已至此,痛骂一顿卵用都没有,何必费口舌呢!

苏贵妃在房间里走了几个来回,高跟鞋发出像钟表一样均匀的咔嗒声,也许是觉得妹妹只剩下跑路这一条路了,她便不啰唆,直接问道:"你想跑到哪里去?"

"这……还没想。"苏贵媚被这一问,才发觉一头雾水。她想事情不是那么周全,有点靠本能。

苏贵妃叹了口气,道:"唉,就是猪被人撵,也懂得逃回猪圈,你这脑子连猪脑都不如。还记得吗?妈妈临终前当着我们的面说,你们的日子还长,贵媚脑子笨,将来总有一天会碰一鼻子灰,贵妃你到时候一定要拉妹妹一把。你看,这就给妈妈说中了。"

苏贵媚点点头,默然无语。是的,母亲临走前,最放心不下的就是自己,跟姐姐比起来,自己确实是个低能儿,这是不可否认的事实。但偏偏姐妹俩长得无甚区别,所有的人都会拿来比较,这是苏贵媚需要忍受一辈子的事,有时候心中也会愤懑不平:为什么人要比来比去呢?

苏贵妃在屋里踱来踱去,片刻,胸有成竹道:"你这儿这么大的窟窿,我也是没法给你填了,跑路必不可免。后面的事,我来安排。这几天呢,你不要打我手机,等最后一期会款收到,全部提成现金,你再用公用电话联系我。后面听我的就行了。"

苏贵媚默默地点了点头,眼里流露出疑虑,但别无他法。她无法确定姐姐会不会妥当地安排她。

苏贵妃交代完毕，开门看了看左右，确定无人，悄悄地溜出去。

苏贵媚冒领了三轮会钱，共计一百余万，用作潜逃资金。也就是说，她冒用一个会咖的名义收了会钱，放在自己的腰包，但该会咖却无从得知，如此三次，继续下去就会露出破绽了。她把一捆捆现金用黑色塑料袋包好，再放进一个黑色背包。会面的地点是码头。苏贵妃在码头上出现的时候，戴着黑色的墨镜，围着围巾，肩上背着坤包，手里提着一大袋日用品。两人在码头雇了一艘快艇，直奔浮鹰岛。这一天是十月十六日。

浮鹰岛离陆地有四十分钟的快艇水程。其上有一个小村庄，就是浮鹰村，苏贵妃一家就是岛上的原住民。两姐妹九岁那一年，苏父出去打鱼，再也没有回来。两姐妹每天在鹰嘴岩上眼巴巴地等待，希望能出现奇迹，能看到父亲的渔船出现在海面上，等着等着天色暗下来，就抱头痛哭。还好，母亲是一个有见识有毅力的女人，一个人辛辛苦苦把两个女儿拉扯大，看别人的孩子上学，自己的也不能落后。所有的辛苦、无助、劳累，都靠着吸食自己种的卷烟来释放。在姐妹俩上高二的那一年，母亲也因为肺癌去见父亲了，姐妹俩成为无依无靠的孤儿。

多年前，当地政府将浮鹰岛租给一家有背景的公司，签订了四十年的租期，开发旅游项目，并将当地的村民迁移出来。等到迁移任务完成之后，那家公司出现问题，项目也就搁浅了。而浮鹰岛也成了一座荒岛，静静伏在海面上，再也无人问津。

姐妹俩回到原来住的石屋里，物件倒是依旧，就是物是人非了。那个土灶台长年被烟火熏染的黑色灶膛里，满满是年少时的回忆。从山上引下来的清泉水依然通过水管流淌到屋前的井里。苏贵妃倒了一锅水，烧了起来，昔日母亲在世时的情景恍若在眼前。

苏贵妃一边烧火，一边叹道："你婚姻的事我还没转过弯来呢，又摊上了倒会这样的事，这一跤跌下去，猴年马月才能爬起来。"

姐姐现在是妈妈的口吻，或者说，代替妈妈来管束，自己虽然心中不服，但也不知道怎么开口。其实，如果姐姐不管，自己并不是没有办法。但顶嘴有什么用，嘴上的较劲，她远远是不如姐姐的。有时候，有些事情明明觉得自己在理，跟姐姐掰着掰着，就被姐姐给说服了，虽然是口服心不服。

"这几天呢，你就在岛上待着，我想了很久，没有地方比这里更安全更熟悉。我没有来接你，你千万不能出岛，万一让会咖看见，他们还不把你生吞活剥了。前天我就听说，有个跑路的会头被会咖逮住，差点被淹死。在这儿呢，妈妈要是有灵，还会保佑你。"

原来的旧床架还在，姐妹俩对这里的感觉，好像只是出去了一趟再回来一样，一点儿也不陌生。苏贵妃烧了开水，泡了茶，姐妹俩歇息片刻，定了定神，然后取了香烛，到鹰嘴岩祭拜父母。鹰嘴岩是一处巨石高崖，底下惊涛拍石，是临海远眺的绝佳地方。父亲出海失事，尸骨也不知漂在哪片海里，母亲只能年年带她们去鹰嘴岩祭拜。此处的位置，不论父亲的灵魂在哪片海域游荡，一定会看见妻子女儿的思念。母亲临走前，吩咐她们把她的骨灰从鹰嘴岩撒下去，这样就可以在海上与父亲重逢了。每年清明，姐妹俩就以鹰嘴岩的那块巨石为墓，祭拜双亲。

姐妹俩在岩壁上点起香，香烟袅袅，海风阵阵，底下浪花轻抚礁石，似乎父母的灵魂，也在此刻飘飘而来。

"把钱给我，藏到我户头去。"苏贵妃指着苏贵媚的背包，那里有一百一十万的会款。

"不，我要放在自己身上。"苏贵媚警惕道，好像这是第一次拒绝姐姐。

"你不信任我？"

"这是我最后的保障了，我必须放在自己身上。"现在这笔钱就是苏贵媚的命了，离开片刻都不安心。

"我帮你去办理出国手续，我为你操碎了心，你居然不信任我！"苏贵妃突然恼怒起来，"钱给我，我帮你换成外汇。"

"我出什么国，又不会外语。况且，如果他们一报案，我的身份就不能用了，出省都不能，还出国！"苏贵媚也觉得恼怒，姐姐为了拿到钱，信口开河，简直把自己当成傻瓜。

"你管那么多脑子够用吗？你考虑的问题我就不会考虑吗？你的身份当然不能用，我就不会用我的吗？"苏贵妃咄咄逼人，显然被激怒了，伸手过来硬抢。

由于姐妹俩长得相似，打扮也是妹妹跟着姐姐，所以她们上飞机什么的，经常因为各种原因互换身份证，从没出过差错。

苏贵媚一把护住包，道："不，谁知道你说的是真是假，我得靠这个跑路呢。"

苏贵妃气得胸脯起伏，叫道："你连我都不相信了，还叫我帮你！"

"你可以不帮我，我自己能想办法。"苏贵媚赌气道。

苏贵妃盯着她，眼里露出不可置信的神色，突然醒悟道："好，我知道了，你是想把钱给钟细伢，跟他一起跑路，是不是？"

钟细伢是苏贵媚的男朋友，苏贵妃一直反对。

"是的，最后不行了，我就跟他一起跑。"苏贵媚诚实地赌气道。

"你为了他，开始做会头，如今还不知道觉悟。"苏贵妃暴怒道，"你信不信他把你钱吞了，甩手不管！"

"他才不是那种人，他尊重我，什么都为我着想。你才不会，你都是为自己着想。"苏贵媚被激起反抗，终于把多年的郁闷发泄出来，"你说我辍学做买卖，供你上大学，以后咱姐妹一块同甘共苦。可是你有吗？你还不是把我当成傻子，想怎么样就怎么样，你有尊重过我的想法吗？"

苏贵媚回忆起那段岁月，憋了一肚子委屈。妈妈走了，自己辍学，在校门口摆摊，供姐姐学费，受了多少人的欺负，最终都是钟细伢来摆平的。而姐姐所谓的同甘共苦，就是什么事都由她来安排，完全不考虑妹妹的感受。

"你居然这样想，一点都不了解我的苦心，你的良心让狗吃了。"苏贵妃愤怒至极，"要不是妈妈临终嘱托，我才懒得管你。"

"妈妈临终时告诉我，姐姐比你聪明得多，把你卖了你都不知道，你一定要守住自己的东西。"苏贵媚愤怒道。

"你胡说！"苏贵妃道，"我绝对不会让你傻乎乎地把钱送给别人的，妈妈也不允许我这样做。"

苏贵妃扑了过来，姐妹俩为了抢那个包包，一个躲，一个冲，在悬崖边扭在一起。苏贵媚的背后靠着大海，被苏贵妃紧紧逼迫，显然处于劣势。

"你要是这么蠢，还不如去死。"苏贵妃恐吓道。

"我死也不会给你。"苏贵媚哭道。

苏贵妃气到头上，作势狠狠推过去，显然想把苏贵媚逼到险处使她就范,她嘴里叫道:"好,我就让你在这里死,好去陪着父母。"

"你太狠,原来就是要我的钱!"苏贵媚在瞬间恍然醒悟。她看见苏贵妃扑过来,真的要置她于死地,那一刻怒从心起,多年来积郁的愤懑喷薄而出,下意识地顺势拉住苏贵妃,自己侧身躲开,却把苏贵妃朝外一带。苏贵妃冲得太猛,惯性加上高跟鞋不得劲,绊了一个趔趄,控制不住,就势摔下了悬崖。

苏贵媚在瞬间惊呆了,撕心裂肺地叫了起来。苏贵妃的身体像一片叶子飘下去,在下面的礁石上一动不动,直到被涨潮的海浪托起。

这一幕发生在短短的一瞬间。她揪心地看着自己的手,不敢相信这是事实。揪心的疼痛使她昏厥,瘫倒在悬崖上,潜意识中她希望自己也这样死去。一切就都可以了结了。

醒过来后,她在崖边呆立很久,无助地大哭。现在世上再没有至亲的亲人了。她希望母亲的灵魂目睹了这一幕,并且来评评理。

她突然想起,若不是自己手劲儿大,现在掉下去的,有可能是自己。苏贵媚又是心悸又是庆幸。可是,自己杀死的是亲姐姐呀,怎么会有这么残忍的选择!

十几岁的时候,姐妹俩在礁石上撬海蛎,山崖的松树上,老鹰的窝里突然掉出一只小鹰,尖叫着,扑腾着尚显稚嫩的翅膀,掉在水面,被海浪吞没。残忍的过程令人心悸。她问姐姐:"为什么会掉下来?"姐姐说:"窝里有一只最大的小鹰,必须把其他小鹰踢下去,它才能活着。""就不能一起活吗?""老鹰带回来的食物只够养活一只小鹰。"

那次对话令她心寒,且长久地不安,潜意识中总觉得自己有一天会被踢下去。现在，被踢下去的，竟然是姐姐。她在瞬间感到一阵惊愕。

接下去自己怎么办？这世界还有自己的立足之地吗？

苏贵媚的意识渐渐清醒。苏贵妃说，给自己留的退路是送她出国。她冷笑一声，这简直是说给孩子听的大谎言，明摆着是要摆布自己的款项。这么说来，姐姐自己也是作死的，不算冤，自己没必要陪她死。之前对姐姐的所有不满，此刻在脑海复活，成为她活下去的动力。

现在自己是一个杀人犯，怎么活下去？即便没有杀人，也是一个携款潜逃的经济罪犯，没有立锥之地呀！

姐姐不在了，她的脑子突然被炸开似的，灵光毕现：姐姐说用她的身份给自己办理手续，现在姐姐死了，何不用她的身份活下去！

这个想法可能是她这一辈子最聪明的想法了。天哪，这简直是贵妃临死前给她的一份厚礼。是的，把贵妃的死伪造成自己自杀的场面，自己的虐债也一了百了！互换身份，解决掉所有的问题，笨人一辈子也有可能聪明一次呀。

她被自己的想法惊呆了。为什么姐姐死后，自己一下子这么聪明了？莫非是自己原来就挺聪明的，只是被姐姐比下去，比笨了？

是的，自己从小就渴望成为姐姐一样的人，现在终于如愿以偿了。她现在必须像姐姐一样有智慧、有主见，才能把握自己的人生。苏贵媚一想到这里，内心平添了勇气，露出跟姐姐一样自信的笑容。

她写了遗书，把自己的手包和身份证等留在这里，布置成自己自杀的现场。把钱藏在石屋里，等风平浪静之后再来取。姐姐不是觉得我笨吗？现在，我就用自己的能力，来一场瞒天过海。姐姐若有灵，应该会变成一个咬牙切齿的鬼，后悔自己低看了妹妹。

一切布置得相当完美，苏贵媚拎上姐姐的包。现在，她要以姐姐的身份登场了。人生如戏，这是最重要的一场戏。

姐妹俩坐快艇来的时候，快艇的船主老飞给了一张名片，放在贵妃的包里。她掏出名片，边走边给老飞打手机，让他来接，然后随手把名片扔在岛上。

二

不过三天，讨海的渔民在浮鹰岛的鹰嘴岩下摸深海牡蛎，发现一具搁浅在礁石上的女人尸体，经过警方鉴定，此人正是潜逃的苏贵媚。其后脑勺遭到撞击而死，疑是跳崖自尽。浮鹰岛宛如一只盘旋海面的大鸟，鹰嘴昂起之处，正是一个六十多米高的悬崖。崖壁直通海底，不知多深，经常有穿着潜水服的渔民沿着崖壁潜入海底，摸取深海牡蛎。鹰嘴岩是岛上最高处，可远眺海面，底下怪石嶙峋，若是跳崖，必死无疑。

岩壁上方，正是跳崖之处，放着苏贵媚的手提包，手提包里有遗书、身份证等物件。遗书上的字大且歪歪扭扭，字迹拙笨，像是文化程度不高且平时很少写字的人写的。遗书上写自己因为还不清会钱，压力巨大，日夜不眠，选择自尽，希望乡亲们原谅。公安机关从苏贵媚家中搜出会咖记录笔迹，经过对比，确认无误，正是她的笔迹。

会咖们听到这个消息，都傻了。他们最不希望会头死亡。

冤有头，债无主。

上学时，姐姐苏贵妃伶牙俐齿，思维清晰，回答老师的问题井井有条，但苏贵媚一碰到提问就头疼，回答问题支支吾吾，前言不搭后语。也就是说，两姐妹的智商，天壤之别。老师常常感叹，看起来你们肯定是一个妈生的，可是两个脑子里装的东西怎么不一样呢！苏贵妃虽然得意，但也为自己有这样一个妹妹而苦恼，更可恨的是自己常常被人误认为是妹妹。上到高二，母亲病故，家中再也没有顶梁柱，姐妹俩只能独立了。

"现在没有人能供我们俩上学了。"苏贵妃擦干眼泪，直面问题，倒是冷静。

苏贵媚点了点头，姐姐不说，这一点她也能明白，也没有什么亲戚能帮上忙。

"该怎么办，你想过吗？"苏贵妃问道。

"要不，咱们一块儿去打打小工？"苏贵媚道。

"唉，你就是不会用脑子。咱们俩都辍学，以后就没法出人头地了，只能一人辍学赚钱，一人继续读书。"

"那谁继续上学呢？"苏贵媚还没明白姐姐的意思。

"你能考上大学吗？"苏贵妃问苏贵媚。

苏贵媚摇了摇头。

"我指定比你有希望考上。虽然看起来有点自私，但只能这样选择了。我不是代表一个人，我代表我们两个人考上大学，以后同甘共苦。"苏贵妃道。

苏贵媚就辍学了。

苏贵媚在即将毕业的时候，一下子从书本里解放出来，整个人也活跃了。她在学校门口摆摊卖马蛋，还别说，生意特别好，好像在社会上做点小生意才是她的长项。

苏贵妃高考发挥得并不好,但还是上了本省的师范学校。她的聪明并非表现在考试上,而是在对自己人生的规划上。毕业后,她回到家乡,在本市一中当数学老师。在大学里,她就和中文系大专班的同乡邱聪恋爱,毕业之后便修成正果。邱聪是本市企业家邱长发的儿子,邱长发在本地有一个卫生巾厂,别看这产品是个小玩意儿,却是本地企业中的纳税大户。邱聪回来后在本地报社工作两年,觉得没什么意思,就到厂里去任职了。苏贵妃毕业不到一年,他们便举行了盛大的婚礼,酒席办了八十四桌。之后生下一个宝贝儿子邱天,苏贵妃的人生可谓顺风顺水。生完孩子之后,苏贵妃辞掉了教师的工作,当了全职太太——停薪留职的全职太太,也就是薪水给其他代课老师,但是职务还留在学校。当然,她对妹妹也十分关心,并决心用自己的智慧为妹妹设计一条未来之路。姐妹俩见识有高低,但姐妹情深,你中有我,我中有你。

苏贵媚虽然时刻被姐姐敲打,但还是以姐姐为榜样。

苏贵媚从岛上回来,手上拎的是姐姐的爱马仕包,陡然有姐姐附体之感。她去美发店做了下头发,把头发留得稍短,显出一点知性。她闭着眼睛,脑海里预演着自己的角色:姐姐说话声音比自己的要清晰,语速要慢,更严谨;走路更端庄;眼神比较犀利。她坐在躺椅上,嘴唇在轻轻地演示,一种全新的挑战即将到来。姐姐总是骂自己笨,现在她倒要看一看,自己到底是不是真的笨。

姐姐家里的情况比较简单,一家三口,丈夫邱聪,整天在企业里忙,儿子邱天,差两个月两周岁,还有一个保姆吴姐,平时带邱天玩,有时还忙点家务。苏贵媚一进家门,紧张得浑身都起了鸡皮疙瘩,有一瞬间甚至在内心宣布放弃了,她无法完成挑战。但吴姐开口的瞬间,她的紧张感反而消退下来。

"头发剪了,挺精神的。"吴姐赞叹道。她能时不时找到女主人身上值得赞美的地方,情商颇高。

"嗯,透气多了。"苏贵媚低着头回答,眼角却瞟着吴姐,看看有什么异常反应,而且,她必须话少才行。

吴姐没有丝毫怀疑,而是朝里间叫道:"天天,妈妈回来了。"

天天在玩具屋里,跟跄着跑了出来,一下扑在苏贵媚怀里。苏贵媚抱住他,吻了吻他的脸蛋,尽量不面对他。平时她到姐姐家里来,跟天天倒是挺亲的,有时候甚至想,自己将来也要生这么一个可爱的孩子。一想到这个孩子此刻已经没了妈妈,她突然一阵心酸。但是理智很快让她警觉,这个时候不是伤感的时间,是表演的时间,是自己能够活下去的保证。天天说话特别迟,嘴里含混不清地嘀咕着什么。苏贵媚模仿着苏贵妃的语气道:"妈妈身体不舒服,你去玩玩具吧。"吴姐倒是识相,把天天抱回去了。

邱聪洗完澡,从卫生间里出来,穿着睡衣睡裤,一边用毛巾擦着头发一边道:"怎么这么迟回来?"

"有点麻烦事。"苏贵媚很认真地模仿苏贵妃的语气,中间特意咳嗽了两声,不敢看邱聪的脸,道,"我妹妹联系不上了,我怕出事。"

"嗨,都那么大人了,她有她自己的办法,不用你整天跟妈似的操心。"邱聪道。

由于邱聪没有丝毫怀疑,苏贵媚的胆子大了起来,道:"今天我去看医生,说我有点神经衰弱,跟你商量个事,晚上你睡客房,免得我老是睡不安稳,好吗?"

邱聪正要把毛巾拿回去,猛地回过头来,叫道:"不对呀。"

苏贵媚的心都要跳出来了，假装难受以手托额，遮住面部，道："怎么啦？"

邱聪看了看玩具屋，确定吴姐听不到谈话，便压低声音道："以前你说，只有我抱着你，才会睡得安稳吧。"

"最近都烦死了，情况特殊，你听我的，忍一忍好吧！"苏贵媚虽然模仿姐姐的口吻比较费劲，但还是一丝不苟。她知道邱聪平常都听姐姐的，不像那些飞扬跋扈的富二代，或者说，姐姐把邱聪调教得服服帖帖的。

"好吧，不过公粮可还是要交哟。"邱聪顽皮道。

"都什么时候了，还想这事。"苏贵媚装作厌烦道。

她闭上眼睛，终于可以松一口气了。她仰面躺倒在床上，好像卸了八百斤重的包袱。而重生之路，才刚刚开始。

苏贵媚接到警察的电话时，苏贵妃的遗体已经在太平间了。由于证据链和跳崖的动因相当明显，没有任何破绽，警方已经认定是自杀，就等着家属签字。

苏贵媚随着警方走进太平间。当警察掀开裹尸布，苏贵妃的面容栩栩如生。苏贵媚一阵心跳，有那么一瞬间，突然感觉苏贵妃坐了起来，怒目圆睁朝她扑了过来。她一声惊叫，往后退了两步，被推车绊倒，摔在地上。警察扶她起来，她已经是头晕目眩，惊吓可不小，就地被送进医院。经过医院的检查，脑部并无大碍，医生认为只是因为悲痛而造成的虚弱症状，建议留院观察。这样倒好，可以避免在家里的活动。

邱聪十分后悔没有跟妻子一起来，也就是说，没有预料到此事对妻子的打击程度。在"苏贵媚"失踪的那几天，妻子就惶惶不安，预感有事要发生，性情大变。而这次住院，源于所有不良情绪的统一爆发。另一方面，对邱聪而言，也是松了一口气，妻子原来惶惶不安，夜不能寐，现在"苏贵媚"的死也算是另一只鞋子落地了，过了这道坎，应该能够恢复如初。

次日，医院里来了个不速之客，叫钟细伢。由于在渔排上养鱼，常年的海风使得他皮肤黝黑；胳膊上一块块肌肉疙瘩，那是繁重的体力活儿造就的。勉强来说，他算是苏贵媚的男朋友，但是苏贵妃一直不承认。苏贵妃一心想为妹妹找到一个吃公家饭的男人，或者至少是个成功的生意人，绝对不是渔排上的渔民。苏贵媚呢，一方面迫于姐姐的意志；另一方面，跟钟细伢又有感情，所以两人的关系一直在暗处，躲躲闪闪的。钟细伢常年住在三都澳的渔排上养黄花鱼，虽然时刻关注苏贵媚，但得到的消息自然是滞后的。

他穿着一件背心，浑身像一块橡胶，在护士们的衬托下，像个黑人一样闯进来。

病恹恹的苏贵媚一眼瞅见他，鸡皮疙瘩都起来了，就如见了一只野兽闯进来，眼露惊恐，吓得大叫起来。一方面，眼前的这个男人是她朝思暮想的，恨不得脱身后就直奔他那里去，向他说明真相；另一方面，现在还不是时机，要是被他认出来，换身计划被捅破，则前功尽弃。

想来钟细伢已经得知"苏贵媚"的死讯了，一脸悲痛，愣愣道："苏贵妃在哪里？"

苏贵媚躺在床上，身子往后缩，捂住自己的脸，叫道："赶走他，我不想见到这个人。"恰好邱聪从水房回来，一把护住妻子，安慰道："别紧张，他只是来问问情况。"苏贵媚叫道："你让他走，快让他走。"

邱聪把钟细伢从房间里拉出来，到了走廊上，劝慰道："我知道你们感情比较深,但是人死了,无法复活,你就认了吧。她现在在太平间,你看了她也不能复活。唉,本来呢,按照我们这里的风俗习惯,这种暴死,要做个仪式,找人念经超度的。但现在情况特殊,那么多会咖恨不得剥她皮吃她肉呢,怕搞不好还出事呢,我跟苏贵妃商量了,也就尽快火化,把事了了。苏贵妃呢,现在伤心过度,失魂落魄的,我都怕提到苏贵媚的事,你也就别在她面前再问七问八了,问了也没用。"

"我就想看看她。"

"看她,你得找警方,我们也是没有这权力的。"

钟细伢睁着一双白眼,直愣愣道:"苏贵媚是怎么死的?"

"哦,你还不知道状况。她是跳崖自杀呀,回她老家自杀,大概也是一种寻找归宿吧。"邱聪说着,不禁伤感起来,道,"一个女孩背负那么大的债务,确实是压力很大。你呀,在她陷入困境的时候不懂得关心,死后多关心有什么用。"

钟细伢很认真道:"她不会自杀的。她跟我说过,她不会想不开的!"

邱聪疑惑道:"难道是他杀?不过你可别乱说,即便有证据,你也跟警察说去。苏贵妃现在精神状态很差,你可别再来找麻烦。"

钟细伢从门口经过的时候,再看了一眼"苏贵妃":和苏贵媚一样漂亮,微微丰满,但她一头短发显出知性的精干,远不如苏贵媚的真诚可爱。钟细伢的眼里含着恨意,苏贵妃是他最痛恨的人。要不是她,或许他现在已经跟苏贵媚成婚了。

三

钟细伢只觉得昏沉沉的,像一只风筝被拽回渔排。苏贵媚死亡消息的被确认像一记闷棍,他实在无法接受。他躺在排屋的床上,排屋建在泡沫塑料基座上,泡沫之下是海水,托着他一起一伏。可他刚闭上眼,脑中就出现苏贵媚的遗体漂在海水上,在礁石之间一起一伏,海鸟在其上盘旋的景象,锥心的疼痛使他呼吸急促。在海鸟盘旋的海面上,即便水波不兴,水下也必有蹊跷。海风仿佛带来了苏贵媚坠崖时的哀号。但是风中另一种声音突然回荡在钟细伢的脑海:"我不会想不开的,我姐会帮我。"这是他几天前和苏贵媚通话时,苏贵媚明明白白说的话。苏贵媚的性格直来直去,不会明话暗说,她怎么可能跳海呢?钟细伢的思维一步步清晰,那种不甘心再一次冒了出来,不,他坚信她不会做这种蠢事的。钟细伢猛地坐了起来,越来越坚定了一个思路:她不会主动寻死。

退一万步来说,她哪怕真的万念俱灰,也会给钟细伢一个诀别的。

边防所的李安全是一个年轻的警察,常年在渔排上处理各种纠纷,他事无巨细都条理清晰。

"苏贵媚不可能去寻死的。"钟细伢几乎是冲到所里,俯着身子双手撑在办公桌上,站在李安全对面斩钉截铁道。

李安全不为所动,慢条斯理地取过笔记本,决定记下他认为有用的部分。

"你是说她没死?"李安全抬头问道。

"我是说她不可能自杀。"

"你的意思是他杀?"

"对,她是被害死的。"

"有证据吗?"

钟细伢觉得找到了知音，他双手扳住李安全的肩膀，说出自己的疑点，从死前与苏贵媚的对话，到苏贵媚的性格，以此证明自杀绝非苏贵媚的本意。

"你认为谁杀死了苏贵媚？"李安全疑惑道。

"她姐姐苏贵妃。苏贵妃见了我就歇斯底里，我知道她一定是怕我揭穿。"钟细伢笃定道。

"这话可不能乱说，你所有的指证都要有证据。"李安全合上记录本，道，"今天你说的事，没有一个是有证据的，我就不做记录了，你出去也不能乱说，否则别人会告你诽谤！"

"不，你要相信我。"钟细伢哀求道，"如果你有我这种心如刀割的经历，你就会帮助我的。"

"你太小看我了。"李安全推心置腹道，"我曾经有一个喜欢的同桌，她离开我之后，我也疑神疑鬼，怀疑是不是得罪了她，又疑心是她喜欢上别的同学。多年之后，我才发觉，原因非常简单，她父亲的工作调动导致她转学了。你现在的情况，大概与我类似吧。"

钟细伢道："你千万不要以为我多此一举，现在是关乎生死的大事，你一定要调查苏贵妃，她一定知道内幕的。"

李安全叹了口气道："我把陈年的秘密都说出来了，还是劝不了你。就事论事，你要调查的话，先要立案；立案呢，要有证据，有苏贵媚被谋杀的证据，而不是主观臆想；人证、物证、谋杀动机，你拿不出来，谁也没辙。"

钟细伢终于明白程序了。他必须拿出证据，而不是靠警方去证实自己的推断。在绝望的一瞬间，他一咬牙，也横下一条心。

"后来你那同桌怎样了？"要走出边防所的一瞬间，钟细伢回头问李安全。

"挺好的吧,现在是一个小有名气的演员。"李安全道。

"你后来没找过她?"

"失去的缘分,怎么找都找不回来了。她离开机关幼儿园后,我就再没有见过她。"李安全惆怅道。

苏贵媚的会咖里有一个被称为三姑的,算是远亲,是个五十来岁的家庭妇女。她被苏贵媚坑得比较惨,之前她风闻倒会的消息,颇为警惕,想把会标了,但屡次受到苏贵媚的劝阻,道:"三姑,你怕什么呀,你我的关系,会倒了也倒不到你头上呀。"三姑一想,对呀,自家亲戚,撑不住了苏贵媚也会预先警告的,把自己的先标到手。哪承想,信任越大,伤害越大。三姑探听到"苏贵媚"跳海的消息,便跑到医院来找"苏贵妃"。理由如下:第一,姐妹亲如一家,妹妹走了,遗产归姐姐,债务也归姐姐,天理使然;第二,怎么着也要把三姑这一家的钱还上,其他的不管,否则三姑必然缠住姐姐不放;第三,姐姐家是有钱的,这点三姑一清二楚;第四,还不上钱,会咖会去闹"苏贵媚"的灵堂。

医院也是住不下去了,也没大毛病,苏贵媚觉得还是回家更清静。邱聪悄悄拉着苏贵媚出院,到了小区门口,正碰上同一小区的景芳。景芳叫道:"你终于回来了,我告诉你,上次我们看的那款紫色风衣,已经有货了,周末到福州吧……"苏贵媚却愣愣地看着景芳。

苏贵妃跟景芳是因为孩子在小区里认识的,两人家境都不错,偏好中产阶级的趣味,成天聊衣服呀房子呀度假呀,变成了好姐妹。

景芳看着"苏贵妃"一副茫然的样子,与往日的热情机敏大相径庭,道:"怎么啦?你傻了?"

邱聪看着妻子,她眼神空洞,对于景芳的话题一片茫然。他连忙对景芳道:"苏贵妃悲伤过度,状态不好,改天再详谈。"景芳知道"苏贵妃"最近发生的事,但没想到这么严重,悄悄附在邱聪耳边道:"我看你还是带她到上海大医院去看看吧。"

家务和孩子邱天,都是保姆吴姐在操持。三口之家,邱聪经常在外吃饭,家务倒不见得繁杂。吴姐见女主人回来了,忙对正在玩玩具的孩子道:"妈妈回来了,还不快叫妈妈。"邱天口齿不太利索,以吴姐的经验,有的孩子就是说话晚,有一天开窍了反而不得了。邱天见到妈妈,笑了起来,含混地喊着"蚂蚁蚂蚁",走过去要妈妈抱。"苏贵妃"似乎十分疲惫,苦笑着把孩子抱起来,只哄了几句,就面色苍白,把孩子交到吴姐手里,回房休息了。

吴姐是个伶俐人,趁着邱聪从房间出来,悄声问道:"孩子他妈得的是什么病,对孩子都生疏了?"邱聪指了指头,道:"她压力很大,这里受刺激了,你跟她说话也悠着点。"吴姐吐了吐舌头,有点难以置信,安抚着邱天,邱天吵着要妈妈呢。

作为一家之主妇,平日家里都是苏贵妃的气场大。现在她喝了一点吴姐早已准备好的粥,进房休息。邱聪见妻子睡下,悄悄地退出来。

邱聪资质一般,从小到大,学习成绩属于中下游,既无大过,也无大志,性格温和,倒是父母眼里听话的孩子。他个子高挑,长得像根豆芽菜。当然,作为企业家的独子,他知道自己迟早会接过爸爸的厂子,也不必有太多的想法和奋斗,显得无欲无求。他自己最大的成就就是娶了苏贵妃。在这件事上,邱聪还跟家里闹出一些别扭,家里预想给他介绍一个门当户对的,但邱聪就是喜欢苏贵妃,不仅因为她人长得妩媚而不失理性,既成熟又不失少女的韵味,是百里挑一的姑娘,更因为她有主见、有想法,与邱聪的性格极为互补。邱聪劝说家里人：对方家庭关系简单，岂不是更好？最后邱聪胜利了。怕夜长梦多，两人毕业后早早结婚，很快生下一子。在此地重男轻女的民间氛围中，算是十分圆满。对娶了苏贵妃这件事，邱聪自己也觉得很得意。

凌晨三点的时候，邱聪醒来，下意识地摸了一下身边，空荡荡的。睁开眼睛，房间里居然有一片静谧的月光，原来是自己忘记拉上窗帘了。他无法再睡，悄悄起床，进了苏贵妃的卧房。幽暗中，苏贵媚突然"哇"的一声大叫，身子直挺挺从床上坐起。邱聪急忙上前抱住她，道："怎么啦？"

"她……她要杀死我。"苏贵媚一身汗，连睡衣都是湿润的，想来在梦境中恐惧良久了。

"谁，谁要杀你？"

"我不知道，她是恶魔……"苏贵媚因恐惧而不由自主地靠着邱聪，瑟瑟发抖。

"你跟我一起睡，就不会做噩梦了。"邱聪道。

"不。"苏贵媚平静下来，突然推开邱聪道，"我要告诉你一件可怕的事。"

邱聪提起一颗心。他觉得现在是答案揭晓的时候了。

"我得了失忆症了。"苏贵媚严肃道。

"不会吧，那玩意儿是韩剧里才有的。"

"真的，很多事很多人我都忘了，我现在感觉自己是一个没有过去没有未来的人。"

邱聪突然想起白天她见到景芳的样子，感觉这事儿不是开玩笑。

"你是不是不记得景芳了？"邱聪问道。

苏贵媚点了点头，道："只有一个模糊的印象，不记得跟她之间具体的交往。"

邱聪不由自主地摸了摸她的脑袋。

"儿子你记得吧？"

苏贵媚点了点头。邱聪松了一口气。

"我你也记得吧？"

"记得，可是我忘了我们是怎么认识的，我们发生过什么我也记不清了。"

邱聪这才恍然，想起这阵子妻子跟换了个人似的，连吴姐都认生，虽说认定是伤心过度，但他心里也还是打鼓。看来电视剧也不全是瞎编的。

"还真有这种病。"邱聪道，"不过没什么大不了，只要你还记得爱我和儿子就好，其他忘记了也没什么。"

苏贵媚怔怔不语，显然，对她而言，失忆症现在是最重要的挡箭牌，必须全力以赴地运用。

"要不，我们离婚吧。"苏贵媚酝酿之后，忍不住向邱聪提出来。

这是最重要的一步。离开邱聪，她才有复活的机会。

邱聪大吃一惊，没有想到事情会发展到这一地步。

"这不是什么大问题，我们可以到上海治疗。"邱聪急道。

"你不能体会到那种感觉，我对这个家，都变得陌生了。就像……你忘了你母亲，忘记了她抚育你成长的过程，你只是一觉醒来后，别人告诉你她是你的母亲，那你能够对她有母亲的感觉吗，会有对母亲的爱吗？"苏贵媚显然考虑良久，做了一个比喻，"简单地说，我忘记了对你、对孩子的爱，我已经没有做妻子、做母亲的资格了。对我而言，你跟一个街上的陌生男人并无本质区别，我们能够再生活在一起吗？"

邱聪没有想到这种病的后遗症如此严重，显然，自己低估了其后果。

"现在医学这么发达，是可以治疗的。"邱聪强调。

"爱是无法治愈的。"苏贵媚摇了摇头。

"无论如何，我不会同意的。"邱聪斩钉截铁道。

苏贵媚心里"咯噔"一声。那一刻，她也感受到原来姐姐家庭的和谐与幸福。虽然过意不去，但她在心里为自己辩解：姐姐，你有这样圆满的家庭，为什么就不让我也有呢？为什么要逼我做出丧尽天良的事呢？

三姑在小区里堵住苏贵媚，当时她正下来散心。三姑的目的很单纯，要"苏贵妃"替苏贵媚还钱，还的也不多，就是三姑的那一份，十来万。三姑说："苏贵媚跳海前，肯定把余钱给你了，即便她没给你钱，你也是应该还我的。你看，你住的小区多高档，只怕家里一个马桶就顶得上给我的钱了。"

苏贵媚只好努力扮演姐姐的角色，道："我妹妹是我妹妹，我是我，我们已经不是一家人了，没有道理承担债务。"

三姑撇嘴道："别人不知道，我还不知道，你们俩是穿同一条裤子的。你娘临死前就交代好了，你们姐妹俩一定要互相帮衬。特别是你这当姐姐的，学历又高，又有正式工作，一定要替妹妹着想。你看，你妹捅了那么大的娄子，架不住压力一死了之，有你一半原因吧，你现在替她还点债也是善事。我是跟你有亲戚气，这是来跟你和气谈钱的，如果你这一点都做不到，可就别怪我撕破脸皮了。"

三姑是中年妇女中的厉害角色，能呼风唤雨的头儿。

"那你想怎样？"苏贵媚怯生生道。

"说出来只怕吓破你的胆,我要组织会咖,来你家要钱。你不给,我们轮班守着,直到你给钱,到时候可就不只是给我一咖那么简单了。"

"可是这没道理呀!"

"现在不讲道理,就讲门路,我们的钱跟死人没法要,只能跟活人要。有一点你要明白,跑路的会头都会给自己留一笔的,这个账也能算得出来呀,你不想还钱,就把你妹妹的这笔跑路钱拿出来也行。"

苏贵媚并不想跟三姑过多纠缠,只想脱身,道:"我不跟你扯那么多,我是我,她是她,她的事你找她去。"

三姑要挟道:"看来你是把我的话当儿戏了,好,从今天开始,咱们就没有亲戚气了。"

苏贵媚突然想起了从前的日子,有点生气,回头道:"三姑,本来我们姐妹紧迫的时候,你也没把我们当亲戚,你爱怎样就怎样。"

"好,撕破脸皮了是吧,我组织人马去!"三姑气得浑身发抖。

苏贵媚回来,把遇见三姑的事跟邱聪说了一遍,但没说自己最后与三姑的冲突。邱聪道:"这个老婆子,想钱想疯了,居然算到我们头上,那是哪路子想法?你甭管她,法律肯定不支持她。"

邱聪现在上心的倒不是三姑的问题,而是妻子的失忆症多严重的问题。他到卧室取出一个相册。如今这时代,相册这东西很多人不用了,像个古董,当然也充满了怀旧的气息。邱聪翻开一张姐妹俩的合影,两个姣好的少女,青春年少,姐姐右手搭在妹妹的肩膀上。照片虽然陈旧,姐妹情深扑面而来。邱聪道:"这张照片的故事,你还记得吗?"

苏贵媚看着照片，道："还有故事？"

"唉，果真忘了。我来给你慢慢恢复记忆吧。"邱聪道，"仔细看，这张照片中，你的眉弓上有一道疤痕，那是你妹妹被男孩子欺负，你为了保护她，跟男孩子干起架，眉弓被木棍砸中。你说当初还流了很多血，因为这里的毛细血管特别丰富，当时你都以为自己要瞎了。还好你皮肤好，后来一点儿疤痕也没留下。所以呀，你是个又勇敢又有爱心的人，一直在保护亲人，这个是你最高贵的品质，你可别忘了。"

苏贵媚心里一阵抽搐，看着旧照，一阵伤心涌上心头，眼睛不由自主湿润了。昔日情深，如今阴阳相隔，曾经的姐姐是那么好。

邱聪道："我给你讲这些往事，是为了让你恢复记忆，知道自己是个什么样的人，可不是勾起你伤心事的。来，继续。"

相册大概是一个人的成长史，邱聪娓娓道来，苏贵媚不住拿纸巾擦眼泪。她越听越伤感，成长的过程，姐姐并不只是呵斥她，更有保护和关爱。她的心渐渐软了，像渗入海水，有一种说不出的苦涩。有一瞬间，她有一种冲动，想对邱聪说出真相的冲动。冲动像一只小兽，想从体内冲出时，被理智生生拉回去了。

邱聪则耐心地讲述，像面对一个孩子，他觉得这是个好办法，既能让她想起往事，又能恢复夫妻感情。

四

三姑组织了十几个人，打着横幅，横幅上写着"苏贵妃姐妹还我们血汗钱"，浩浩荡荡往小区来。这种阵势，在城市里并不少

李师江 著

六个凶手

见。清会办、妇联，关于互助会的上访人员多得数不清，吵吵闹闹的，所以见怪不怪了。

苏贵妃所在的金城小区物业费死贵，安保不错，上班期间保安都多于业主。保安把守大门，死活不让进去。三姑拿着一个大喇叭，高声控诉苏家姐妹的诈骗史，总之把姐妹俩捆绑在一块。三姑的口才是绝好的，控诉声声声入耳，很快便聚集了大量观众，于是小区门口像来了个马戏团，保安赶也赶不走。

保安通知了邱聪，邱聪下来，义正词严道："我老婆和苏贵媚财务是分开的，我们家又不穷，不可能要苏贵媚的钱，你们不要造谣，造谣的话要负法律责任的。"

"我们被卷走了那么多钱，法律都不管，还管我们造谣，这法律是不是太闲了？"三姑叫嚣道。

"这是两码事，互助会是民间经济组织，不受法律保护的，虽然我也同情你们，但这锅我们一定不会背的。"

邱聪非常理智地说出了自己的态度。他知道，只要自己退让一小步，就会马上掉进粪坑洗不清。

人群中突然冒出一个人，正是钟细伢。他径直走到邱聪面前道："苏贵媚临死前是跟苏贵妃在一起的，她肯定是被苏贵妃害死的，我有证据。"

三姑听了一愣，猛地醒悟过来，拍手道："太好了，我就说什么亲姐妹，原来就是谋财害命。"

邱聪气坏了，道："再这样胡说八道，我就要叫警察了。"

"对，我希望你叫警察。我去报案，但警察不给我立案，这事我希望你来干。"钟细伢道。

钟细伢的说法得到会咖们的附和，大伙儿围过来，鸡一嘴鸭一嘴，群情激昂，简直要把邱聪生吞活剥。邱聪知道这样闹下去，是裤裆里沾黄泥，不是屎也是屎，只好仓皇逃窜。

三姑叫嚣道："不把你老婆交出来解决问题，你的工厂也要遭殃！"

邱聪一进门，就看见苏贵媚已经吓得不轻，原来她从窗户里看到了外面的架势。

"他妈的，偏偏这个时候，连钟细伢这个家伙也赶来凑热闹，凭空诬陷你谋财害命。你不让苏贵媚嫁给他，他就怀恨在心，什么手段都使得出来，早知道他不是个好东西。"邱聪恨恨道。

"哦，他怎么说？"

"他说找到了你谋财害命的证据，我看就是想浑水摸鱼，跟着会咖们来敲诈一笔。"邱聪道。

"我们还是分开吧。"苏贵媚含泪道，"要不然他们会纠缠下去，连累到你的厂子。"

"为这点事就分开，我还算男人吗！"邱聪伸手，欲把"苏贵妃"揽在怀中安慰，道，"没关系，只要在法律上我们有理，我就搞得定。"

"苏贵妃"一把躲开，哭道："不，这只是一个原因，更重要的是，我现在已经不是爱你的苏贵妃了，我记不得许多事了，我也不爱你了，那怎么生活在一块？"

邱聪沉默了。现在面临的尴尬境地是，对于邱聪而言，苏贵妃是爱妻，想一辈子厮守的女人。而自己在"爱妻"眼里，却是个相当陌生的人，昔日一点一滴积累的情感已然忘却，很难再行夫妻之实了。

邱聪踱来踱去，尽量从双方的角度来思考这个问题，以求万全之策。孩子的房间关着，因为妻子的原因，邱聪让吴姐把孩子送到爷爷奶奶家住。他是绝不忍心把自己这个完美的家庭拆解掉的。

"要不，你到新加坡的同学那边去散散心，你不是说她已经安排好了吗？"邱聪想来个过渡，建议道。

"哦，新加坡同学？"

"唉，你连这事都忘了。出事前，你说你有个高中的女同学，跟你交情很好，如果你妹妹这边实在无路可走，就把她送到新加坡，你已经跟同学联系好了，可以安排她的生活和工作。现在你妹妹走了，把尾巴留下，不如你自己到那里待上一段，他们也就不好惹我了。"

"真的吗，我给妹妹留了后路？"苏贵媚一脸愕然。

原来姐姐安排自己出国是真的。那一刻，像有一柄大锤撞击胸口，她简直喘不过气了。

"不是真的，难道我能编吗？"邱聪反驳道。

"可是三姑她说我对妹妹那么刻薄。"

"你是刀子嘴豆腐心呀，你平时对你妹妹是严厉了些，怒其不争，其实是想让她上进。对了，你那同学名字叫什么你记得吗？"

"苏贵妃"摇摇头。邱聪叹了口气，名字都记不起来，还怎么去？

"你再想一想，你会记得的，她答应能照顾好你妹妹，你更不在话下。现在这里乱，到处都是倒会的消息，人心惶惶，你出去一段时间，等到风平浪静，一切就能恢复原状。"邱聪眼巴巴地鼓励道。

苏贵媚的心在滴血，她双手捂住脸，眼泪仍不争气地从手指缝里渗出来。自己错怪了姐姐，还误认为姐姐是要谋自己的财。

有一瞬间，她觉得自己要崩溃了，再也无法表演下去。她想说出真相，让自己的心不再负罪。

在崩溃的边缘，她想起了钟细伢，是的，必须找个男人依靠了。

苏贵媚抹了一把眼泪，更坚决地摇了摇头，双眼真诚地盯着邱聪："我们一定要分开，不论从会钱的角度还是从情感的角度。你一定要明白一个事实，那个曾经爱过你的我已经死了，现在的我就像一个刚出生的人，是不会爱你的。"

争执了半天，在苏贵媚的坚持下，邱聪做出了让步，假离婚，即向会咖们宣称离婚，但不办离婚证，让"苏贵妃"先离开一段日子。

"要不要带你去外面旅游一圈？"邱聪问道。旅行一趟，说不准对记忆的恢复有意想不到的效果。

"不，你让我安静一下，我要把三姑的问题解决掉，否则她会揪住你不放。"

"那你就到酒店里住吧，有什么事跟我打电话。"邱聪体贴道。

邱聪感觉，应该让她清静一段时间，也许一切都可以恢复。

钟细伢驾着自己的渔船，上了浮鹰岛。这个岛屿虽已荒无人烟，但他很熟悉。苏贵媚家的石头房子也保存完好，他以前来过，现在看着它，就好像能感觉到苏贵媚正住在屋里，那种熟悉的味道，既让他有一丝甜蜜，又让他揪心。他不忍打开门，不忍打扰。

他来到鹰嘴岩，这里是浮鹰岛的最高处，可以极目远眺海面。岛民们在岩石上摆下祭品，点上香，敬献海神，期望打鱼的家人可以安全回家。那巨大的岩石上，留下的香火痕迹，亦使人浮想联翩。

他和苏贵媚姐妹是初中同学。初中读完，他因为家境不好，读书也吃力，便离开学校，进入社会，干过各种杂工。数年后，有一次路过一中校门口，苏贵媚正在摆摊卖马蛋，被几个高中学生欺负。他去教训那几个小子，没想到那几个小子团结一致，合力揍了他一顿。鼻青脸肿的他，最后被苏贵媚送到诊所。这一次不成功的英雄救美，却让钟细伢和苏贵媚重新联络起来。钟细伢对苏贵媚的尊重和细心的呵护，使得苏贵媚拥有了安全感，他们渐渐地坠入了爱河。而后被苏贵妃发觉，觉得这桩婚姻不值当，强烈要求两人分手。苏贵妃比较强势，在母亲去世后，有点长姐为母的味道，苏贵媚比较忧她，因此苏贵媚和钟细伢的爱情转入地下。苏贵妃后来给苏贵媚介绍过几个对象，不是苏贵媚不乐意，就是对方嫌弃苏贵媚不是大学生，这事就一直僵着。钟细伢认为，苏贵媚没有门户偏见，是难得的女子，虽然老被苏贵妃说傻，其实钟细伢觉得那不是傻，是善良。不论苏贵妃怎么阻挠，他会耐心地等待。倒会之后，他问她能不能撑得住，她说没有问题，等找到妥善的解决之道，再来找他。

钟细伢沿着小路走下悬崖，到了水面，也就是发现尸体的地方。海浪拍打着岩缝，风生水起，如此温柔而幽秘，不，苏贵媚不可能在这么熟稔的地方轻生的。钟细伢似乎从海浪中得到启示：她绝对是被害的。

在岛上，他四处寻找蛛丝马迹，在靠近码头的小路上，突然有一张卡片在阳光下晃眼，他捡起来一看，是一张覆膜的名片。这张快艇的名片上，有承运人的名字和手机号码。他心中一动：如果这张名片上的快艇是苏贵媚上岛的快艇，那就知道当时的状况了。

快艇的主人叫老飞，在县城码头上用快艇载客。很幸运，老飞记得当天的情况。他说当天有载着两个女人去浮鹰岛，两个女人长得漂亮，样子也很相似。他给了她们一张名片。到了下午，有个电话叫他去浮鹰岛接人,只有一个女人回来。当时他心里还嘀咕,另一个女人怎么不回来了。当然老飞不是多事的人,也不上心,所以没问。

"你确定是两个人来,走的时候只有一个?"钟细伢问道。

"千真万确。"老飞道,"你知道那个女人去哪里了吗?"

钟细伢摇摇头,没有回答,他怕说出来自己的心会裂开。

钟细伢第二次找到李安全报案。这一次,多了一个证人的证词,确证了钟细伢的直觉。

"老飞有直接的证据吗?比如说照片或者录音什么的?"李安全问道。

"没有,他只是记得。"

"苏贵媚自杀一事已经定性了,尸体也已经火化,现在要翻案,需要确实的证据,光凭你的猜疑和老飞的口述,这没法立案呀。另外,报案应该是她的亲属来,你跟她实际上没有法律上的亲缘关系呀。"

"她就是被她最亲的人害死的,凶手怎么可能来报案!"

"那我跟你实话实说,我们要的是直接的证据,能证明苏贵媚被杀的证据,比如说凶器呀,现场照片呀。"

钟细伢叹了口气,道:"行,法律这一套我玩不起,我自己来破案,我不会让苏贵媚白死的。"

"你的心情我可以理解,但是我们需要的是更客观的证据,立案侦查是一件非常慎重的事情。"

钟细伢心想,只有从"苏贵妃"身上入手,才能找到直接的证据。

他没有多想,直接去找"苏贵妃"对质,碰上三姑正在小区门口大闹,他一下子觉得终于找到盟友了。情绪一激动,便把

"苏贵妃"谋财害命的真相说了出来。邱聪见越来越扯不清了,在保安的保护下仓皇回去,以守为攻。

三姑见半路杀出个钟细伢,特别高兴。听说钟细伢有"苏贵妃"谋财害命的证据,自己的会钱显然更有着落了,道:"你把证据拿出来,我们一起起诉她。"

钟细伢道:"现在证据还不成熟,警方不肯立案。"

三姑道:"什么不成熟,是关系不硬吧。各位,你们谁有公安方面的熟人,赶紧贡献出来。"

大家安静下来,但无人回应。钟细伢道:"我可以肯定,苏贵媚是被害死的,害死她的人,是为了得到她最后的钱。这个凶手是不是苏贵妃我不敢讲,但是绝对跟苏贵妃有关系。你们是为了钱,我是为了给苏贵媚的死要一个说法,谁有办法都可以说出来。"

三姑道:"难怪,早前我就听她娘说,苏贵妃是个人精,苏贵媚是个傻姑娘,苏贵妃若是把苏贵媚卖了,苏贵媚都会帮她数钱,果不其然。"

一伙人你一言我一语弄了半天,虽然没有一个结果,但是要告倒"苏贵妃"的同盟已经形成。他们约定,想到门路,便集结前进。

五

渔排上,钟细伢把鱼饲料喂完,回到排屋,坐在床上休息。此时有一点点浪花,排屋随之晃动,像个摇篮。只要一停下来,他就胸闷,就心痛。不得已,他只好一头跳进水里,当水淹没自己头顶时,他感觉巨大的痛苦在抚摸他,此刻稍微好受一些。

三都澳的渔排，像是一座海上浮城。钟细伢最开始帮别人养鱼，学了几年经验。后来买了几排网箱的位置，自己养黄花鱼。养黄花鱼一是靠技术，二是靠天吃饭，比如说国际市场的价格，还有会不会碰上台风，等等。钟细伢希望自己赚一年的钱，能在县城买个房子，这样就可以名正言顺地追求苏贵媚，也不至于让苏贵妃翻白眼叫嚣：没房没车你还好意思追我妹妹！

在知道苏贵媚倒会风波时，他还为她担心，问她要不要躲到渔排上来。苏贵媚很乐观，说姐姐会安排的，实在没辙的时候，会来找他。他了解苏贵媚的性格，简单、乐观，虽然有时候情绪冲动、简单粗暴，但大体而言，还是个心理健康的人，不会有事藏在心里。她心窝子浅，藏不住事，想不开的事会告诉他。

他很后悔自己在她倒会后没有陪伴她。每个倒会的会头，一般都会卷走一笔钱，这笔钱既是自己跑路的保障，也是一个隐患。不义之财，人人都可以取之。但谁能想到，她会死在自己的亲姐姐手里。知道苏贵妃是个厉害角色，谁又能想到她如此心狠手辣。在两个女人上岛后，发生了什么呢？苏贵妃是怎么杀死她，最后又逃过警察验尸的呢？

他在水里，脑海里尽是这些问题，但没有办法想清楚，只有面对苏贵妃，当面质问才行。他想，如果她不回答，自己可以用命来逼迫她开口，否则，他无法原谅自己，也无法让苏贵媚的不白之冤得雪。

天色渐渐暗了，海水比地面更温暖。他泡在海里，就如婴儿泡在子宫里。不知过了多久，当悲伤的情绪渐渐被海水消融，他才感觉到饿了，一整天没有一粒米下肚。他回到棚里，从角落的啤酒箱里取了一瓶啤酒，咬掉盖子，咕咚咕咚地喝。以往他能喝四瓶，现在空腹喝了两瓶后，他已然有眩晕的感觉，往窗外看去，天上的星星在一颗颗往海里掉。

一阵马达声由远而近,继而一阵缓慢的熄火声音,似乎在边上停下。渔排的水道上,白天舢板进进出出,搬运饲料、货品,并不奇怪。但是晚上绝少有船进来,一是危险,二是渔排上的生活很简单,日出而作,日落而息,渔民绝少在晚上活动。但钟细伢脑子昏沉沉的,半睡欲睡,才不管外面昏天黑地呢。

门被轻轻推开。借助屋里的节能灯,钟细伢睁开眼睛,看见"苏贵妃"进门。钟细伢揉了揉眼睛,心想看花了,再次睁开眼睛,千真万确是"苏贵妃"。自己琢磨了一天怎么才能逮到她,没想到她自己送上门来。钟细伢霍地从床上起来,一阵眩晕。他心中疑惑,唯一的理智是想有没有可能她带人来灭口。他下意识地举起枕头,盯着"苏贵妃",道:"你来干什么?"

苏贵媚没有回声,嘴角颤抖,似乎想说话,又说不出来,眼泪已经从眼角渗出来,在灯下闪闪发光。"苏贵妃"突然扑向钟细伢,抱住了他,泣不成声道:"我……我对不起你。"

钟细伢没想到她来这一招,愤怒地欲把她推开,道:"你到底耍什么花招!"

但"苏贵妃"却紧紧抱住他。钟细伢因愤怒而用枕头砸向她,厉声叫道:"苏贵媚是不是你害死的,你快告诉我。"

苏贵媚见到钟细伢怒目圆睁,一副要吞掉自己的样子,哭诉道:"你别动手,听我说……"

苏贵媚被他推开,只好瘫坐在地上,一点一滴地从头说起。一阵叙述之后,钟细伢简直不能相信,是的,死而复生的事情,在这世界上太罕见了。眼前的这个女子,形象上是苏贵妃,她所说的,是真的吗?难不成又是一个骗局?

"你还是不相信我吗?"苏贵媚指着自己。是的,很难置信。

"我不知道。"钟细伢抓住头发。他只能半信半疑,怀疑是苏贵妃为了封口而搞的鬼。

"你记得吧,有一次,你被我姐从我家里赶出来,我后来追到渔排上,就在这里,我说,不论我姐给我介绍谁,我最终都会选择你。你问我爱你什么,我说只有你尊重我、疼我,而其他的人,包括我姐和她介绍的人,都因我没学历没工作,以一种居高临下的眼光低看我,我才不会跟他们生活在一起。你说,可是你没法摆脱你姐姐的控制呀。我说,我姐姐是狗眼看人低,就看到钱和权,看到社会地位。你不是一直想靠搞养殖来翻身却没有本金吗?我去当会头,给你拢十几万资金,你有经验,养起来,钱慢慢还,这就是翻身的机会,等咱们有钱买房买车,就能堵住她的臭嘴了。这些事,我从来没有跟别人说过,难道你忘了?"

人们很奇怪年纪轻轻的苏贵媚,为什么会去当会头,但苏贵媚没有对任何人说过。

钟细伢的眼睛溢满了眼泪,终于遏制不住,抱住了苏贵媚,像狼一样号啕大哭起来。是的,这个已经死去多时的让他无比悲痛的女人,现在全面复活了。苏贵媚也抱住他,长久的紧张在此刻释放出来,像一摊鼻涕一样软,脸也哭花了。

海上的夜很黑很浓,氤氲的热气像巨大的海的灵魂。而人类的那点悲欢离合被它包围,似乎微不足道。黑夜的海使得一切都很渺小。黑丝绸一样的海水一波波荡漾,渔排随着摇晃,如摇篮,一切都那么美好,像什么都不曾发生过。

平静下来,已是下半夜。

"我该怎么办?"苏贵媚含泪问道。

"活下去。"钟细伢道。

苏贵媚掏出一张照片,那是她跟姐姐十几岁时的合影。

"我姐姐是爱我的，我原以为她要害我，原来她为我安排的一切都是真的，我害死了她，我不想活了。"因为心里难受，苏贵媚不停地喘粗气。

"你去认罪她也不能复生。"钟细伢道，"我再也不会让你离开我了，我决不会让你去死的。"

"我有罪，我害死了亲姐姐，我有资格活下去吗？"

"你有罪，但有罪的人也可以活着，你必须为我而活，如果你再有个三长两短，我也会死的。答应我，别再找死，好吗？"钟细伢大声哀求道。

"我已经没有勇气做任何决定了，你要怎样就怎样，我只是行尸走肉。"苏贵媚捧着照片，对姐姐的愧疚之情把她的精神彻底打垮了。

"你就在这里，我再也不会让谁带走你。"钟细伢抱着她，像抱着自己的孩子。

良久，思绪平复之后，钟细伢突然想起什么似的，叫了起来："糟糕，我把你们姐妹上岛的事告知三姑了，她还会纠缠不休或者报案，迟早会把你的身份给折腾出来。我必须把她摆平，你才能以苏贵妃的身份生活下去。"

三姑是个厉害角色，会走各种关系。任她折腾下去，绝对会让苏贵媚无法藏身。

钟细伢皱着眉头，走来走去。他现在太后悔自己一时莽撞，跟三姑达成联盟，真是搬起石头砸自己的脚。

苏贵媚看着钟细伢难受的样子，眼里恢复了以往的爱意。是的，和这样一个爱着自己的人在一块，即便是苟且偷生，也是值得的。

"你过来。"苏贵媚柔声道，"我有话说。"

三姑喝了一杯枸杞茶，然后张开双手甩胳膊拍掌，掌声响亮，拍上十分钟。这是一套养生的训练，据说坚持一年，寿命能延长一个月。然后闭目养神，这时她脑海里生成一个计划：笼络老飞一起去报案，若事情成功，则让会咖们出资给老飞报酬。此计大妙，她睁开眼睛，决定给钟细伢打个电话，一块去怂恿老飞出山。

她刚刚拿起手机，手机就响了，是钟细伢。她不由自主地笑出声来，摁下接听键，呵呵笑道："心有灵犀一点通呀。"

钟细伢约她有事相谈。三姑道："你不约我，我也要约你了，就先锋广场，广场舞那边，我们见面聊。"

钟细伢道："那里太闹了，我们谈的是严肃的事，约个安静的地方。"

"哎哟，你个土老帽，要求还挺高呀。你要是请我喝咖啡的话，我们也可以学着年轻人，去咖啡厅呀。"

"咖啡厅也不行，我们需要一个封闭的房间，没有人看见的地方。"

"封闭的房间？难道你有什么坏心思？"

"你别想多了，对你来说绝对是好事。"

"我一个侄儿，在东湖市场对面开了个饭馆，叫成龙海鲜排档，现在不是吃饭时间，我让他借一间房间给我们谈事？"

"那再好不过。"

"哎，记得来的时候从渔排上带点小杂鱼过来，对老人家要有礼貌是不是？"

一个小时后，他们在成龙海鲜排档的房间见面了，由于钟细伢没有带见面的伴手礼，三姑老大不高兴。

"我给你想出天大的主意了，你对我可是一点都不礼貌。"三姑臭着脸，坐在椅子上。

钟细伢背着一个黑色的包，把包间的风扇开起来，"呼哧呼哧"往脸上吹，说话也带着颤抖的声音，道："你别计较礼貌的事了。我问你，你的会钱，拢共是十一万吧？"

"对呀，养老钱都在这儿呢。"

"你当初跟苏贵妃说，如果把你的钱还上，你就了了这事，不告她了，现在这话还算吗？"

"那当然了，我的钱回来了，我还操那么多心干吗？我又不是个多事的人。"

钟细伢到门口，把门反锁上。从黑色的包里掏出十一摞钞票："每摞一万，你看看有没有错。"

三姑瞪着圆眼睛，看了下钟细伢，又看了下钱，简直不相信自己的眼睛。

钟细伢低声道："我告诉你，这是苏贵妃委托我，给你私下的条件。你千万不可以告诉别人，也千万别再提会钱的事，好好养老去。"

三姑数了数钱，眉开眼笑，指着钟细伢道："地道，你这事办得地道。"

数分钟后，两人从包间出来，分手道别。三姑的脸上像开了两朵菊花，不住地夸钟细伢："你长得土里土气，办事却这么活络，真是人不可貌相。"

这是钟细伢和苏贵媚想到的最好的主意，把三姑摆平，她消停了，追会钱的事就消停了。

噩梦纠缠着苏贵媚。在钟细伢兴冲冲地回到渔排的时候，苏贵媚正从噩梦中醒来，浑身是汗，她哭道："我梦见姐姐在到处找我。"

"那只是你负疚而已。"钟细伢叹道,"这世界上,与你相爱相杀的人,不是你负她,就是她负你。从前你为了她上大学,牺牲了自己;现在,她为了你能活着,做了牺牲,也算是因果。"

"不,我不能原谅自己,她确实为我找好了路子,可是我却害了她,她死不瞑目的。以她的性格,是不会放过我的。"苏贵媚已经瘦了许多,负疚像一根绳子勒住她。

钟细伢把她抱在怀里,抚慰道:"你现在需要的,是失忆,真正的失忆,只有失忆,才能有明天——任何的罪过,我来替你承担,就算是报应,也报在我身上,一切都是因为你我相爱引起的,我愿意承担这一切。"

苏贵媚满脸泪花往钟细伢身上钻,好像钟细伢是一座山,山里有一个洞,她必须钻到洞的深处,才能躲避鬼魂的追捕。她哭道:"你不知道,心痛的感觉像一把刀在挖,如果不是你,我早就不想活了。"

尽管钟细伢精心呵护,但苏贵媚恐惧的症状越来越严重,时不时神经质地大叫。晚上睡觉不能熄灯,一熄灯就心惊胆战。

她的手机一响,她就心惊,特别是手机上显示是邱聪的号码。对于妻子暂离自己,邱聪还是很担心的,他只想让她离开后能恢复得好一点,并不想失去她。苏贵媚不敢接他的手机,圆一个谎言,就要撒更多的谎,现在她的精神状态根本无法做到自圆其说。所以她只能关掉手机。关掉之后,就越发心慌,不知道邱聪会采取什么行动——她知道邱聪爱着苏贵妃,绝不会离婚的。渐渐地,她的噩梦里,邱聪也追着她。她风声鹤唳,钟细伢时刻也离开不了,钟细伢想带她看医生,被她拒绝——她已经无法再见到任何人了。

这一天钟细伢又接到三姑的电话,钟细伢看着来电显示,心头一惊。三姑让钟细伢老地方见面。钟细伢婉言拒绝,说现在实在是走不开。三姑也不勉强,道:"你如果不来的话,事儿遮不住,到时候可别怪我。"

钟细伢感觉头上有一块乌云压了下来。

六

三姑买完菜回来,情不自禁地哼着"日落西山红霞飞",走进楼道。推着轮椅出去的老齐,与之擦肩而过,皱着眉道:"发横财了?"三姑斜了他一眼,挑衅道:"是呀,发老大横财了,眼红不?"老齐撇嘴道:"小心欢喜死了!"

三姑回到家,坐下来休息片刻,脑袋因兴奋而空落落的。会钱失而复得,这在全市的会咖来说,无疑是幸运儿。转念一想,其实这些钱是我应得的,是自己的钱,何以跟捡了宝似的?发横财?根本一毛钱也没得到。钟细伢被苏贵妃指使来跟自己周旋封口,这里面猫腻很大。她再往里一想,娘的,我都被当工具使了,还穷开心呢。

不行,重新谈判!她当机立断。

她气咻咻地在成龙海鲜的包间里等着,越想越觉得自己受了侮辱,是的,自己的智商受了侮辱。钟细伢匆匆进来,手里提着四条新鲜的黄花鱼。是刚从网箱里捞上来的。黄花鱼属于深海鱼,虽然已经可以被驯化成网箱养殖,水深浅了不少,但一出水就死了,软绵绵的。

"这是刚捞出来的,给你尝尝鲜。"钟细伢把黄花鱼递给三姑,不自然地谄媚道。

三姑厌烦地撇了撇嘴，接过来扔在地上，道："你呀，以后不要跟我来这种小恩小惠，没用。咱们今儿把话挑明了，直接说。"

"什么事呀，让你发那么大火？"钟细伢有求于人，一副低三下四的姿态。

"苏贵妃谋财害命，贪了几百万，为了掩人耳目，把你收买了，肯定是给了一大笔封口费，你一毛也没给我，这还有天理吗？"三姑咄咄逼人。

"不存在什么封口费，你不是拿走十一万了吗？"

"十一万是该我的钱呀，可是给你的封口费，我一个子儿也没有，你那口是口，我这口就不是口吗？我的口不会报案吗？"

"你听我说，我跟苏贵妃之间不存在交易，是我冤枉了她。她觉得该你的钱是应该还你呢，便委托我办这件事，好让你别去找邱家的麻烦，就是这样。"

三姑站了起来，像眼镜蛇一样"咝咝"冷笑，道："当初说苏贵妃谋财害命，现在又说冤枉了她，不会是给你灌迷魂汤了吧？今天我不跟你啰唆，明码标价，给我五十万封口费，我以后绝口不提这事。不然的话，我去报案，我组织大家去报案，到时候连她贿赂你的事都会被捅出来。我说了这话，就有这个能耐，你信不信！"

钟细伢倒抽了一口凉气，又气又怒："你太无耻了！"

"哎哟，还说我无耻，当初你说多爱苏贵媢，要为她报仇申冤呀，现在收了钱，抱苏贵妃的大腿去了。咱们比一比，谁无耻！看你一副老实的样子，其实就是个滑头，以报仇的名义来敲诈一笔而已。苏贵媢死前还死心塌地地爱你呢，我看她是瞎了眼，一个蠢得不能再蠢的蠢货！"

"不准你骂她！"

"哎哟，还装得很爱她是不是？我替她妈骂她，不该爱你这样的烂人！"

钟细伢一股怒火从心头起，猛地揪住三姑的衣领，疯了一样抽她的嘴巴，口中喃喃道："我让你骂，我让你去报案，我抽烂你！"

三姑被一顿狠抽，咧着嘴哭喊道："打人啦，打人啦！"

三姑意欲逃窜，被钟细伢狠狠摁住，质问道："你再敢说去报案，信不信我弄死你！"

三姑不忿道："来呀，你弄死我，你也逃不了，我一命换你一命，你敢不敢！你要是不弄死我，我绝对报案，让你们全部完蛋！"

一个女服务员开门探头，见了一幅打斗场面，惊慌失措，回身跑到厨房叫道："打起来了，打起来了。"

三姑见有人去报信，嘴角流着鲜血，叫嚣着狂笑，道："你打呀，继续打，这次医疗费让你赔到内裤都没的穿，哈哈哈！"

钟细伢头上青筋暴凸，喘着气，拎起一张凳子，朝她砸下去。三姑的微笑还留在唇边，但人已经没有了声息。

三姑的侄儿冲进来，意欲扑向钟细伢，钟细伢顺势将凳子一甩，侄儿侧身让过，钟细伢趁机跑了出去，冲往大门，看热闹的服务员急急退让两边。

侄儿与一个厨师边在后面追，边叫道："你跑不掉的，我知道你是谁！"

钟细伢像疯狗一样，穿过东湖市场，穿过城隍巷，直奔码头，引得路人侧目。不知何时，已经把后面两个人甩掉，但他还在奔跑，跑到岸边，直到跳进自己的舢板，已经累得要散架了，弯着腰喘气，好似把五脏六腑都翻了个个儿。

缓过劲儿，他把身子站直了，想要松开缆绳的瞬间，突然想起了什么,他又上了岸,在人群中鬼鬼祟祟地观察周围,确定没有人在跟踪自己,便走进一家医药超市。他买了两盒天王补心丸,急急上船,马达一声轰鸣,舢板破开一条水路消失在海面上。

钟细伢走进渔排,苏贵媚连忙扑了上来,抱住他,眼里满是疑问。钟细伢剥开天王补心丸的蜡皮,送到苏贵媚嘴里,道:"嚼烂了,吞下去。我娘跳楼走了那几年,我经常心悸,就是吃这个,特别管用,吃个一两天,胆就肥起来了。"

钟细伢一边说着,一边给苏贵媚倒开水。

"怎么样了?"苏贵媚边嚼着药丸子边轻声问道。

"三姑想以报案勒索我们,还骂你,被我拍倒了,不知道死了没有。"钟细伢轻描淡写道,"你不能再待在这里了,我要把你安排好了,再去自首。"

苏贵媚无力地把头埋在钟细伢怀里。所有坏的结果,她已经能预料,但还是无法接受。

"是我害了你!"苏贵媚道,"让我去坐牢吧。"

"不,现在你听我的,你要自己靠自己,即便警察审问你,你也一定不能承认,一定要靠苏贵妃的身份活下去,为我活下去。"钟细伢道,"我在牢里,希望你能来给我送牢饭,这也是我渴望的生活。"

"本来应该是你来给我送牢饭的。"

"我更愿意这样对换。"

"你怎么对三姑下得了手?我觉得你不是那种人呀。"

"我也不知道我坏起来会这么残暴,总之我不想让任何一个人再伤害你,她想让你死,我就让她死。"

钟细伢抚摸着苏贵媚的头,道:"已经没有时间了,他们很快会到这里,我必须做点事了。"

钟细伢推开苏贵媚，麻利地把食品等装进袋子里，放到舢板上。舢板启动，朝着浮鹰岛方向开去。

邱聪并没有把假离婚的事情公之于众，他只想在三姑等人上门闹事的时候，把离婚的事摆出来，为此还做了一本假离婚证。但是三姑好像掉转了方向，并没有在小区门口坚持战斗。邱聪也不知道她要耍什么花招，内心也是严阵以待。

邱聪几天联系不到"苏贵妃"，急得失魂落魄。电话要么不接，要么关机，他没有想到自己是这样离不开这个女人。他甚至想去寻找三姑，打听"苏贵妃"的下落。

邱天有时候想妈妈了，也哭闹起来，吴姐怎么哄也哄不好。邱聪看着就觉得心疼。吴姐也直叹气，道："妈妈就是妈妈，小孩子要母亲，这是天性，是别人不能代替的。"

邱聪只好把思念寄托在邱天身上。他几乎不去厂里，天天陪着邱天，孩子的可爱让他减轻些焦躁。在小区的游乐区，他碰到了景芳。景芳问起"苏贵妃"的情况，邱聪正一肚子苦水没地儿倒，便把具体情况说了，道："不知道怎么搞的，非得要离开我，我也没干什么对不起她的事呀。"

景芳眨了眨眼，道："既然到了这一地步，要不要听我一些实话？"

"那说吧，我就是需要点拨呀。"

"女人说什么失忆症之类的，都是托词，我看真正的原因，就是想离开你。"景芳坦白道。

"为什么呀？我们一直好好的呀。"

"为什么？谁知道外面有没有人呀。"景芳白了他一眼道。

"不可能，苏贵妃不是那样的人。"邱聪否定道。

景芳冷笑道:"不可能?上次她买的那个爱马仕限量版的包,老在我面前炫,不会是你买的吧?"

邱聪摇头道:"我从来不管她购物的事,不过你要说她外边有人,我是打死也不信的。"

"行呀,我就是提醒你一下,信不信,你还是找她回来问吧。"

景芳说罢,扭着屁股踩着高跟鞋像一匹马嗒嗒嗒地走了。邱聪眨了眨眼,更加困惑了。

保姆吴姐打来电话,说家里来了两个警察。邱聪心里一咯噔,慌忙抱着邱天向家走去。

来的警察是李安全和小周。

钟细伢到所里投案自首,坦言自己一怒之下把三姑打了。李安全做完笔录,把钟细伢交给东湖派出所后,突然想起钟细伢曾经来报案,说"苏贵妃"谋财害命的事,便向兰所长做了汇报。兰所长沉思片刻,道:"这个事,不足以立案,但当它不存在也说不过去,万一真的有什么猫腻,就是咱们的失职。我看你和小周去调查一下苏贵妃,看看这件事具体如何,她能否解释得通,解释得通的话,也要做个笔录来备案。"

李安全和小周这才跑上门来。邱聪听了原委,道:"你们找苏贵妃,我比你们更想找到呢,打了几天手机,不是不接,就是关机,我这焦心的呀,都想报案让你们找了。"

李安全盯着邱聪的表情,觉得他说话有点表演的痕迹,微微一笑道:"那你就在这里给苏贵妃打个电话,我们都看着。"

邱聪用客厅的电话摁了免提键,拨了"苏贵妃"的号码。很意外,这次居然拨通了。邱聪一脸惊愕,李安全得意地微微点头,示意邱聪继续。

邱聪道:"苏贵妃,是你吗?你在哪里?我找了你好多天了。"

对方并没有应答，听筒里呼呼响，好像是风吹的声音。片刻，才听到呜咽声，是"苏贵妃"的哭腔，她突然歇斯底里地叫道："邱聪，我要跟你离婚，你不离婚，我就从这里跳下去。"

邱聪急了，叫道："你在哪里？"

"我在鹰嘴岩，你不来跟我离婚的话，就来收尸吧。"

"你别轻举妄动，你等我，什么话都好说。"

放下电话，三人马上出门。在一旁抱着孩子的吴姐道："把孩子带上吧，见了孩子她就心软了。"

邱聪把邱天抱上，哄道："走，我们去找妈妈。"

浮鹰岛上，现在是最适合苏贵媚居住的地方，有少年的记忆，没有任何人打扰。本来这是一座其乐融融的岛屿，但是被资本绑架，而后又被遗弃，现在则显得荒芜。岛对自己的命运不言不语，它久久地沉默，任由浪花拍岸，任由沧海桑田。

苏贵媚的命运，跟这座岛如出一辙。这也是最适合她藏身的地方。

钟细伢把她放在岛上，道："现在没有地方比这里更安全了，你待着，等着我的消息。如果我能躲过这一劫，就与你在这里厮守下去。"

苏贵媚含泪点头，巴巴地看着钟细伢。现在她的意志已经消耗殆尽，未来的希望，都寄托在这个男人身上了。

她在鹰嘴岩上祭奠姐姐。想起那一刻，她就无法面对自己，她真想纵身一跃，去那个世界里向姐姐忏悔。

可是，她放不下钟细伢，现在钟细伢是她活着的唯一理由。如果她走了，钟细伢往后的日子也就毁了。

当然，她也渴望如果上天能怜悯，活着跟钟细伢有一起无忧无虑地生活的那一天。那是她的梦想,也是他的梦想,即便这一天迟迟未到来。

为了钟细伢,她必须摆脱邱聪,让自己有一个自由的身份,期待着钟细伢回来。

忏悔与希望在她内心交战,如同冰火两重天,使她迅速消瘦。

每次她打开手机,总是邱聪的各种焦急催促、询问。这既使她烦躁,又让她感受到邱聪对姐姐的爱,那也是扎在她心头的一把刀。

她必须向邱聪发出最后的通牒。而她不知道,案情在迅速地发酵。

当她跪在鹰嘴岩上抬起头时,她愣住了,邱聪抱着邱天,带着两个警察朝她走来。她的眼里一阵慌张,迅速退往悬崖边,朝着邱聪叫道:"别过来逼我,为什么带警察过来?"

邱聪慌忙停住,道:"你别乱来,警察只是来问点事。"

李安全看苏贵媚身处危险位置,怕出问题,摆了摆手,示意苏贵媚不要紧张,诚恳道:"是这样的,原来呢,钟细伢来报案,说是有证据证明你和你妹妹一块乘坐快艇到岛上,而据快艇主人回忆,回去的时候,只有你一个人。当初我们已经把苏贵媚之死做自杀结案,仅仅凭借口头证明很难推翻立案,因此没有做进一步调查。现在钟细伢因为打人被拘留,我跟所长谈起此事,所长建议我走访你一下,如果你能把钟细伢报案的情况解释清楚,我们做个备案即可,并没有来逮捕你的意思。"

苏贵媚此刻反而冷静下来,焦急问道:"钟细伢那边情况如何,会判死刑吗?"

"三姑被打晕了,醒来后神志不清,嘴巴都歪了半边。钟细伢主动自首,认罪态度良好,死罪能免,坐牢可能是免不了,具体如何，要等法院的判决。"

苏贵媚松了一口气。钟细伢的情况似乎给了她勇气，她的求生欲望突然加强，脑子在加速运转。

"你为什么那么关心钟细伢？"邱聪不解道，语气带着醋意。

以前苏贵妃是听了"钟细伢"这三个字就厌烦不已，在她眼里这个男人就是个骗子，给妹妹灌了迷魂汤，她恨不得一口吃了他。

"我对不起他。"苏贵媚淡淡回道。

邱聪皱着眉头，转念一想，也是有理。以前苏贵妃阻止他们的爱情，倘若不是这个态度，也许现在苏贵媚不会遭此厄运。这样一想，倒也释然。

李安全一手拿着本子，一手拿着笔，道："苏贵妃同志，请你把我的问题回答一下。"

苏贵媚道："一定要回答吗？"

"当然，没有一个合理的答案，将来我们要负责任的。"

"那天，是我们姐妹一起到岛上的。我妹妹会倒了，没地方跑路，我就送她到浮鹰岛上先待着，这里最安全，等情况好转之后，我再送她出国，去新加坡，这一点邱聪可以做证。"苏贵媚一字一句地说道。其实，这样的证词，在她脑海中演练过。

李安全转向邱聪，邱聪点了点头，道："这一点苏贵妃有跟我商量过。"

"我送她到岛上之后，稍微安排了下原来的住处，就叫快艇回城了。因为当初手续没有办好，所以我也没跟妹妹说具体的出国安排，只说先扛过倒会风潮，看看情况再说。但我没有想到，她在岛上自己想不开，写了遗书就走了，也许她已经有了抑郁倾向，但是我没有察觉。"苏贵媚侃侃解释，一切都合情合理。

李安全一句一句地记录，问道："那你当时为什么没有跟警方说清楚？"

"一是因为我太震惊了，妹妹已经死了，我说这些干吗，只能节外生枝；二是我一说出来，我是妹妹潜逃的共犯，不知道你们警方会不会饶了我，你们饶了我，会咖也饶不了我，所以，今天我说出来，你们也要替我保密。我这样解释，可以了吗？"

李安全点点头，道："合情合理，只不过还需要你签字。"

邱聪回想起这一段"苏贵妃"的反常，原来是有这么一个秘密，现在说出来，应该释然了，道："苏贵妃，既然都真相大白了，我们回去吧，好吗？"

"不，我要离婚，不离我就从这里跳下去。"

邱聪抱着邱天，痛苦地跪下来，哭道："究竟我做错了什么，你要这样惩罚我？当初你说，你无父无母，如果嫁给我希望一辈子我都对你好。我说，能娶到你是我的荣幸，我要一辈子呵护你，让你享受到你无法从父母亲那里得到的爱。这样的话，你难道都忘了吗？"

苏贵媚已经被邱聪说得泪眼婆娑，哽咽道："不是你的错，我不管，我就要一个人过。"

邱聪继续悲愤道："能不能为了孩子，你再给我一次机会？这些天，孩子焦躁得很，哭着找妈妈，拦都拦不住，这样下去，孩子会疯掉的。"

苏贵媚双手捂住脸，忍着哭声厉声道："快，如果你不答应，我就从这里跳下去，去找我的妹妹，去找我的父母。"

邱聪赶紧腾出一只手，摆手道："你别做傻事，你不要死，什么我都答应，即便离了婚，我还是只爱你，我这辈子只爱你！"

苏贵媚咬着嘴唇，示意用李安全的纸笔写离婚协议。邱聪放下孩子，一笔一画，写下每个字都好像吃一块石头，写完已是筋疲力尽。

苏贵媚道："你念给我听。"邱聪一字一句念了一遍，比念自己的遗书还要悲伤。

苏贵媚命令邱聪在上面签字。邱聪签完字，把协议书从本子上撕下来，放在邱天的手里，在儿子耳边呢喃道："找妈妈去。"

邱聪离苏贵媚大概有三米的距离。邱天拿着协议书，步履蹒跚地走了过去，苏贵媚从孩子手里接过协议书，颤颤巍巍地写上姐姐的名字。为了这一刻，她刻意模仿了姐姐的签名，已经期待了好久。

在这一刻，她想起钟细伢的话：我想跟你一起住在这岛上，一辈子就这样过下去。她的眼角流露出一丝幸福。是的，她多么想在此刻告知钟细伢，我已经摆脱了所有的羁绊，我等你回来。

七

邱天乌黑的眼珠子盯着苏贵媚的眼睛，在邱天的眼珠里，她看到了姐姐的影子。邱天突然开窍似的，第一次在她耳边如此清晰地、奶声奶气地唤道："姨，我要妈妈！"

像一块石头砸中苏贵媚的胸口，她喘不过气了，又如一道闪电劈开她的脑门，她再也控制不了自己，她抱住邱天，上前几步，跪在邱聪面前，撕心裂肺地叫道："姐夫，我对不起你，我对不起姐姐！"

2019版后记

落地的种子都在生长

我记忆力很差,但常常记住一些莫名其妙的事。比如说,初中的时候,我的同桌,一个跟我一样小个子的同学,他家住在一个前线海岛上。他义愤填膺地告诉我,他们村子的一个姑娘在"讨小海"的时候,在海滩石壁上被三个青年强奸了。青年一哄而散,完全没有关于嫌犯的线索。这个事件,或者说一个瘦弱姑娘含泪的脸,一直在我脑海里挥之不去。

二十多年后,当我在北京再次回望乡土的素材时,便生发了这样的想象:一生被屈辱与悲伤笼罩的姑娘,一个生活在阴暗中等待复仇的恋人,九十年代的破旧小城,风言风语的俗世生活。这种氛围让我迷醉,这便是《六个凶手》的缘起。我想,替受害的姑娘讨个说法的欲望,应该是素材成长为小说的动力吧。当故事核心形成时,那些意象便长了翅膀一样自动接驳。

写《六个凶手》的时候,我和赵非导演正在合作另一个海岛题材的电影。导演喊我去改剧本,我说,给我一星期时间,我把手头上的小说先写完。我在望京西园的一个房间里,吃了一个星期的外卖，把《六个凶手》的后一半写完了。我给导演看电子稿，几天后，导演便决定把原来的项目暂时搁置，先做《六个凶手》的电影。《六个凶手》在《福建文学》发表后，被《小说月报》选载，接着有十来家影视公司要求购买电影版权。他们是看中了阴暗的地下爱情，还是连环杀人案，还是被人物的命运所打动？我不知道。

电影开拍前的剧本围读，饰演女主角吴燕的张静初老师，非常认真且专业地探讨女主人公的心理，让自己投入，在读台词时便进入表演状态，读着读着眼圈发红，声音哽咽。我当时一阵感动，不晓得是因为对角色的复活还是对演员的敬业，并且感受到艺术与生活接驳的神奇。后来写的小说，人物上好像达不到那种情绪，因为这个人物在我内心生长了二十余年。拍摄中，张静初把眼睛都哭肿了。她打趣道：都怪你，让我流了那么多的眼泪！我不知是该赞赏还是该表达歉意。这是她从影以来流过最多眼泪的一部戏。杀青后她在微博发文："哭肿眼的日子终于告一段落。"

这样的经历使我在以后的创作中，更加细心地打磨人物的情绪与心理。

《元凶》则是我在体验到悬疑小说的乐趣之后，对自己进行的一个智力考验：写一个自己杀死自己这种经典结构的小说。后来在创作中，变成凶手、受害人与破案人三人一体的结构模式。这种强设定的结构，最需要的是接地气，使之不露痕迹。于是，家乡的素材积累又派上用场，我用它们塑造了一个滨海小城的小说场。小说在《十月》杂志发表，被《中篇小说选刊》选载。该刊的研讨会上，这种写作的难度与细密、经典的设定，得到一些文学评论家的推崇。

《中国结》则源于一个讨论，关于女性遭遇强奸时该不该递上套子的探讨!在一些国家成为共识的事情,在另外一些国家却会遭遇观点激烈交锋,似乎强奸与反抗必须是一对孪生兄弟,不反抗则意味着顺从乃至道德的败坏。在看了一些真实案例之后,内心的愤怒促使我构思了这篇小说,悬疑只是一个外壳,内核是我对直男社会的一种批判意识。这篇小说的情节相当激烈,激烈到人物已抵达心理的极限,几乎要崩溃,大概是因我的愤怒嫁接到人物的情绪上去了,我只想给"中国结"致命一击。这是我极少的带着倾向去完成的写作。感谢《长城》杂志给予发表。

《两个凶手》则是源于福建老家在经济危机爆发时"互助会"倒会风潮的一种乱象。家破人逃,亲友反目,形势不由人,多米诺骨牌倒下之后,人性的恶暴露无遗。有没有一些东西能拯救金钱社会里荒凉的人性?当构思到最后孩子的一声"我要妈妈"唤醒荒凉的人性时,我便觉得这篇小说成立了。我认为那是理想化的一个高潮,也自诩为神来之笔。尽管"孪生姐妹换身"这种梗都已经是悬疑世界里的老梗了,老到作家都想不到用,甚至怕用了,但我觉得这个已经不重要。我甚至把"姐妹换身"这个谜早早打开,直接告诉读者,避免了让读者早早猜到的尴尬,悬念转成"警察能不能揭开妹妹的身份"。孩子的呼唤,是衰败的人性世界里的一个火种,化腐朽为神奇的火种,有了这个亮点,其他的中规中矩即可。该篇发表于《福建文学》。

以我个人的观点,悬疑只是一种写作形式,我的重点更希望用于社会展示与批判,将它定位为"社会悬疑"。因此,我更青睐松本清张的写法,以悬疑小说来展现广阔的社会,展现社会的变动与变革造成的人性的震荡。当然,在文本中,探讨犯罪动机,塑造人物心理,则是基础的基础。悬疑小说中,逻辑与情怀缺一不可,它考验你的智力,同时考验你的社会洞察力,它需要微观的技术操作，更需要对时代动荡的宏观观察，这种难度促使我将悬疑小说作为创作的一个方向。许多圈内评论家认为悬疑小说没有文学性，实际上，悬疑小说中人物精神的深度、复杂与新颖，正是文学性之所在。

唠叨数语，以让读者朋友更加了解文本内外。

还有诸多题材在心中酝酿，将以更加举重若轻的手法描述，也会继续结集成册，希望朋友们喜欢和支持。

李师江

2019 / 01 / 25

2024 版后记

当命运总是不放过你

疫情三年之后，本书适逢再版，出版方叮嘱写一篇再版后记。

第一感觉是有很多话可说，再一想，又觉得无话可说。欲言又止，不说更妙，这是目前的心态。就如以前，总会在朋友圈里对世事表达态度，甚至言辞激烈，而现在，在朋友圈里更多的是沉默，有时候习惯性地说几句，还是会删掉。潜台词可能是，更与谁人说？

像一只夜行兽在黑暗中行走，不要惊扰任何一只狗，在黑暗的庇护中苟全一时，在心惊胆战中寻找一点点安全感。这是一种命运状态。

还是再说说《六个凶手》。在这篇小说里，林健的命运与我心有戚戚焉。心怀屈辱与不甘，忍辱偷生。因为不甘，所以有所等待。是的，等待是命运中最甜蜜的部分。

大多数人，在等待自己的天亮时分。林健也是在等待，但是他的天，不可能亮。现实一点，他等待的是一个机会，证明自己是一个男人的机会，等待命运的高潮。在命运的高潮，观众看得起劲，却是他人生的绝笔。

现实中，我不知道他会等待什么。但是，等待的尽头，终归是有一束光的。对林健而言，那是做人的一口气。没有这口气，死了都无法称之为死人。

我发觉，我喜欢写林健这样的角色，很有代入感，也许是不安全感所致。林健属于每一个没有安全感的人。

当然，写作的缘起，是一个像吴燕这样饱受伤害的女性。我写的是二十几年前的事件，现如今，这种境况依然存在。女性受到侵害，并没有因为社会的进步而减少。这是一个恒久的问题。忍辱活下去，是东方女性的第一选择。但是，软弱与忍让，又并不会成为抵抗厄运的盔甲。你要相信，这样的事情发生一次，就会有第二次，乃至无数次。在经历疫情之后的今天，我在写这段文字的时候，洪水正在淹没北方的城市。吴燕的命运，成为一种隐喻。

夜已深，我想起一句发生在吴燕身上的咒语：命运总是不放过你。

谁来拯救？答案在风中飘。

是为心境，且为序言。

李师江

2023 / 08 / 09 凌晨

图书在版编目（CIP）数据

六个凶手 / 李师江著 . — 北京：新星出版社，2024.5
ISBN 978-7-5133-5321-2

Ⅰ.①六… Ⅱ.①李… Ⅲ.①推理小说 – 小说集 – 中国 – 当代 Ⅳ.① I247.5

中国国家版本馆 CIP 数据核字 (2023) 第 182476 号

六个凶手
李师江 著

策划品牌	读蜜文化	策划编辑	金马洛
责任编辑	汪 欣	特约编辑	孙 佳
责任校对	刘 义	排版制作	读蜜工作室　思颖
责任印制	李珊珊	装帧设计	创研设

出 版 人　马汝军
出版发行　新星出版社
　　　　　（北京市西城区车公庄大街丙 3 号楼 8001　100044）
网　　址　www.newstarpress.com
法律顾问　北京市岳成律师事务所
印　　刷　北京天恒嘉业印刷有限公司
开　　本　910mm×1230mm　1/32
印　　张　9.5
字　　数　222 千字
版　　次　2024 年 5 月第 1 版　2024 年 5 月第 1 次印刷
书　　号　ISBN 978-7-5133-5321-2
定　　价　49.00 元

版权专有，侵权必究。如有印装错误，请与出版社联系。
总机：010-88310888　传真：010-65270449　销售中心：010-88310811